Paul Halter

LE CRIME DE DÉDALE

Librairie des Champs-Élysées

Personnages principaux

Kate Jones, jeune aventurière
Arthur Jones, son père, haut fonctionnaire au ministère de l'Intérieur
Richard Tronson, fiancé de Kate, joueur de tennis
Milton Ross, fervent admirateur de Kate
Sir Basil Ward, richissime excentrique
Oricos, guide crétois

Quelques membres d'une mission archéologique en Crète

John Cook, victime d'un tragique et singulier accident
Le professeur Duncan Lamont, qui fut chargé d'authentifier un mystérieux parchemin
Le professeur Lewis Newcomb, qui s'occupa de traduire ledit parchemin
Le professeur Edgar Buchanan, qui tenta de décrypter d'étranges hiéroglyphes

Quelques policiers

L'inspecteur Charles, de la division H de Whitechapel
L'inspecteur Kersall, de Scotland Yard
L'inspecteur Winding, de Scotland Yard
Sir Edgware, directeur du CID

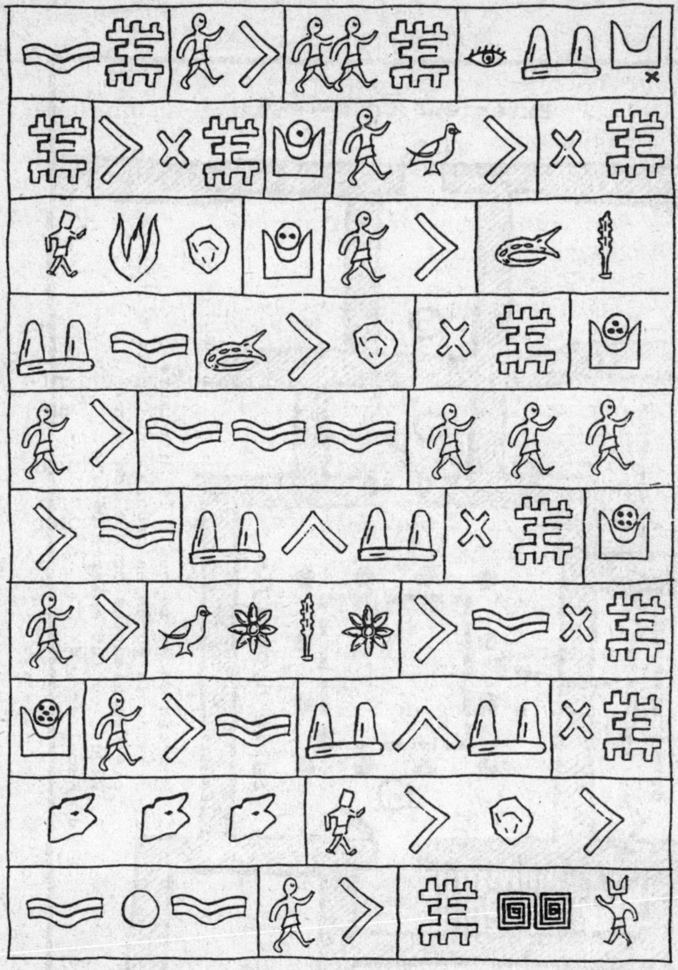

Signes mystérieux gravés
sur une tablette d'argile

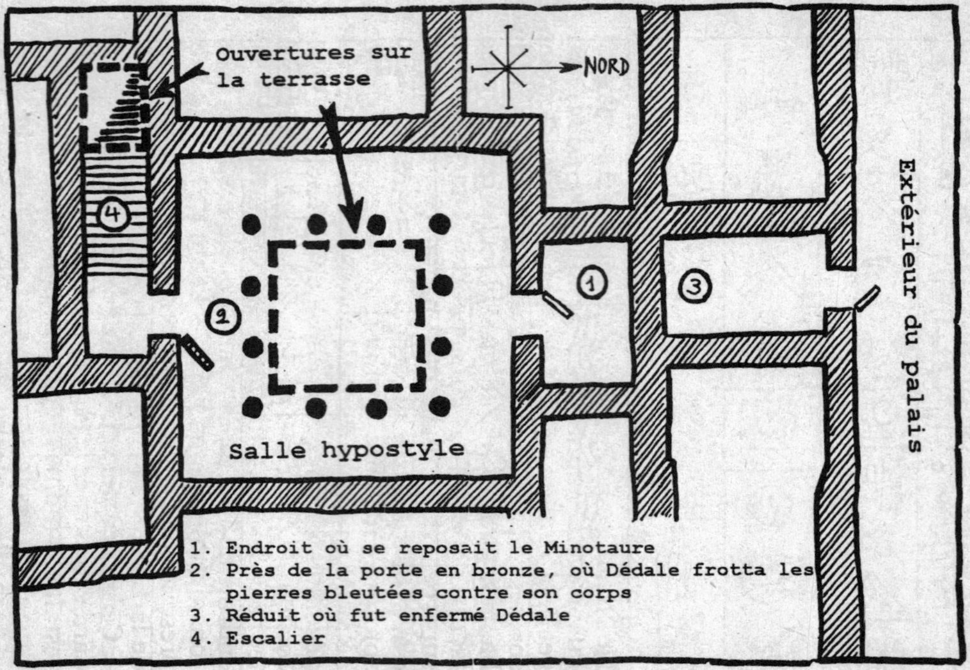

Plan du crime de Dédale, selon Kate Jones

Pour Roland Kiehl, mon complice.
P. H.

PROLOGUE

17 mars 1937

Oppressé et le souffle court, le professeur Lewis Newcomb souleva le bord de son casque colonial. Puis il sortit un mouchoir de sa poche pour éponger son front ruisselant de sueur. Machinalement, son regard plongea vers la mer, qu'il dominait du haut de ce formidable massif rocheux qu'il escaladait depuis plusieurs heures. Un panorama superbe, certes, mais qu'il n'était pas en mesure d'apprécier pour le moment. Il se trouvait près du sommet d'un haut promontoire, relié à la chaîne de montagnes qui longe le sud de l'île de Crète. Un décor austère mais grandiose, fait d'énormes blocs rocheux et d'une terre aride, de couleur fauve, brûlée par les étés torrides. La végétation, en cet endroit de l'île, se limitait à quelques rares buissons d'épines. Sous l'azur éclatant du ciel, la mer, presque étale, s'étendait à perte de vue en direction de la Libye.

Certes, en cette période de l'année, le soleil ne dardait pas encore ses rayons brûlants, mais il n'en restait pas moins redoutable pour qui déciderait, à l'instar du professeur Lewis Newcomb, de s'attaquer au flanc abrupt de ce massif rocheux. D'autant que la route pour y parvenir n'était pas des plus praticables. Le professeur, qui portait sa gourde à ses lèvres, songeait justement aux difficultés de son parcours.

Ne serait-il pas en train de déployer de vains efforts ? se demandait-il avec anxiété. Il en avait de plus en plus l'impression à mesure que son calvaire se prolongeait. C'était certainement la déception qui l'avait mû, l'espoir insensé d'une ultime découverte. Près d'une année de fouilles, de travail intense et minutieux, dans d'assez mauvaises conditions de surcroît, et dans un climat auquel il n'était pas habitué. Un labeur difficile, qui n'avait hélas ! pas répondu à ses espoirs. Il était loin, très loin, des découvertes du célèbre sir Arthur Evans qui, en véritable magicien, avait fait surgir du sol crétois – pour la ramener au premier plan de l'Antiquité – la civilisation minoenne. Certes, ses travaux et ceux de ses collaborateurs n'avaient pas été totalement improductifs. Mais ces céramiques, figurines et autres vestiges trouvés sur des sites de moindre importance n'apportaient en fait rien de probant à ce que l'on savait déjà des Minoens. Il y avait juste ce sarcophage qu'ils venaient de mettre au jour la semaine passée. Malheureusement, cet événement avait été terni par le stupide accident qui causa la mort de l'un de ses confrères.

Comment, dans ces conditions, alors que dans quelques jours son petit groupe devait prendre le chemin du retour pour l'Angleterre, ne pas tenir compte de ce que ce jeune Grec était venu lui raconter en début de matinée, et ne pas nourrir un espoir insensé ? Certes, il connaissait mieux que quiconque les déceptions qui suivent bien souvent ce genre de déclaration. Mais il ne pouvait pas se permettre de ne pas vérifier la moindre piste. Ce berger de 12 ans disait avoir trouvé, au fond d'une grotte, près de la mer, une vieille jarre d'argile qui ressemblait assez à celles qu'eux, les archéologues, sortaient de la terre.

Une jarre antique en cet endroit semblait suffisamment insolite pour qu'on s'y intéresse. Et peu avant midi, à dos d'âne, il prenait la direction du sud de l'île en compagnie du jeune Grec. À mi-chemin, se produisit un incident qui faillit coûter la vie à ce dernier. Sans doute énervé par une guêpe, l'âne fit un écart et se mit à dévaler le flanc de la montagne. Le berger eut le réflexe salutaire de s'agripper à une racine d'olivier. Il n'était que très superficiellement blessé, mais assez fortement ébranlé, et surtout chagriné par la perte de son âne. Lewis Newcomb lui promit un large dédommagement dès son retour, et dut se résoudre à le laisser rentrer avec l'autre animal. Mais au risque de passer la nuit dans la montagne, le professeur préféra poursuivre son chemin, le jeune guide lui ayant affirmé qu'à partir de là, il ne pourrait guère se tromper.

Ce qui était exact. Mais ce que son compagnon avait oublié de préciser – sans doute encore ébranlé par le choc – c'était l'état lamentable de cette piste de montagne, cette dangereuse descente vers la mer, puis cette épouvantable ascension du massif rocheux, sur la hauteur duquel se trouvait la fameuse grotte.

Durant tout ce trajet, il s'était mis à douter. L'incident l'avait plus atteint qu'il ne voulait l'admettre. Si le jeune berger avait suivi son âne dans la chute, il se serait non seulement senti responsable de sa mort, mais il osait à peine imaginer les rumeurs qui auraient suivi. Une deuxième mort accidentelle, quelques jours après la découverte du sarcophage. Certains n'auraient pas hésité à parler de malédiction. Ces rumeurs imbéciles étaient de véritables plaies pour les archéologues.

Il ne devait plus être très loin, à présent. Mais, suant sang et eau, il atteindrait son but dans l'heure, il en faisait le serment. Et peu de temps après, en effet, au prix d'ultimes efforts, il aperçut l'entrée de la grotte, tache béante et sombre sur la rocaille fauve. L'endroit, qui dégringolait sur plusieurs centaines de mètres en à-pic vers la mer, était extrêmement dangereux, d'autant que le soleil couchant aveuglait l'explorateur. Le moindre faux pas eût été mortel. Mais à ce moment, Lewis Newcomb ne faisait guère cas du danger. Réprimant difficilement son impatience, il prit tout de même le temps de déposer son sac à dos et de se désaltérer largement. Puis il s'engouffra dans l'étroit boyau. Après un premier coude, il dut allumer sa lampe torche, dont la faible clarté ne révélait rien d'autre que le relief des roches noirâtres. Après un second virage, il dut se baisser pour avancer, et ce n'est qu'au fond de la grotte qu'il aperçut la jarre devant une petite niche ensablée.

Le rayon de sa lampe s'immobilisa sur celle-ci, ainsi que son regard circonspect. Il la déplaça avec précaution et, après avoir remué le sable, il en découvrit une seconde, ainsi qu'une petite tablette d'argile cuite, toute couverte de signes. Lorsqu'il eut la certitude que l'endroit ne recelait aucun autre objet, il examina la tablette. Une antiquité, sans aucun doute, ayant manifestement subi une cuisson pour avoir pu traverser les siècles sans trop d'altérations. Les signes ressemblaient assez à ces hiéroglyphes crétois, dont on n'avait pas encore percé le secret. Puis, à l'aide de son canif, il ouvrit sans difficultés la première jarre. Celle-ci contenait un objet oblong recouvert de linges, cacheté avec du bitume. La gorge nouée et les mains tremblantes, il défit soigneusement le vieux tissu. Pas un muscle de son visage ne bougeait. Quand il mit au jour de vieux rouleaux de peau manuscrits, il se sentit parcouru d'un frisson, d'une intensité sans doute jamais éprouvée durant toute sa carrière de chercheur. Il ne réussit que très difficilement à défaire une feuille du rouleau, les peaux desséchées menaçant de se craqueler. Les caractères étaient en grec ancien, qu'il parvint à déchiffrer sans trop de peine.

Dès la lecture de la première page, il s'immobilisa. Son visage trahissait un profond bouleversement. Le professeur Lewis Newcomb prenait lentement conscience de sa fabuleuse découverte.

Extrait du Times, fin mars

Le réveil des morts ensevelis, dont les yeux se rouvrent lentement à la lumière

« Un certain mystère plane sur les fouilles archéologiques menées en Crète par l'éminent professeur Lewis Newcomb, qui vient tout juste de regagner le royaume avec son aréopage de savants. Nous étions habitués, ces dernières années, à ce que chacune des découvertes soit mise en relief par un nom judicieusement choisi, comme les fameux " Hall aux doubles haches " ou autre " Couloir des processions " du célèbre sir Arthur Evans, à mesure qu'il dégageait les parties du fabuleux palais de Cnossos. Sans parler des autres qui ont repris ce procédé, mis à l'honneur, rappelons-le, par Heinrich Schliemann, l'homme qui découvrit la ville de Troie. Mais rien de tout cela pour les fouilles de Newcomb. Pas de trouvailles fabuleuses, pas de nouvelles théories, ni de grands noms évocateurs. Lors de leur arrivée à Portsmouth, plusieurs journalistes ne manquèrent pas de relever l'étrange mutisme qui scellait leurs lèvres, aussi sûrement que des bandelettes de momie. Etaient-ils tenus au secret parce qu'ils avaient retrouvé la mythique Atlantide ? Leurs fouilles étaient-elles un échec au point de leur avoir fait perdre – mortifiés de honte – l'usage de la langue ? Mais qu'ont-ils donc pu faire durant tout ce temps, serait-on tenté de se demander ?

» Cependant, nous savons que leurs travaux ne furent pas inutiles. Il y a à peine trois semaines, ils découvraient le sarcophage d'un roi minoen, comme peu d'endroits de la Crète en ont révélé. Une découverte, donc, qui eût mérité un bien plus ample écho que celui qu'elle trouva. Rappelons-en brièvement les circonstances. Ce fut un étrange monticule de pierre qui avait attiré leur attention. Très vite, ils se rendirent compte qu'il s'agissait en fait de la partie émergée d'une grande coupole de pierre, que le vent et les années avaient ensablée jusqu'à la hauteur du linteau de l'entrée. Les spécialistes auront bien entendu reconnu les fameuses tombes à tholos minoennes. Le sable de l'allée une fois déblayé, ils purent pénétrer dans la petite construction plusieurs fois séculaire, qui recelait elle-même une autre chambre taillée dans le roc, où fut découvert l'antique sarcophage de bois, contenant les ossements de ce que nous supposons avoir été un roi minoen, en compagnie de bagues, colliers en or et autres bijoux de grande valeur. Le sarcophage était lui-même entouré d'un mobilier funéraire classique, essentiellement composé de poteries, au demeurant remarquables. Dans la tholos elle-même, certaines choses assez surprenantes avaient été trouvées, comme les ossements d'une tête de taureau et ceux d'un cheval entier, prouvant que des animaux étaient sacrifiés pour vénérer le défunt. Au centre de la pièce, il y avait l'une de ces célèbres cornes de taureau, cornes de consécration d'assez grande dimension taillées dans la pierre.

» Mais il est maintenant un point – important – sur lequel on s'est montré assez discret, et même beaucoup trop, au vu des circonstances. On nous a dit que, par un malencontreux hasard, l'archéologue John Cook qui examinait le sommet de la tholos, était brusquement tombé dans la pièce, une grosse pierre mal scellée ayant cédé sous son poids, en entraînant dans sa chute une partie du toit de la coupole. Une chute de moins de trois mètres de hauteur, qui aurait dû être sans grande conséquence s'il n'y avait eu les cornes du taureau en pierre. Le malheureux John Cook s'est éventré sur l'une d'elles, et mourut avant même l'arrivée d'un médecin.

» Ces faits, nous ne les contestons pas, et nous n'avons aucune raison de le faire. En revanche, nous nous étonnons du silence qui a été fait sur certains détails. On a omis, par exemple, de parler d'une étrange inscription hiéroglyphique gravée sur le linteau de l'entrée, laquelle, d'après notre source, semblait présager malheur à celui qui s'avancerait plus loin dans cette tombe. On a aussi oublié de préciser qu'un membre du groupe avait attiré l'attention sur cette inscription, mettant ses confrères en garde, mais ceux-ci en avaient fait des gorges chaudes, *notamment ledit John Cook*. On a également oublié de nous dire que celui-ci s'est tué *au moment même où l'on soulevait le couvercle du sarcophage*... au moment même où *le mort enseveli rouvrait lentement les yeux à la lumière du jour*...

» Le moins que l'on puisse dire, c'est que tout cela donne à réfléchir... »

PREMIÈRE PARTIE

1

QU'ON LUI JETTE LA PIERRE !

Londres, 7 avril

Ce soir-là, le professeur Duncan Lamont observait ses semblables comme il ne l'avait sans doute plus fait depuis fort longtemps. Il avait alors l'impression de se trouver au milieu d'une peuplade inconnue, aux mœurs étranges, plongée dans une mystérieuse et perpétuelle allégresse. Des rires gras s'élevaient un peu partout des tables alentour, accompagnés du tintement joyeux de verres qui s'entrechoquaient. Parfois, les discussions animées s'enflaient dangereusement, mais elles se terminaient toujours par de fracassants éclats de rire. Au fond de la salle, une fille manifestement sous l'emprise de l'alcool, gloussait à chaque remarque de son compagnon, au regard brillant de lubricité. Tout aussi jovials semblaient les quatre compères qui mesuraient leur adresse aux fléchettes en ponctuant leurs tirs de diverses et bruyantes exclamations.

Le professeur Lamont n'était pas vraiment étranger aux pubs, car il lui arrivait, comme tout sujet de Sa Majesté qui se respecte, de fréquenter ces établissements publics. Mais il n'avait sans doute jamais mis les pieds dans ces tavernes populaires situées dans les quartiers est de Londres, au nord de la Tamise. C'était pour lui une première expérience, qu'il jugea d'ailleurs fort intéressante. La gaieté de bon aloi qui y régnait contrastait avec ce rigide humour pince-sans-rire, bien trop finement ciselé pour être parfaitement naturel. Quant à cette atmosphère confinée, bruyante, aux âcres relents de bière et de tabac, elle avait des accents de franche convivialité qu'il ne retrouvait guère à l'occasion de ses conférences ou autres réunions scientifiques.

Mais qu'est-ce qui avait donc attiré en ces lieux un Duncan Lamont, éminent professeur de sciences naturelles ? Etait-il venu se livrer à une analyse du comportement humain ? À quelque étude ethnographique ?

On aurait pu le croire, à voir ce paisible et grisonnant quinquagénaire détailler ses voisins comme s'il s'agissait de Martiens. Mais il semblait avoir lui-même oublié les raisons de sa présence. Plongé dans une douce béatitude, il se laissait imprégner par le charme rustique de ce nouvel et fascinant univers, rythmé par de savoureuses gaudrioles et l'inimitable accent cockney. Cependant, la conversation de deux marins, assez proches de lui, attira toute son attention et le ramena à la réalité.

Le premier était un vieux loup de mer, trapu, bedonnant, nanti d'une impressionnante barbe noire, au visage tanné par le soleil des tropiques. Il différait par bien des points de son vis-à-vis, blond, mince, le teint pâle, sans grande expérience de la mer vu son jeune âge.

– Franchement, Tom, mon gars, grommelait le

vieux marin, tu ne crois pas qu'on ferait mieux de laisser ces morts en paix ? Qu'est-ce que ça peut bien nous rapporter de remuer ces vieux cimetières à l'autre bout du monde, je te le demande !

– Ce ne sont pas de vieux cimetières, mais des tombes antiques qui furent des tombes royales ! rectifia ledit Tom avec un aplomb qui surprenait chez un aussi jeune mousse. Et puis, la Crète, ce n'est pas à l'autre bout du monde...

– Et alors, qu'est-ce que ça change ?

– Mais il s'agit de nos origines !

– La Crète ? Nos origines ? maugréa l'imposant marin en fronçant ses sourcils broussailleux. Tu te fous de moi, dis ?

– Je parle de nos origines... spirituelles !

Le vieux loup de mer, aux avant-bras puissants et velus, plissa les paupières pour mieux considérer son jeune compagnon.

– Origines spirituelles ? répéta-t-il, dubitatif et vaguement méprisant. Explique-toi, mon gars...

Nullement impressionné par le ton de son compagnon, le jeune Tom marqua une courte pause.

– Tu sais bien, Louis, que notre civilisation, notre manière de penser, nous la tenons des Grecs... Les Grecs... tu connais ça, n'est-ce pas ?

– Tu penses si je les connais, mon gars, répliqua ledit Louis en hochant la tête. Des marins grecs, j'en ai côtoyé quelques-uns ! Le Pirée, à Athènes, je le connais comme le fond de ma poche !

– Je parle des Grecs de l'Antiquité, Louis... Tu me suis ?

– Bien sûr, p'tit gars, bien sûr, affirma le vieux marin en levant sa chope de bière. J'suis pas aussi idiot qu'tu crois !

– Eh bien, ces Grecs, reprit rapidement Tom, on s'était longtemps demandé quelles étaient leurs origines, d'où ils venaient, car on pensait que c'était la première grande civilisation de ce coin de la Méditerranée. C'était du moins ce que l'on croyait jusqu'au début du siècle, il y a donc trente ou quarante ans, quand on a découvert l'antique palais crétois de Cnossos... Tu as sans doute dû lire ça à l'époque dans les journaux, hein ? Car c'était une sacrée découverte !

– Bien sûr... bien sûr... Dis, Tom, mon gars, j'te ramène une autre bière ? Comme ça, tu pourras mieux me parler de tout ça, hein ?

Alors que l'imposant Louis se dirigeait vers le comptoir, le professeur Lamont considéra le jeune Tom avec sympathie et même un peu d'émotion. Ce garçon, qui ne semblait pas manquer de caractère, paraissait passionné par le sujet, et Lamont décelait dans son regard clair la même fièvre du savoir qui avait été la sienne à cet âge-là, et qui l'habitait d'ailleurs toujours, car il n'avait pas hésité à suivre son confrère l'archéologue Lewis Newcomb, pour de longues fouilles en Crète qui venaient juste de s'achever. Des recherches peu fructueuses... jusqu'à cette toute dernière découverte.

Mais quelle découverte ! Une trouvaille si incroyable, si sensationnelle qu'on leur avait aussitôt donné l'ordre formel de ne pas la rendre publique. Mais cette attitude de grande prudence de la part du gouvernement ne surprenait guère Lamont : Comment ne pas considérer avec la plus grande méfiance les documents qu'ils avaient trouvés dans cette grotte au bord de la côte crétoise ? Ce qui y était relaté était par trop stupéfiant pour ne pas envisager une supercherie. Lui-même y avait aussi songé, naturellement, bien qu'il sentît d'emblée que l'authenticité de ces parchemins ne pouvait pas être mise en doute. Ses dernières analyses venaient d'ailleurs de confirmer qu'il ne s'agissait pas de faux. Ce texte, si incroyable qu'il pût paraître, semblait bien être celui d'un récit tout à fait réel. Jusqu'ici, il n'avait malheureusement pu être lu en entier, car il avait fallu l'aide de toute la science actuelle pour détacher et dérouler certaines parties, les humidifier dans des conditions d'extrême prudence pour ne pas les détruire. Mais, à présent, l'opération était terminée et les précieux documents envoyés chez le professeur Lewis Newcomb pour une traduction intégrale. Ce dernier lui avait d'ailleurs promis de le prévenir quand ce serait chose faite. Et nul doute, alors, que ce témoignage, unique, laissé par une aussi illustre figure de l'Antiquité, allait marquer à tout jamais l'histoire de l'archéologie.

En outre, le professeur Lamont espérait d'autres informations pour ce soir même, et d'une autre source. C'est du moins ce que lui avait promis une personne inconnue, à la voix étrangement gutturale, qui lui avait téléphoné à l'Institut des sciences en début d'après-midi. S'il voulait entrer en possession de nouveaux éléments relatifs aux récentes découvertes en Crète, il était prié de se rendre à l'entrée d'une ruelle – proche du pub où il se trouvait actuellement – où son correspondant l'attendrait à partir de 21 heures. Il était également souhaitable qu'il vienne non accompagné. Certes, ce rendez-vous avait quelque chose d'étrange en soi – sans parler du choix de l'endroit – tout comme l'anonymat de cette personne et le ton singulièrement grave de sa voix. Une voix caverneuse, métallique, que le professeur Lamont avait eu du mal à comprendre. Mais il était certain que ce n'était pas Lewis Newcomb. Pourquoi, d'ailleurs, agirait-il ainsi ? Cependant, à ce stade de leurs travaux et de leurs recherches, il pouvait difficilement négliger une piste aussi prometteuse. En outre, le professeur Lamont était d'un naturel confiant. Le hasard – ou peut-être son caractère paisible et modéré – avait fait qu'il n'avait pratiquement jamais été victime d'une quelconque félonie de la part de ses semblables, si bien qu'il nourrissait à leur égard une confiance aveugle confinant à la naïveté. Quant à ces nouvelles informations, il n'osait y songer, tremblant d'excitation à leur seule évocation. Quelles pouvaient-elles être ? Des éclaircissements à propos des inscriptions de la mystérieuse tablette d'argile trouvée auprès des jarres contenant les textes antiques ? Ou l'explication de ces deux extraordinaires énigmes évoquées dans le précieux récit ? Allait-on porter à sa connaissance, ce soir même, le moyen pour un être humain, de traverser la matière sans laisser de trace, ou celui de s'élever dans les airs aussi librement qu'un oiseau ?

Le professeur, vibrant de cette délicieuse titillation de l'intellect à l'approche de prodigieuses révélations, jeta un coup d'œil à la pendule murale qui marquait 20 h 45. Il partirait dans dix minutes. Le lieu de son rendez-vous n'était pas très éloigné. Il y avait jeté un coup d'œil avant d'entrer dans le pub, et ne regrettait d'ailleurs pas de s'y être arrêté quelque temps. Le grog brûlant qu'on lui avait servi lui avait fait le plus grand bien, réchauffant ses membres transis par l'air humide de Londres, en cette fraîche soirée d'avril.

Quand le vieux Louis eut rejoint son compagnon et déposé deux nouvelles chopes de bière mousseuse sur la table, il écouta avec intérêt la suite des explications du mousse. L'espace de quelques secondes, il se vit lui déclinant son identité et ses fonctions, et lui révélant les stupéfiantes dernières découvertes archéologiques. Quelle serait sa réaction ? Lamont se dit en souriant qu'il était très probable qu'il ne le croirait pas, mais aussi que son rude compagnon le menacerait de lui botter l'arrière-train s'il persistait à débiter de telles inepties !

– Les chercheurs, poursuivait Tom, se sont donc rapidement rendu compte que cet ancien palais crétois avait abrité une autre brillante civilisation, antérieure à celle des Grecs : la civilisation du terrible roi Minos, dont on ne savait trop, alors, s'il s'agissait d'un mythe ou d'une légende !

– Le terrible roi Minos ? marmonna Louis, absorbé dans le bourrage de sa pipe.

– Oui, c'est le roi qui avait fait construire cet immense labyrinthe, dans lequel se promenait le non moins terrible Minotaure... Ce monstre mi-homme, mi taureau...

– Ah ! oui ! Le Minotaure... Mais dis donc, Tom, mon gars, tu en sais des choses ? On n'dirait pas, comme ça, à te voir... Mais moi, Minotaure ou pas, je continue à croire qu'il vaudrait mieux laisser les morts tranquilles...

Puis après une pause, le vieux marin ajouta en baissant la voix :

– Tu as d'ailleurs vu ce qui est arrivé à l'un de ceux qui faisaient des fouilles là-bas ? J'ai lu ça dans le journal y a pas longtemps... Une sacrée tuile, hein ? Mourir éventré par les cornes d'un taureau, même si ce n'est qu'une statue, c'est pas comme ça que j'aimerais passer l'arme à gauche, moi !

– C'était un accident, comme il en arrive souvent, dit Tom en haussant les épaules.

– D'après ce que j'ai cru comprendre, les chercheurs sont rentrés tout de suite après...

– Oui, ils sont revenus. Mais je ne pense pas que cela avait un rapport avec cet événement.

– Quand ça commence par un malheur, dit gravement le vieux Louis, ça se termine en général assez mal. Rappelle-toi ce qui est arrivé à ceux qui ont découvert la tombe de ce roi égyptien...

– Le fameux Toutankhamon ?

– Oui, j'crois bien que c'est c'nom-là. Ça remonte à pas très longtemps, environ quinze ans. Tu n'devais pas être bien haut à cette époque-là. Eh bien, tu sais ce qui leur est arrivé à ces brillants chercheurs ?

– Bien sûr, je l'ai lu, mais...

– *Ils sont tous morts, les uns après les autres !* jeta brutalement Louis en pointant son index boudiné vers la frêle poitrine de Tom. Pas un seul d'entre eux n'y a échappé ! Ils sont tous morts, frappés par un mal mystérieux ! *Tous, sans exception !*

– Presque tous, protesta faiblement Tom.

– Tous ou presque tous, c'est du pareil au même ! Le malheur s'est abattu sur eux aussi sûrement qu'une tornade du Pacifique enverrait n'importe quel bateau par le fond ! J'ai jamais cru aux explications qu'ils ont données ensuite. D'ailleurs, ces morts, on ne les a jamais très bien expliquées ! Et pour ces dernières fouilles en Crète, j'ai l'impression que ça va mal se terminer aussi ! Je le répète... quand ça commence par un malheur, un autre suit généralement à quelques encablures !

Il se fit un silence à la table des deux marins. Tom avait été sur le point de répliquer avec véhémence, mais il semblait à présent ébranlé par la conviction de son compagnon. Quant au professeur Lamont, s'il se gaussait quelque peu de la prémonition du marin – son esprit scientifique rejetant catégoriquement ces croyances populaires sans la moindre base solide – il ne put s'empêcher d'évoquer avec tristesse la fin tragique de son confrère, un mois plus tôt. Un événement malheureux dont il avait été témoin. Il s'agissait de toute évidence d'un accident, qui ne fut d'ailleurs nullement la cause de leur départ, dont la date avait été arrêtée bien auparavant. Que quelques journalistes en mal de copie aient voulu faire de cet accident le prélude à une antique et mystérieuse malédiction ne l'étonnait guère. Et c'est probablement un de ces articles qu'avait dû lire le vieux marin pour ancrer sa croyance.

Le réveil des morts ensevelis, dont les yeux se rouvrent lentement à la lumière...

Il fallait en convenir, les reporters ne manquaient pas de talent pour trouver des titres évocateurs – comme celui dont il venait de se souvenir – propres à frapper les imaginations. Il fallait aussi reconnaître, qu'en piquant la curiosité des lecteurs, ces articles à sensation poussaient certains à se documenter sur le sujet, comme le jeune Tom, par exemple. Car il devait y avoir en Angleterre des centaines, des milliers de jeunes gens comme Tom, qui suivaient avec passion leurs travaux. Il avait d'ailleurs pu constater – même s'il n'avait pas eu le temps d'éplucher soigneusement les journaux – que les recherches archéologiques sur la Crète minoenne étaient toujours d'actualité, même si le sensationnel prévalait sur les comptes rendus scientifiques.

L'horloge d'une église proche sonnait 9 heures quand il quitta le pub. La soirée était très fraîche. Il rajusta son chapeau melon, remonta le col de son manteau et s'engagea sous le premier passage voûté à sa droite. Comme il avait pu s'en rendre compte en arrivant, le quartier était plutôt mal famé. Mais maintenant que les ténèbres s'épaississaient, et que seule la clarté anémique de quelques rares becs de gaz éclairait ce dédale de ruelles, cette impression se précisait et un sentiment d'insécurité gagna progressivement le professeur Lamont. Seul le tracé sinueux de ces allées rompait la monotonie de ces interminables rangées de maisons de briques, crasseuses et rébarbatives. Hâtant le pas, il ne tarda pas à arriver au lieu de son rendez-vous.

C'était l'entrée d'une très étroite ruelle, totalement plongée dans la pénombre. Personne. Mais il n'y avait pas lieu de s'inquiéter, estima-t-il, car il était à peine 9 heures passées, son mystérieux correspondant n'allait donc pas tarder à se montrer. Il battit la semelle quelques instants sous le réverbère en face de la ruelle, puis décida d'y jeter un bref coup d'œil. Très rapidement, il put constater qu'il s'agissait d'une véritable impasse, se terminant sur un mur assez haut où, pour autant qu'il pût en juger, il n'y avait ni porte, ni fenêtre, ni ouverture d'aucune sorte, comme tous les murs latéraux de la venelle à ce niveau-là. Tout en pivotant sur ses talons en se disant qu'il n'y avait vraiment aucune raison de rester plus longtemps dans cet obscur et étroit cul-de-sac, il perçut un bruit de pas à l'entrée de l'impasse. Il songea aussitôt à son correspondant et, en voyant déboucher une silhouette au coin du mur, il sut qu'il ne se trompait pas.

La venelle ne faisait guère plus de 25 yards, et c'est donc environ la distance qui le séparait du nouveau venu. Mais il voyait évoluer celui-ci à contre-jour. Sa silhouette se découpait dans le rectangle de lumière constitué par la partie éclairée du mur en face de l'impasse. D'un étrange pas mécanique, et avec un singulier bruit métallique, l'inconnu avançait sans hâte. Une légère brume gênait la vision du professeur Lamont, qui put néanmoins constater qu'il avait affaire à une personne assez grande et de forte carrure. Outre la régularité de ses pas et l'étrange bruit de ferraille qui l'accompagnait, il fut surpris par la couleur de ses habits, qui luisaient dans la pénombre, comme s'il portait une cuirasse flambant neuve. Mais était-ce bien là des reflets dorés ? Ne distinguait-il pas un véritable rougeoiement à hauteur de poitrine ? Alors que l'inconnu se trouvait à mi-chemin, le professeur Lamont, gagné par une vive inquiétude, l'interpella.

En vain. Seul un bruit de ferraille lui répondit. Il réitéra son appel, mais sans plus de succès. L'ombre imposante venait implacablement vers lui, barrant l'étroit passage de sa large stature. À l'instant où le professeur Lamont prit réellement conscience d'un danger, il vit l'inconnu lever le bras, puis faire un mouvement brusque dans sa direction. Il ressentit aussitôt une vive douleur aux genoux.

Que s'était-il passé ? Cet homme lui lancerait-il des projectiles ? Par où s'enfuir ? Allait-il pouvoir lui échapper ? Il lui barrait l'unique issue de toute sa masse en mouvement.

Nouveau geste brusque, nouvelle violente douleur, mais à l'épaule cette fois-ci. Terrorisé, le professeur Lamont recula, mais se heurta au mur derrière lui et glissa sur les pavés. Il se redressa, leva ses yeux et eut juste le temps de voir un curieux rougeoiement avant d'entendre le sinistre craquement de sa propre mâchoire, brisée par une grosse pierre lancée avec violence. Une indicible douleur le parcourut et lui fit perdre connaissance l'espace de quelques secondes. Dans son cerveau, ses pensées s'entrechoquaient. Que lui arrivait-il ? Qui était ce terrifiant agresseur dressé devant lui ? Pourquoi lui voulait-il du mal ? Quelle était cette étrange lueur émanant de lui ?

Une nouvelle douleur le frappa. Il ne put la localiser cette fois-ci, tant elle était profonde et fulgurante. Il avait senti et entendu un immense craquement dans son corps et savait à présent que sa fin était proche. Le goût douceâtre du sang de ses lèvres meurtries et le filet de liquide gluant qui l'aveuglait étaient plus qu'éloquents. Mais il réussit néanmoins à rouvrir un œil et à avoir, bien que très floue, une dernière vision de ce monde.

Ce qu'il voyait était une créature rutilante qui s'avançait à le toucher. Quelque chose en elle, brillant comme de la braise, se rapprochait de son visage. Il éprouva une vive impression de chaleur et sentit une forte odeur de brûlé. Quelques ultimes pensées affluèrent à son cerveau.

Il se vit transporté en Crète, près de cette tholos funéraire où leur ami, éventré par la statue, rendait son dernier souffle alors qu'arrivait le médecin du village voisin. Le corps enlevé, ses confrères et lui-même examinèrent la profonde cavité, se répandant en toutes sortes d'hypothèses. L'un d'entre eux, penché sur les cornes du taureau en pierre, avait alors fait une curieuse remarque, qui lui avait non seulement paru mal à propos, mais aussi franchement absurde, surtout venant d'une personne sensée.

« *En bonne logique, ç'aurait dû être un géant en bronze lanceur de pierres qui protège ce site, et non un taureau...* »

La sensation de chaleur et de lumière s'accrut. Un objet brillant s'approchait des yeux de Duncan Lamont.

« *Le réveil des morts ensevelis, dont les yeux se rouvrent lentement à la lumière* »...

Une terrible douleur embrasa le visage du professeur Lamont qui sombra, quelques instants plus tard, dans un sommeil éternel.

2

OÙ KATE JONES FAIT SON APPARITION

8 avril, à Londres, dans une respectable maison géorgienne près de Sloane Square

– *Je veux vivre ! Je veux vivre ma vie !* s'écria Kate Jones en faisant irruption dans le salon, dont la délicate porcelaine chinoise vibra au son strident de sa voix.

La vue de son père, tranquillement assis dans un fauteuil de l'autre partie de la pièce, ne calma pas la jeune fille. Bien au contraire. Elle eût préféré qu'il lui réplique franchement, afin qu'elle puisse lui préciser ses sentiments avec véhémence. Mais Arthur Jones ne semblait guère enclin à la polémique. Il ne lui accorda qu'un long regard pensif.

Elle répéta à tue-tête ce qu'elle venait de proclamer, avant de s'installer résolument sur le sofa, boudeuse. Du coin de l'œil, elle vit que le coup avait porté. Arthur Jones tournait son verre de cognac dans sa main, ce qu'il ne faisait que lorsqu'il était embarrassé ou soumis à un quelconque problème.

– Que veux-tu dire par là, ma chérie ? demanda-t-il d'une voix très calme.

– Rien de plus que ce que j'ai dit : je veux vivre ma vie.

– C'est très intéressant, ça, Kate, mais il me semble que c'est à cela qu'aspire tout un chacun...

– Je veux vivre ma vie et je n'épouserai pas Milton !

– Ah !... Nous y voilà ! fit Arthur Jones en ébauchant un sourire où perçait une certaine amertume. Mais si cela ne te dérange pas, Kate, j'aimerais en parler une autre...

Kate le coupa brutalement :

– Je sais ce que tu vas me dire, papa, que Milton Ross est un garçon bien sous tous rapports. Qu'il est grand, blond, intelligent et très cultivé, qu'il a d'excellentes manières, qu'il est digne de confiance, d'autant que tu connais très bien son père, qu'il a une situation enviable et pleine d'avenir... Bref, qu'il est l'homme qu'il me faut et que je n'aurai sans doute jamais l'occasion de trouver un si bon parti, hein ?

– Tu oublies qu'il t'aime, souligna Arthur Jones.

– Peut-être, rétorqua Kate dans un furieux froncement de sourcils. Mais l'ennui, c'est que moi, je ne l'aime pas !

– Allons, calme-toi, ma chérie, tu ne sais pas ce que tu dis !

– Comment ? s'étrangla Kate. Je sais encore qui j'aime et qui je n'aime pas !

– Pardonne-moi, Kate, mais je crains fort que tu ne sois pas encore en mesure de comprendre tout à fait la signification de ce mot. Je suis absolument certain que tu ne détestes pas cet excellent Milton. Chaque fois que vous vous voyez, d'ailleurs, vous vous amusez beaucoup. Ne dis pas le contraire. Je vous ai observés, l'autre fois, lors de votre partie de golf, et je n'ai pas eu l'impression que vous étiez en train de vous ennuyer !

– C'est un excellent ami, papa, je ne dis pas le contraire... Mais...

Elle marqua une hésitation et se tut un instant. Tout en l'observant, Arthur Jones se dit qu'il n'aurait pas la tâche facile avec Kate. C'était une grande jeune fille de 20 ans, débordante d'énergie. Une magnifique chevelure noire tombait en vagues ondoyantes sur des épaules bien droites. La minceur de sa taille ajoutait à l'impression de fragilité qui émanait de son visage, où brillait le regard ardent de ses grands yeux noirs.

Jones s'était toujours dit qu'elle n'avait guère le type anglais. Elle n'était du reste pas sa véritable fille, mais l'enfant issue d'une première aventure de feu sa femme Esther, qui l'avait quitté quelques années plus tôt, emportée par une foudroyante tumeur au cerveau. Kate n'était qu'un tout petit bébé quand il avait épousé Esther, et à ce moment, il n'avait guère cherché à se renseigner sur son père, dont la brève relation avec Esther, au dire de tous – y compris de la principale intéressée – n'avait été qu'une erreur de jeunesse. La famille d'Esther, d'un niveau social et financier bien supérieur à celui dont il était issu, l'avait donc assez bien accueilli quand il s'était présenté pour demander la main de leur fille – et reconnaître l'enfant. Ils ne devaient d'ailleurs pas regretter leur confiance. Jones, fort de ces nouveaux appuis et de son inébranlable confiance en lui-même, sut s'élever à un niveau respectable, celui d'un haut fonctionnaire au ministère de l'Intérieur.

À la mort de sa femme, Jones avait jugé bon de dire la vérité à Kate, qui n'avait été que faiblement affectée par la nouvelle. Elle lui avait seulement fait remarquer – assez timidement, car elle n'était qu'une adolescente de 14 ans – qu'elle aurait préféré n'en rien savoir. À présent, il commençait à se demander s'il n'aurait pas mieux fait de se taire. Il estimait néanmoins que tôt ou tard, la jeune fille aurait été informée par une de ces personnes bien intentionnées comme il en existe dans chaque famille. Ceci posé, il avait mieux valu que ce soit par lui.

Ce ne fut qu'au cours des années suivantes que Kate se forgea son véritable caractère, ce qui l'avait amené à s'interroger parfois sur l'auteur de ses jours, car tant sur le plan physique que mental, elle n'avait guère hérité de sa mère, la douce et paisible Esther. N'était la grâce de sa silhouette, Kate avait tout d'un garçon manqué, intrépide, remuante et même très entêtée par moments. Il avait également remarqué qu'elle avait un penchant pour la fabulation, et qu'elle débitait ses mensonges avec un aplomb surprenant à cet âge-là.

Pour Jones, tout cela troublait le plan bien organisé de sa vie, lui, quinquagénaire tranquille, méticuleux, qui n'appréciait guère le bruit et la foule, les perturbations de tout ordre, aussi bien dans son travail que dans sa vie privée. De taille moyenne, des cheveux châtains dégarnis aux tempes, il avait un visage empreint d'une aimable neutralité, que l'on retrouvait dans toute sa personne. Mais cette impression était trompeuse, car il savait se faire respecter au besoin. Or, en l'occurrence, il avait décidé que Kate épouserait Milton Ross. Cependant, le cas de sa fille nécessitait un peu plus de doigté qu'une injonction à un simple subalterne.

– Mais... reprit Kate en serrant les poings, je ne l'épouserai pas !

– Détends-toi, ma chérie, voyons... Essaie de réfléchir calmement à la situation. Si tu savais seulement toi-même ce que tu reproches à ce brave garçon...

– Rien, justement ! Il est trop parfait !

– Donc, tu l'aimes !

– Non, je ne l'aime pas !

– Calme-toi, Kate, et viens par ici, car...

– Non, je suis très bien où je suis !

Une grande ouverture reliait les deux pièces qui formaient l'élégant et vaste salon des Jones. Kate, se trouvant au milieu de la plus petite partie, ne voyait de l'autre pièce que la large fenêtre et le fauteuil dans lequel était installé son père. Cette séparation semblait marquer celle de deux camps adverses et Kate, en la franchissant, aurait eu l'impression de capituler, ce qu'elle n'aurait voulu pour rien au monde.

– Très bien, ma chérie... Dans ce cas, si cela ne t'ennuie pas, nous reprendrons une autre fois cette intéressante discussion, car...

– Non ! Il faut que les choses soient claires, une fois pour toutes !

La voix de Kate s'était faite particulièrement stridente et Jones, qui ne cessait de tourner son verre entre ses doigts, avait légèrement tressailli. Kate le trouvait bizarrement tendu et cela la mettait hors d'elle.

– Parfait. Alors sois brève...

– Il faut que tu saches ce que je veux, ce que j'exige de la vie...

– Oui, dis-le-nous alors...

Kate se leva et vint se planter devant son père, à la hauteur de la séparation, déclamant :

– Je ne suis pas faite pour une vie casanière, papa. J'ai besoin de bouger, de connaître de nouveaux horizons ! Il me faut de l'espace, de grands espaces, de l'inconnu, du mystère ! Je veux une vie aventureuse, pleine de dangers et d'exotisme, c'est-à-dire tout le contraire de ce qui m'attendrait fatalement si j'épousais Milton. Je veux être libre comme ces grands fauves de la savane qui...

Kate s'interrompit brusquement. Elle venait de comprendre l'embarras de son père : installé devant la cheminée, un grand monsieur aux cheveux argentés la dévisageait avec un éclair de malice dans le regard.

Morte de honte, elle se sentit rougir jusqu'à la

racine des cheveux. Elle venait de se donner en spectacle à un inconnu, de se couvrir de ridicule comme elle ne l'avait sans doute jamais fait auparavant. L'esprit confus, elle entendit son père faire les présentations. Elle avait déjà vaguement entendu parler de l'ami de son père, sir Basil Ward, ancien archéologue. Elle dressa l'oreille quand elle apprit qu'à présent, il était spécialisé dans l'étude des affaires criminelles non élucidées ou autres cas mystérieux. L'homme, un peu au-delà de la soixantaine, était de haute taille et assez mince. Son impeccable costume de tweed, de plusieurs tons de gris, seyait fort à sa chevelure argentée, encore assez fournie, et ajoutait à sa distinction naturelle. Avec son ton courtois et plaisant, il parut très sympathique à Kate, notamment quand il la questionna sur ses orientations vers l'aventure et le mystère. Mais elle n'arrivait pas à se débarrasser de son sentiment de honte et de ridicule, si bien qu'elle ne put guère assurer la conversation comme à l'accoutumée. Elle balbutia une excuse et se retira.

Jones eut un regard entendu pour son hôte et conclut le cas de sa fille par un très paternel « Il faut bien que jeunesse se passe ».

Sir Basil Ward, le regard lointain, répondit en souriant :

– Elle a en tout cas l'air très décidé...

– Oui, en effet. Mais vous semblez bien songeur, Ward ? C'est à cause de ce mystérieux et brutal assassinat, la nuit dernière, près des Docks ?

– Pas exactement. Evidemment, c'est un cas singulier. J'en ai entendu parler, mais je n'ai pas encore eu le temps d'ouvrir un journal pour prendre connaissance des détails.

– Vous savez au moins que la victime était le professeur Lamont ?

– Oui, mais je le connaissais à peine.

– Moi aussi, fit observer Arthur Jones, plongé dans la contemplation de son verre de cognac. Mais c'est de sa fonction dont je parle...

– Je comprends.

– Et je ne vois pas du tout ce qui a pu l'amener dans ce quartier... Sans parler de la sauvagerie de ce meurtre...

Sir Basil Ward fronça les sourcils :

– Le gouvernement s'intéresserait-il à cette affaire ?

Jones respira à fond, avant de répondre, légèrement embarrassé :

– Oui... d'une certaine manière. En fait, tout cela est encore très flou. Ce ne sont d'ailleurs que des rumeurs qui circulent dans les couloirs du ministère. Personnellement, je ne suis chargé de rien pour le moment et ce n'est d'ailleurs pas mon rôle. (Et, sur un ton de confidence, il ajouta :) J'ai cru comprendre qu'à l'occasion des dernières fouilles archéologiques en Crète, nos experts auraient ramené avec eux quelque précieuse découverte. J'ignore totalement de quoi il s'agit, mais tout laisse à penser qu'il s'agit de quelque chose de très important.

– Qui aurait un rapport avec le meurtre du professeur Lamont ?

– C'est encore trop tôt pour l'affirmer. Mais comme Lamont faisait partie du groupe, le lien me semble évident. À moins qu'il ne se soit fait agresser pour être tout simplement détroussé. Mais ce serait quand même une curieuse coïncidence, d'autant plus que les très étranges circonstances du meurtre ne plaident guère en faveur de cette hypothèse. Enfin, je vous en reparlerai quand j'en saurai un peu plus. Naturellement, ceci reste entre nous, Ward...

Sir Basil Ward assura son hôte de son entière discrétion et prit congé peu après. Jones, quant à lui, se resservit un doigt de cognac, qu'il dégusta pensivement. Après quoi, il s'empara, pour la relire, de l'édition du *Times* de l'après-midi, qui relatait le drame. Les manchettes de la première page lui étaient consacrées :

Meurtre mystérieux à Whitechapel

« C'est peu après 21 heures, la nuit dernière, au fond d'une sombre impasse désaffectée de l'East London, que le dénommé Duncan Lamont a rencontré son destin de manière bien tragique. Un meurtre sauvage qui a plongé la police dans un abîme de perplexité. Qu'on en juge : après avoir lapidé sa victime, *l'assassin a tenté de la brûler !* L'inspecteur Charles, responsable de la police du quartier, arrivé sur les lieux vers... »

3

POTERIE BRISÉE ET SABLE NOIR

Entre 1 et 2 heures du matin, l'inspecteur Charles, de la division H de Whitechapel, avait le sentiment d'être totalement dépassé par les événements. Engourdi, il regardait ses collègues s'affairer autour de la victime. Les experts de Scotland Yard et le médecin légiste venaient d'arriver et les éclairs des flashes au magnésium illuminaient l'obscur cul-de-sac. Les trois constables placés sous ses ordres étaient chargés d'inspecter les environs. Quant à cet inspecteur du Yard qu'on lui avait promis en renfort, il en attendait impatiemment la venue.

Car ce meurtre dépassait l'entendement. Un de ces cas bizarres qu'il était loin d'affectionner. Il l'avait d'ailleurs immédiatement compris et ne pouvait que se féliciter d'avoir aussitôt prévenu Scotland Yard. Il avait déjà flairé un relent de tracas et de difficultés quand le boucher du quartier était venu le trouver au poste de police – il s'y trouvait alors de garde – à minuit moins le quart, pour se plaindre d'un type qui s'amusait à troubler le sommeil d'honnêtes citoyens en faisant un bruit de ferraille dans la rue. Ensuite, la vue du cadavre au fond de cette impasse, que la clarté de sa lanterne avait débusqué alors que tous deux s'apprêtaient à rebrousser chemin après un examen sommaire des alentours...

La position du corps, affaissé au bas du mur, avait déjà quelque chose d'insolite en soi. Il n'y avait aucun doute, cet homme était mort. Quand le rayon lumineux de sa lanterne s'était arrêté sur le visage du cadavre, il avait d'abord détourné les yeux. Une vision de cauchemar. La bouche ensanglantée et ces dents cassées, sous un nez et des yeux rendus méconnaissables par une grave brûlure. Et ce crâne défoncé comme il en avait rarement vu... L'inspecteur Charles, né dans ce quartier où il avait toujours été affecté, n'était pas précisément novice en la matière. Et il y avait aussi cette écœurante odeur de chair brûlée. Puis sa lampe avait éclairé les grosses pierres à côté du corps... Probablement les armes des agresseurs, mais qui donc aurait pu avoir l'idée de tuer quelqu'un d'une manière si horrible ? Et qui, aussi, aurait été à même de le faire, sinon un géant, car la plus grosse des pierres ne devait pas peser moins de cinquante kilos ? Aux pieds du cadavre, se trouvaient également un ou deux détails insolites qui avaient fini par le déconcerter totalement, tout comme la remarque du boucher à ses côtés : « C'est probablement ce type au bruit de ferraille qui a fait le coup. »

« Une sale affaire », pensait l'inspecteur Charles, alors que le médecin légiste lui faisait la même remarque après un examen sommaire de la victime.

– J'ai rarement vu ça, ajouta le petit homme rondelet en époussetant son pantalon. À se demander ce que cherchait au juste l'assassin... Il lui a jeté un tas de grosses pierres, puis il l'a brûlé sur le devant, comme s'il l'avait pressé contre une grande plaque de fer rougie à blanc...

– Une plaque de fer rougie à blanc ? répéta le policier, plus songeur qu'interrogateur.

– C'est une manière de parler. Car toutes les brûlures apparaissent uniquement sur l'avant. Front, nez, joue droite, menton pour le visage. Et plus bas les habits à la hauteur de l'épaule et de la poitrine du même côté droit. (Songeur, le médecin légiste posa son petit doigt replet sur ses lèvres, puis ajouta :) Il est très probable que c'est l'application de métal chauffé à blanc qui a brûlé les chairs. J'ai déjà eu l'occasion d'en voir de semblables. Il y a donc tout lieu de penser que les brûlures sur ses vêtements ont une origine identique.

– J'ai vraiment du mal à comprendre...

– C'est un cas assez singulier, je l'avoue, fit pensivement le médecin. En revanche, la cause du décès semble claire. Ce sont ces grosses pierres. Je peux vous dire qu'elles ont été lancées avec une extrême violence. L'une d'elles lui a pratiquement cassé toutes les dents. Le reste du corps n'a pas dû être épargné, mais c'est surtout cette fracture du crâne qui est singulière. À mon avis, elle n'a pu être faite qu'avec cette très grosse pierre, là-bas, juste à gauche du corps. Elle est d'ailleurs tachée de sang de manière significative. Je le répète, il a fallu beaucoup de force pour la lancer...

– Oui, murmura l'inspecteur Charles, qui se sentait très las. Je l'avais noté.

Quelle sorte de monstre avait bien pu tuer ce malheureux ? songeait-il, alors qu'il tentait vainement de se représenter la scène du meurtre. Le pauvre n'avait sans doute pas dû voir grand-chose, au fond de cette obscure impasse mal pavée, entre ces hauts murs aveugles.

– À propos, reprit le médecin, avez-vous aussi noté les petits débris aux pieds de la victime ? On dirait ceux d'un pot cassé. Il y a également du sable noir, qui ne semble pas provenir du coin...

Cela aussi, le policier l'avait remarqué, mais son cerveau semblait être en panne. Il fut tout aise en entendant le bruit d'une voiture au bout de la ruelle, sans doute celle de l'inspecteur dépêché par Scotland Yard. Il ne se trompait pas. Quelques instants plus tard, il serrait la main d'un homme qui lui renvoyait l'image inverse de sa propre personne : jeune, fringant et sûr de lui, tout juste la trentaine. L'inspecteur Kersall se présenta puis écouta en silence l'exposé des faits.

– Vous nous aviez bien dit que le mort s'appelait Lamont, Duncan Lamont ? demanda-t-il tout en fouinant aux alentours du cadavre.

– Oui, c'est ce qu'indiquent ses papiers.

– Savez-vous de qui il s'agit ?

– Un professeur, je crois. J'ai vu quelque chose dans son portefeuille qui le suggérait.

– C'est exact. Un de ceux qui ont fait des fouilles en Crète. On en a vaguement parlé ces derniers temps. Cela vous dit-il quelque chose ?

– Oui, je crois... Il y avait même eu un accident tragique, là-bas ?

– Exact, trancha l'inspecteur Kersall, le regard fureteur. Si bien que maintenant, ça nous en fait deux. Deux morts. Deux des membres de cette fouille sont morts à quelques jours d'intervalle... après avoir profané une tombe qui date de l'Antiquité.

– Que... que voulez-vous dire ? s'inquiéta le chef de la police du quartier.

– Qu'il va falloir prendre des mesures pour que nos hommes soient discrets. La presse est très friande de ces cas-là, et elle ne rate jamais une occasion de nous discréditer, vous le savez bien. Donc essayons de nous en tenir au strict minimum quant à nos déclarations. Mais qu'est-ce que c'est ça ? s'exclama-t-il soudain en se penchant à côté des jambes allongées du cadavre.

– Le reste d'un pot cassé, je crois...

L'inspecteur Kersall sortit une loupe de sa poche, puis s'empara d'un fragment pour le soumettre à un examen minutieux.

– C'est un fragment d'une très vieille poterie, affirma-t-il quelques instants plus tard. Et ce sable, en avez-vous une idée ?

– Non, je ne vois pas, bredouilla l'inspecteur Charles, un peu confus, et prenant de plus en plus conscience du fossé qui le séparait de ce jeune inspecteur, entreprenant et d'une grande vivacité d'esprit.

Quant à lui, il sentait se brouiller ses idées. Ainsi que sa vue. Ce petit tas de sable noir, d'un volume d'environ un ou deux litres, répandu sur les pavés en une sorte de pyramide, au milieu de ces débris aux couleurs passées, dansait devant ses yeux fatigués avec une multitude de points d'interrogation, qu'il eût volontiers troqués contre des moutons, pour les compter tranquillement du plus profond de son lit douillet.

Un de ses constables fit ensuite irruption pour leur apprendre qu'un habitant du quartier, serrurier de son état, s'était plaint qu'un intrus avait allumé un feu dans la cheminée de son atelier, deux ruelles plus loin.

L'inspecteur Charles le remercia assez sèchement, lui faisant bien comprendre qu'il y avait pour le moment d'autres priorités qu'un clochard cherchant à se réchauffer dans le premier pavillon désert qui se trouvait sur son chemin.

Kersall, pensif, resta silencieux. Sans cesser de fixer le lieu du crime, il passait et repassait sa main dans ses cheveux, puis il demanda à son collègue :

– Un assassin qui fait un étrange bruit de ferraille, qui lance des pierres à sa victime, puis qui la brûle... cela ne vous dit rien ?

– Non, non... pas vraiment, bredouilla l'inspecteur Charles. Pourquoi ? Cela devrait-il avoir un sens ?

Kersall porta un doigt songeur à son menton :

– En tenant compte des deux victimes, *oui, cela pourrait en avoir un...*

4

NON, C'EST NON !

– *Per Jovem !* Que tu es belle, Kate ! lança Milton Ross en voyant apparaître la jeune fille qui venait de répondre à son coup de sonnette.

– Milton, si tu savais comme c'est agaçant ! répliqua-t-elle avec un sourire las.

– De se savoir si belle ? s'étonna-t-il.

– Ça, non... C'est ce stupide *Per Jovem !* Ça fait tellement pédant ! Ce sont les personnages de Molière qui parlent comme ça !

– Tu connais les personnages de Molière ?

– Me prendrais-tu pour une idiote ?

– Non, puisque je t'aime.

Kate leva les yeux au ciel et soupira :

– Dieu que tu peux être bête ! Viens, ne reste pas aussi stupidement sur le pas de la porte.

Milton franchit le seuil de la belle maison géorgienne des Jones, d'un grand pas souple assez peu en accord avec son physique plutôt lourd. Sanglé dans un complet crème – qui aurait gagné, selon Kate, à avoir une coupe plus sportive et une teinte plus discrète – Milton Ross était grand et assez corpulent. Ses cheveux blonds filasse, soigneusement ramenés en arrière, ne cachaient rien d'un visage plutôt banal, au-dessus d'un cou puissant. Sur son nez camus, des lunettes à monture épaisse achevaient de lui donner cet air d'intellectuel qu'il cultivait avec tant de soin, notamment dans ses manières et la perpétuelle bonne humeur imprimée sur ses traits, signe sans doute indubitable d'un sens de l'humour très raffiné.

Très décontracté dans un fauteuil, il regarda d'un air réjoui Kate lui servir un whisky.

– Cela ferait un très beau tableau, Kate. Il me semble voir une Romaine versant quelque liquide d'une amphore...

– L'image parfaite de la femme soumise, autrement dit !

– Pas du tout : un geste naturel d'une grande pureté !

– Alors, il ne s'agit pas de moi, car, et tu le sais bien, je mens comme une arracheuse de dents !

– Très bien. Je saurai désormais à quoi m'en

tenir sur tes sentiments, puisque tu me repousses toujours aussi systématiquement !

Kate se redressa et le fixa avec une moue :

– Au fait, tu ne m'as pas dit ce qui t'amène ici ?

– *Carpe Diem*, ma chère Kate !

– Milton, pourquoi t'obstines-tu à ne pas parler comme tout le monde !

– Je mets à profit le jour présent. Etre en ta compagnie, est pour moi la chose la plus agréable du monde !

– J'espère que tu as une bonne idée pour me distraire cet après-midi, sans quoi, si tu continues ainsi, je te renvoie sur-le-champ !

Milton prit tout son temps pour allumer un cigare. Il toussota dès les premières bouffées, puis, sa toux calmée, il déclara, gravement :

– J'ai mieux que ça, Kate...

– Je t'écoute.

Nouvelles bouffées suivies d'une quinte de toux :

– Un grand projet...

Kate, qui venait de se jeter dans un fauteuil, se raidit :

– J'espère qu'il ne s'agit pas de... de mariage !

– Non... enfin pas encore. C'est autre chose, quelque chose de plus... de plus fou !

Kate, sur le qui-vive, fronça un sourcil incrédule.

– Quelque chose de très dangereux et de follement excitant ! jeta-t-il en se levant. *Per Jovem !* Tu verras, ce sera grandiose ! Nous allons passer des vacances inoubliables, dignes des dieux de l'Olympe !

– Quoi ! *Nous* allons passer des vacances ?

– Oui, nous deux, seuls, comme des grands !

– Mais tu divagues, Milton ! Tu rêves ! Jamais je...

– Attends, trancha-t-il. Attends de savoir de

quelles vacances il s'agit. Tu sais que mes affaires ne marchent pas trop mal...

– Tes affaires ? Je croyais que tu travaillais à la banque de ton père ?

– Sans doute. Mais je m'occupe des placements et je me débrouille plutôt bien, comme tu le sais !

Ayant parlé, il tira sur son cigare, et réprima aussitôt un toussotement.

– Ne nous écartons pas du sujet, dit Kate. Quel est le rapport ?

– Eh bien c'est que je vais pouvoir me payer quelque chose de bien, cet été, car j'ai décidé d'en profiter...

Kate prit un air dédaigneux :

– Je ne vois toujours pas ce que je viens faire là-dedans...

– Tu viendras avec moi, tout simplement.

– Tu sais que je ne suis pas encore majeure ?

– Cela m'étonnerait que ton père s'oppose à ce projet.

Kate se mordit les lèvres. Il venait de marquer un point et elle avait horreur de cela.

– Il reste, dit-elle, qu'il te faudrait quand même mon accord. Et je préfère te prévenir, il faudrait que ton projet m'emballe vraiment pour que je l'accepte.

En fait, Kate n'envisageait nullement de suivre Milton, où que ce soit d'ailleurs, mais force lui fut de reconnaître qu'il se montrait assez distrayant ce jour-là.

Le jeune homme se racla discrètement la gorge :

– Je crois que tu seras d'accord, ma chère...

– Peuh !... Enfin dis toujours...

Milton observa un nouveau silence, puis dit avec enthousiasme et grandiloquence :

– *Un safari !* Nous irons en safari cet été ! Un safari d'enfer, au cœur même de l'Afrique noire !

Nous affronterons les fauves les plus féroces, les tribus les plus sauvages ! Nous traverserons des fleuves infranchissables, grouillants de crocodiles, et aux multiples cataractes, nous traverserons la jungle après mille dangers, après avoir perdu tous nos porteurs, les uns dévorés par les lions, les autres nous abandonnant lâchement en pleine action, alors que nous, ma chérie, nous...

Kate le regarda d'un air bizarre.

C'était un comble. Lui, le plus citadin, le plus casanier des garçons qu'elle connaissait à Londres, Milton Ross, parangon de culture – selon lui – et grand consommateur des derniers produits du progrès, qui envisageait de faire un safari en Afrique ? Lui qui avait toujours été élevé dans le très douillet et luxueux cocon de son cadre familial, n'ayant jamais connu la moindre entrave, la moindre difficulté... il voulait se lancer dans une dangereuse expédition en terre lointaine ? C'était parfaitement grotesque.

Il fallait le voir descendre de sa rutilante décapotable, entrer dans son club avec des allures de paon, rejoindre ses amis au bar en lançant quelque érudite plaisanterie, puis faire noblement signe au barman, pour tenter de comprendre ce que ressentait alors Kate. Partagée entre l'ahurissement et la crise de fou rire, elle demanda simplement :

– Quelle mouche t'a piqué, Milton ?

– Rien, dit-il avec une simplicité affectée. J'ai réfléchi, ces derniers temps. Sur moi, sur la vie... sur tout.

– Et il est ressorti de tout ça que tu vas faire un safari ?

– Oui...

– Je ne comprends pas, Milton, franchement.

– Qu'est-ce que tu ne comprends pas ?

– Tout ce que tu me racontes. C'est tellement contraire à... à tout ton personnage.

– Mon personnage ? Explique-toi. Ce serait une bonne occasion de dire ce que tu penses de moi.

Kate eut une moue amusée :

– Très bien, si tu y tiens. Alors... je pense que tu es quelqu'un d'une agréable société. (Elle se mit à compter sur les doigts :) Intelligent, soigneux, précis, raisonnable, courtois, affable, sérieux et très compétent dans son travail. Tu t'intéresses à beaucoup de choses, tu te défends assez bien au tennis et au golf et tu es même assez drôle à l'occasion. Tu es, si l'on veut, parfait dans ton milieu. Mais c'est là que le bât blesse, justement : tu es trop parfait. Tu brilles comme un blason neuf, symbole doré d'une manière de vivre ridiculement précieuse et conventionnelle, et bien entendu, totalement insipide. Le pire, c'est que tu te complais en ce milieu !

– Ce milieu, ma chère, qui est aussi le tien, et dont tu tires profit sans trop d'états d'âme, apparemment. (Milton ébaucha un sourire.) Tu as d'ailleurs de qui tenir : ton grand-père, le baron Edgware, quatrième du nom, avait été une personne éminemment respectable. Dieu ait son âme... (Son regard fit le tour de la pièce, richement décorée :) Cette maison était l'une des siennes, n'est-ce pas ? Et je pense qu'il t'a laissé en héritage de quoi voir venir les mauvais jours ?...

– Je ne suis pas encore majeure...

– Mais tu le seras bientôt.

Kate haussa les épaules et étendit ses longues jambes sur une table basse, comme pour mieux défier les conventions. Mais il y avait trop de grâce dans son mouvement pour qu'elle dépare ce salon cossu. Un pantalon de jersey clair moulait ses jambes admirables et soulignait la finesse de sa taille. Son port de tête et la superbe cascade de sa chevelure lui conféraient des allures de princesse, qui ne s'accordaient que trop avec le mobilier, Chippendale entre autres, et d'inspiration exotique pour la plupart. Cette impression était encore accentuée par sa ressemblance avec une Cléopâtre, qui, dans le grand cadre doré au-dessus du sofa où elle était installée, se prélassait au milieu de ses servantes.

– C'est de toi que nous parlions, Milton, n'est-ce pas ? fit-elle distraitement. À moins que tu n'aies pas envie de connaître la suite ?

– Je t'en prie, ce n'était qu'une brève parenthèse.

– Eh bien, je t'avouerai franchement que malgré ta perfection, tu as tout de même quelques défauts. Disons plutôt qu'il te manque certaines qualités. Comme le sang-froid, le courage physique, l'endurance, l'adaptation en milieu étranger. Bref, Milton, tu n'as pas l'âme d'un aventurier et j'ai plutôt tendance à croire qu'il t'arriverait une tuile dès que tu poserais le pied sur le sol africain... Je verrai assez bien quelque chose comme une noix de coco te tombant sur la tête en guise d'accueil !

Et Kate partit d'un grand éclat de rire, qui ne rencontra guère d'écho chez son ami. Celui-ci eut du mal à garder sa dignité. Un peu humilié, mais toujours sous l'emprise de cette désirable jeune personne, il mordillait son cigare en la fixant d'un air étrange.

– En somme, dit-il, tu n'es pas prête à me suivre en Afrique ?

– Oh ! que non ! répondit-elle, toujours secouée par le rire. Je n'ai pas envie de finir ma vie à tes côtés... dans une grande marmite avec un tas de cannibales en train de danser autour ! Mon pauvre Milton, si tu voyais ta tête !

Blême, Milton Ross se leva et quitta la pièce sans ajouter le moindre mot.

5

UNE PORTE S'OUVRE

14 avril

– *Je ne l'épouserai pas, je ne l'épouserai jamais !* s'écria Kate, les yeux luisants de fureur.

Arthur Jones, carré dans son fauteuil, s'éclaircit la voix tout en jouant avec le verre de cognac qu'il venait de vider.

– *Il* est venu te trouver entre-temps, hein ? reprit-elle. *Avoue-le !*

– Pas du tout. D'ailleurs je ne te force pas à l'épouser, comme tu sembles le croire...

– Tu me harcèles, c'est pire ! Tu me fais comprendre par mille petits détails que ce serait la solution la plus sage ! Tu me prends pour une idiote ? Car ça t'arrangerait, hein ! que je l'épouse, lui, Milton, jeune et riche banquier, sur le point de remplacer son père à la tête de la société ? Comme ça, quand je serai majeure, je ne songerai pas trop à m'occuper de l'héritage de maman, pour que tu puisses continuer à le faire comme tu l'as toujours fait !

Jones se figea dans son fauteuil, frappé de stupeur.

– Que dis-tu là, ma chérie, balbutia-t-il en déposant son verre.

– La vérité, rien que la vérité : tu as peur que je parte avec toute ma part d'héritage le jour de mes 21 ans ! Car sans cela, sans l'argent de maman, tu ne serais plus grand-chose ! Un insignifiant fonctionnaire condamné à vivre de son modeste traitement, et non dans cette riche demeure, bien au-dessus de tes moyens !

– Kate, s'étrangla Jones. Comment peux-tu parler ainsi... Jamais, je...

Sans en écouter davantage, la fougueuse Kate tourna sur ses talons et quitta la pièce en claquant violemment la porte derrière elle. Elle prit au passage un chandail dans sa chambre, puis sortit, en claquant tout aussi violemment la porte d'entrée. Dehors, il faisait déjà nuit et son pas pressé résonna dans la rue déserte de Belgravia. Elle n'avait pas parcouru cent mètres qu'elle regrettait déjà son explosion verbale. Des propos excessifs, même s'il y avait un fond de vérité. Jamais elle ne lui avait parlé ainsi. Mais elle ne supportait plus qu'on lui dicte ce qu'elle avait à faire : elle voulait être libre et vivre sa vie, connaître de passionnantes aventures... Elle rêvait de rencontrer un inconnu dans des circonstances sortant de l'ordinaire, et non par un arrangement paternel !

Elle traversa Hyde Park Corner et longea Green Park en essayant d'imaginer comment cela pourrait être possible, ici, dans ce quartier où il n'arrivait jamais rien. La nuit était fraîche et brumeuse, mais Kate ne s'en souciait nullement et avançait d'un pas décidé. Elle se rendit soudain compte qu'elle suivait machinalement un parcours familier, celui qui l'amenait chez son professeur de piano, miss Heptbridge, qui habitait à l'est de Mayfair. C'était justement ce jour de la semaine qu'elle avait l'habitude de s'y rendre. Elle devait avoir l'esprit singulièrement perturbé pour l'avoir oublié. Sa montre-bracelet, qui marquait 20 heures 20, lui indiqua qu'elle n'aurait qu'un petit quart d'heure de retard.

Miss Heptbridge semblait très contrariée quand Kate prit congé d'elle à 21 h 30. Elle lui fit remarquer qu'elle gagnerait à traiter l'instrument avec plus de douceur, et que le piano était une passion et non une sorte d'exutoire. Kate la salua respectueusement en lui disant qu'elle y veillerait à l'avenir, tout en pensant *in petto* qu'avec quarante ans en moins, miss Heptbridge aurait fait une excellente épouse pour Milton. Elle avait d'ailleurs l'impression qu'à force de lui prodiguer ses conseils, la vieille demoiselle ne parvenait qu'au résultat inverse de ce qu'elle souhaitait, c'est-à-dire cultiver en elle une aversion féroce pour l'instrument. Il n'était pas du tout exclu qu'elle cesse ses leçons dans un proche avenir.

En sortant de chez miss Heptbridge, elle fut surprise par l'allure furtive d'un passant au coin de la rue. Elle avait également eu une curieuse impression avec l'éclairage du réverbère, mais sans réfléchir plus avant, elle prit rapidement cette direction. Ce n'était pas le chemin qu'elle prenait habituellement pour rentrer chez elle. Elle déboucha sur un petit square et aperçut la même silhouette à l'autre extrémité. Son attitude lui parut étrange : près d'un banc, elle était penchée au-dessus d'un grand sac et inspectait son contenu. Ce qui frappa surtout Kate, c'était cette lueur à hauteur de sa poitrine et le léger cliquetis qu'elle entendait, qui lui parvenait mêlé au murmure du vent dans les arbres du square. Sa taille semblait assez imposante. Il faisait très sombre dans cette partie du square et Kate ne distinguait qu'une silhouette affairée. Sans doute une espèce de grand clochard aux prises avec sa sacoche pour en extraire un introuvable casse-croûte ou une bouteille de bière. Malgré un frisson de crainte, Kate prit le parti de se diriger lentement vers le fond du petit parc. La seconde d'après, l'inconnu releva la tête dans sa direction, s'empara hâtivement de son sac assez volumineux, puis disparut derrière les haies. Mue par un réflexe, Kate s'élança pour traverser le square, mais elle s'arrêta à la hauteur du banc, venant d'apercevoir quelques grands feuillets blancs. Ils appartenaient sans nul doute à la personne qui venait de s'éloigner si rapidement. Kate s'en empara et les glissa dans la manche de son chandail. Elle tenta ensuite de rejoindre l'inconnu, mais en vain. À un moment donné, elle avait cru entendre le petit cliquetis caractéristique, mais une bourrasque l'avait emporté dans son sifflement. Kate, qui avait remonté à la hâte plusieurs ruelles à peine éclairées, ne savait désormais plus très bien où elle se trouvait. Sans doute entre Marylebone et Soho, estima-t-elle.

L'horloge d'une église venait de sonner les coups de 10 heures, quand elle entendit une fois de plus ce léger et curieux bruit métallique. Il était à peine audible, mais elle parvint à le situer et, sur la pointe des pieds, à s'en rapprocher. Elle crut le perdre à plusieurs reprises, mais, vive d'esprit, elle arrivait toujours à retrouver sa piste. Si bien qu'après un bon quart d'heure d'une partie de colin-maillard, débouchant sur une route plus importante et nettement plus éclairée que les venelles qu'elle venait d'arpenter, elle revit l'inconnu quelques maisons plus loin. Il venait juste de tourner à droite pour s'engager dans ce qu'elle crut être l'entrée d'un passage. De nouveau, Kate hâta le pas, mais sans succès cette fois-ci. Quand elle arriva à l'endroit approximatif de sa disparition, elle fut en proie au doute. Il y avait là l'entrée de deux immeubles, séparés par un porche et une venelle. Elle était incapable de savoir lequel des quatre chemins il avait emprunté. Au premier étage de l'immeuble sur sa gauche, une fenêtre éclairée trouait la brume. Kate y jeta un bref coup d'œil, puis prit le parti de s'élancer dans la ruelle. Dix minutes plus tard, elle revenait sur ses pas, haletante et bredouille. Puis elle passa sous la voûte du porche, où régnait une profonde obscurité. Un jappement de chien la fit rebrousser chemin.

De retour dans la rue, elle regarda encore une fois la fenêtre éclairée. Ce n'était pas la seule de la rue à l'être, mais la seule de cet endroit, et qui de surcroît était ouverte. L'immeuble, en briques, spacieux et bien entretenu, indiquait une certaine aisance des locataires. Kate vit la porte d'entrée entrouverte devant elle.

Elle la poussa prudemment pour s'introduire dans le couloir. Quelques secondes plus tard, elle montait à tâtons les marches d'un large escalier, s'interrogeant sur sa démarche. La fenêtre de cet appartement était éclairée avant qu'elle ne vienne, et il était donc peu probable que ce fût là le lieu de destination de l'inconnu, qu'elle n'avait d'ailleurs aucune raison valable de suivre, si ce n'était une vague curiosité.

Arrivée sur le palier de l'étage, elle dressa l'oreille, mais sans percevoir le moindre bruit de ferraille. Elle sentit alors un léger courant d'air et, s'engageant dans le couloir sur sa droite, elle vit immédiatement la lumière qui filtrait d'une porte entrebâillée. C'était selon toute logique celle de l'appartement donnant sur la rue, dont la fenêtre était ouverte.

L'espace de quelques secondes, Kate resta immobile dans la pénombre, écoutant le bruit de sa propre respiration. Puis elle s'immobilisa : la porte venait de bouger avec un léger grincement.

6

LA « PARISIENNE »

Quand elle remarqua que la porte laissait passer un léger chuintement, Kate comprit qu'elle n'oscillait que sous l'effet du courant d'air venant d'une fenêtre ouverte. C'est alors qu'elle réalisa combien il était étrange de ne pas les fermer par un temps pareil.

Les fenêtres... pas plus que la porte d'entrée.

Elle se dirigea à pas de loup vers l'appartement, jeta un coup d'œil par l'interstice du battant, puis, n'y voyant guère, frappa timidement à l'huis. Elle renouvela son geste sans plus de résultat. Puis elle entrebâilla lentement la porte. Dans le vestibule éclairé, elle avisa immédiatement une série de statuettes sur une petite commode. Il s'agissait de figurines assez stylisées, mais anciennes. Puis elle perçut une curieuse odeur, qui l'incommoda, sans parvenir à en définir la nature. Elle eut tout de suite le sentiment qu'il régnait une bien curieuse atmosphère dans cet appartement. La seconde porte du vestibule sur sa gauche était ouverte. Après avoir demandé s'il y avait quelqu'un, elle s'y dirigea, tout en préparant une excuse au cas où le propriétaire ferait brusquement irruption. Elle aurait suivi la personne qui avait perdu ses papiers sur le banc et, pensant qu'elle habitait ici, était venue les lui rapporter.

Mais il n'y avait manifestement pas âme qui vive. L'appartement était assez bien tenu, avec en matière de décoration une nette tendance à l'exotisme. Il y avait également quelques photographies d'objets et de sites antiques. De côté, le long du vestibule, s'étalaient quelques petites caisses et divers colis postaux, dont certains empilés de manière précaire. Kate ne les vit que trop tard. Son coude heurta la pile qui s'effondra bruyamment sur le sol.

Elle se traita d'empotée : dire qu'il n'y avait qu'une seule chose à renverser ici et qu'elle ne l'avait pas manquée !

Retenant sa respiration, elle dressa l'oreille quelques secondes, puis, n'ayant rien entendu, elle entreprit de remettre le tout en place. Elle remonta ensuite le vestibule et, arrivée à hauteur de la seconde pièce, elle aperçut tout de suite la fenêtre à guillotine donnant sur la rue, grande ouverte, dont les rideaux s'agitaient au vent. L'odeur curieuse et vaguement répugnante se précisait. Les murs, couverts de rayonnages, croulaient sous les livres, statuettes et autres objets primitifs. Cette pièce-là donnait sur une autre, à sa droite, qui était également éclairée. Ce qui attira immédiatement son attention fut, au sol, au niveau de la séparation des deux pièces, les débris d'une poterie au milieu d'un tas de sable noir. Elle fit un pas en avant, puis aperçut le rougeoiement d'un feu qui se mourait dans l'âtre, puis une seconde curiosité : deux grosses pierres au sol, devant un grand bureau dont elle n'apercevait que le bord. Cette pièce semblait en désordre et elle eut même l'impression que quelqu'un y dormait, affalé sur ce bureau, quand un bruit de voix la fit sursauter :

– Quand va-t-on pouvoir dormir, ici, nom d'un chien !

La voix assourdie provenait du couloir de l'immeuble. De toute évidence, son geste malencontreux n'était pas passé inaperçu. Se sentant prise en faute, elle retourna dans le vestibule et entendit, derrière la porte d'entrée toujours entrebâillée, ce voisin récalcitrant qui manifestait son irritation :

– Il ne faudrait quand même pas exagérer... J'ai été patient toute la soirée, je n'ai rien dit quand vous frappiez ces coups propres à défoncer le plafond, mais maintenant...

Kate n'en écouta pas davantage et remonta prestement le vestibule pour entrer dans la pièce du fond sur sa gauche. Elle identifia une petite cuisine et se dit qu'elle avait beaucoup de chance lorsqu'elle aperçut une porte de service. Elle l'emprunta pour aboutir à un escalier de secours qu'elle dévala quatre à quatre. Elle traversa l'arrière-cour presque à l'aveuglette, repéra une grille qui bloquait un minuscule passage entre deux bâtiments, qu'elle n'hésita pas à escalader au risque de s'embrocher. En plein saut, elle entendit et sentit son pantalon se déchirer tout le long de sa jambe droite, ce qui n'était somme toute qu'un moindre mal. Son cœur battait la chamade et elle se demandait ce qui lui arrivait. Elle n'avait pas été témoin d'un fait sortant véritablement de l'ordinaire, mais d'une suite d'éléments singuliers, qui semblaient ne pas avoir de sens. Elle se précipita dans la première ruelle sur sa droite, mais dans sa lancée, elle ne put éviter l'ombre qui se dressa devant elle. Elle poussa un cri avant même de toucher le sol, au terme d'une spectaculaire culbute. Sonnée, affalée sur un caniveau au coin d'un mur, les jambes repliées, dont celle au pantalon déchiré, bien visible à la clarté du réverbère, elle vit l'ombre qui l'avait fait chuter se relever souplement pour la rejoindre. Sous la lumière diffuse, elle aperçut, se penchant vers elle, un jeune homme apparemment aussi affolé qu'elle. Il portait un imperméable sombre et un chapeau qu'il retira maladroitement dès qu'il la vit. Près de la trentaine, d'allure sportive, il avait sous une chevelure châtain foncé, un visage osseux et volontaire, que Kate estima assez intéressant. Il resta quelques secondes tout aussi muet qu'elle-même, la regardant comme une chose curieuse, notamment sa longue jambe dénudée, qui, il faut bien le dire, avait quelque chose de comique dans sa singulière posture.

– Vous... vous n'avez rien de cassé ? balbutia-t-il.

– Je ne crois pas, non, répondit Kate sans trop remuer.

– Je... je... ne l'ai pas fait exprès...

– Mais tout est de ma faute, voyons, c'est moi qui courais comme une folle !

– Non, non, c'est à cause de moi, protesta-t-il. Je vous ai vue venir et je ne me suis pas vraiment écarté...

– Ah bon ? fit Kate en roulant de grands yeux surpris.

– Eh bien... Mais dites-moi, pourquoi diable couriez-vous si vite ?

– Je ne sais pas, mentit Kate. J'ai soudain pris peur dans le noir et... et je n'ai pas pu retenir mes jambes.

– Vos jambes... murmura le jeune homme, qui semblait véritablement fasciné par l'exemplaire long et fuselé qu'il avait sous les yeux.

Puis il la dévisagea, et dit avec une naïve sincérité :

– Mais vous êtes très jolie !

– Vous avez mis du temps à le remarquer...

– C'est incroyable, vous ressemblez comme deux gouttes d'eau à la Parisienne !

– La Parisienne ? se renfrogna Kate. Quelle Parisienne ?

– Rien, rien... répondit-il dans une quinte de toux embarrassée.

– Une ancienne connaissance, sans doute ? persifla Kate.

– Oui, oui, si l'on veut, dit-il en s'éclaircissant la voix. C'est une de mes cousines, qui a le type parisien et... et qui vous ressemble beaucoup. Mais comment vous appelez-vous ?

– Pasiphaé.

Le mot avait franchi ses lèvres sans la moindre hésitation. Kate ignorait totalement pourquoi elle avait dit ce nom plutôt qu'un autre, car il ne lui suggérait rien de précis, sinon qu'elle avait dû en entendre parler récemment. Elle ignorait aussi pourquoi elle n'avait pas décliné sa véritable identité. Ce vieux réflexe de mentir se retournerait un jour ou l'autre contre elle.

– Pasiphaé ? répéta le jeune homme, parfaitement ahuri. Vous vous appelez Pasiphaé ? C'est... c'est une...

– Une plaisanterie ? Pas du tout, c'est mon prénom. Il ne vous plaît pas ?

– Si, bien sûr, il est très joli, mais quelle coïncidence...

– Quelle coïncidence ?

– Je veux dire que Pasiphaé pourrait bien être... la Parisienne !

– Je ne comprends plus du tout !

– Oui, excusez-moi, je ne sais plus ce que je dis. Ce doit être le choc. En fait, votre prénom n'est pas très courant...

– Je vois, répliqua Kate qui en fait ne voyait rien, si ce n'est le trouble évident et bien mystérieux du jeune homme. Et vous, c'est comment ?

– Moi ? fit le jeune homme C'est... C'est Richard... Richard Tronson.

– Richard Tronson ? C'est curieux, ça me dit quelque chose... Richard Tronson, récita-t-elle,

Richard Cœur-de-Lion... Ça ne vous dérange pas si je vous appelle comme ça ?

– Pas du tout. Dans ce cas, pour moi, vous serez la « Parisienne »...

Non sans avoir hésité, car elle se demanda quelques secondes si le terme était flatteur ou non, Kate dit que le marché était conclu et voulut se mettre debout, mais une vive douleur dans le dos lui arracha un gémissement. Richard se précipita pour la relever et elle se laissa emporter dans ses bras musclés.

– Ça ira, dit-elle une fois relevée. Je vous remercie.

– Vous en êtes vraiment sûre... Pasiphaé ?

– Oui, oui, juste quelques bleus, sans doute. Mais dites-moi, Richard...

– Oui ?

– Que faites-vous ?

– Ici ? Rien de particulier, j'avais du mal à trouver mon sommeil et...

– Non, que faites-vous dans la vie ?

– Je... je joue au tennis, répondit-il après une courte hésitation.

– Vous voulez dire que vous êtes joueur professionnel ?

– Oui, oui, c'est cela...

– Mais c'est formidable !

– C'est vous qui le dites ! Je ne suis pas parmi les mieux classés. Mais enfin, je ne me plains pas...

– Je comprends maintenant pourquoi votre nom me disait quelque chose. Mais à propos, vous pourriez me donner des leçons !

– Des leçons ? répéta-t-il en regardant pensivement la jeune fille.

– Oui, des leçons... à moins que... vous n'en ayez pas le temps ? ajouta-t-elle d'un air déçu.

Richard la considéra en silence :

– Si... bien sûr, je le trouverai. Mais vous ne parlez guère de vous... Pasiphaé.

– Vous avez vraiment du mal à dire ce prénom, n'est-ce pas ? lança-t-elle, rieuse.

Il lui rendit son sourire, en continuant à la regarder droit dans les yeux :

– Un peu, c'est vrai. Vous semblez en tout cas bien mystérieuse...

– Mystérieuse ? répéta Kate, qui prenait l'épithète pour un grand compliment. Non, vraiment... Je mène une vie tout ce qu'il y a de plus ordinaire. Je ne suis qu'une simple journaliste.

– Journaliste ? fit Richard, les yeux ronds.

– Oui, pourquoi ? Vous semblez surpris ?

– C'est-à-dire que... je connais un peu la plupart des journalistes...

– Je ne m'occupe guère des rubriques sportives, répliqua-t-elle avec aplomb.

– Vous vous occupez d'un domaine bien précis ?

– Oui, les rubriques criminelles.

Elle crut voir une lueur dubitative dans les yeux gris de son vis-à-vis, dont le visage était à présent tout proche du sien et Kate eut l'impression qu'il se rapprochait imperceptiblement. Elle n'eut pas le moindre mouvement de recul. Elle entendit Richard lui murmurer qu'elle était une ravissante jeune fille, et elle ferma doucement les yeux. L'instant d'après, elle se trouvait dans ses bras, échangeant un baiser passionné avec le bel inconnu.

Le charme ne fut hélas ! que de courte durée. Richard, jetant soudain un coup d'œil à sa montre, fit remarquer qu'il était assez tard et qu'il devait être en forme, ayant un match important le lendemain. Il semblait soudain singulièrement agité et embarrassé, comme si quelque chose d'important venait de lui revenir à la mémoire. Kate approuva à regret et lui demanda timidement s'ils pouvaient se revoir. Il bredouilla que oui et lui donna rendez-vous pour le surlendemain, vers 14 heures, dans un salon de thé de Piccadilly. Elle n'osa lui demander le chemin du retour et descendit la rue principale, le cœur étreint par un sentiment indéfinissable. Elle se sentait à la fois triste et folle de joie. Quand elle parvint enfin à s'orienter, elle constata avec soulagement qu'elle n'était plus trop loin de chez elle.

Une demi-heure plus tard, elle se jetait sur son lit et fit passer dans sa tête le film des événements de la soirée. C'est alors qu'une sensation de gêne à la hauteur du poignet lui rappela les feuillets oubliés par l'inconnu sur le banc, qu'elle avait enroulés autour de son bras ! Certes, elle avait à plusieurs reprises senti leur contact sur sa peau, mais elle n'avait pas encore eu le temps de les examiner. « Quelle soirée, Seigneur ! » soupira-t-elle en retirant une trentaine de feuilles dactylographiées de sa manche.

Il était 2 heures du matin quand elle eut terminé sa lecture. Elle n'avait jamais lu un récit aussi extravagant, aussi incroyable. Elle se posa de multiples questions, à commencer par celle de l'étrange coïncidence de la présence d'une Pasiphaé dans l'histoire. Puis elle se demanda si l'inconnu du square et Richard n'étaient pas une seule et même personne. Mais elle avait vraiment du mal à imaginer ce beau jeune homme dans le rôle d'un inconnu aux allures furtives. Ensuite, ce texte traitait d'un sujet qui lui semblait d'actualité. Sans doute était-ce là le travail de quelque écrivain... L'inconnu du square serait-il un écrivain ? Elle comprit rapidement qu'elle manquait d'éléments pour y voir plus clair et sentait que son esprit n'était plus très lucide. Restait l'histoire même de ce texte, qui posait deux questions, deux énigmes insolubles, pour ne pas dire carrément fantastiques. Mais le plus étrange, c'est qu'il semblait réellement exister, d'après l'auteur, un moyen de se mouvoir dans l'air comme un oiseau et de franchir les murs tel un fantôme...

7

SIR BASIL WARD, DOCTEUR ÈS MYSTÈRES

15 avril

– Papa chéri, j'espère que tu ne m'en veux pas trop pour hier soir ?

Arthur Jones réajusta ses lunettes, posa un regard réprobateur sur sa fille, puis se remit à beurrer ses toasts, avec un soin, une méticulosité toute britannique. Il prit ensuite ses œufs au bacon et les renifla d'un air suspicieux comme pour souligner son mécontentement.

– Ils sont excellents, le rassura Kate, amusée. N'aie aucune crainte. Je les ai préparés comme d'habitude, et même un peu mieux ! Tu sais, papa, je crois qu'il vaut mieux se dire de temps à autre des méchancetés que de garder de la rancœur. Tu veux de la marmelade d'orange ?... Tiens, donne-moi tes toasts, je vais te les faire moi-même... Mon Dieu, quelle belle journée ! Je me sens dans une forme éblouissante !

Le rayon de soleil qui brillait derrière les fenêtres, en perçant difficilement la brume matinale, ne justifiait certes pas un tel enthousiasme, estima Jones. Et il se dit ce qu'il se disait souvent ces derniers temps, à savoir que bien peu de sang anglais coulait dans les veines de sa fille. Ce caractère perpétuellement exubérant et excessif en tout n'était pas le fait des sujets de Sa Majesté, modèles de maîtrise de soi. Comment la ramener à une plus juste mesure des choses ? Comment lui faire comprendre où se trouvait sa véritable place ? Jones se posait de plus en plus souvent ces questions.

– Dis, papa, tu connais assez bien ce Mr Ward qui était là l'autre jour... Je le trouve très sympathique.

Jones déposa sa tasse de thé et fixa Kate. Que pouvait-elle bien mijoter ? Elle n'avait guère l'habitude de se soucier de ses amis !

– Au fait, reprit-elle sur le même ton désinvolte, de quoi s'occupe-t-il au juste ? D'énigmes ? D'enquêtes policières ? C'est un détective privé, n'est-ce pas ?

– Non, fit Jones, le regard méfiant. Il s'occupe des énigmes en dilettante. C'est son violon d'Ingres, si tu préfères. Ça et les fleurs...

– Les fleurs ? Je le croyais archéologue ?

– Ça fait un moment qu'il a laissé tomber l'archéologie. Mais à propos de fleurs, j'y pense, il ne s'en occupe plus guère, car il a perdu son beau jardin. Un jardin superbe, dont il était très fier, et que la ville lui a racheté pour une bouchée de pain, afin d'y construire un gymnase. Si bien que maintenant, les fleurs...

– Et de quel genre d'énigmes, plus précisément ? coupa promptement Kate, qui redoutait comme la peste les digressions de son père.

– Toutes sortes d'énigmes. Mais sa préférence va, comme tu l'as dit, aux enquêtes policières. Avec cependant une prédilection marquée pour les cas sortant de l'ordinaire.

– Comme celui, par exemple, d'un assassin laissant derrière lui, après l'avoir tuée, sa victime dans une pièce dont toutes les issues seraient fermées de l'intérieur ? Comme s'il avait agi en fantôme ?

– Oui, par exemple, convint Arthur Jones, de plus en plus intrigué. Mais dis-moi, Kate, tu as une raison particulière de me demander cela ?

– Peut-être, jeta-t-elle malicieusement. Mais je ne te dirai rien.

Jones haussa les épaules puis s'attaqua à ses œufs au bacon. Il s'empara machinalement du journal sur sa table, puis en lut distraitement les titres principaux.

Kate, quant à elle, faisait ses plans. Elle avait passé une grande partie de la nuit à ressasser les événements de la veille, mais aussi à tenter de trouver une solution aux extraordinaires énigmes posées dans le très étrange récit qu'elle avait trouvé. Sans le moindre résultat d'ailleurs. C'est juste avant de s'endormir qu'elle avait songé à sir Basil Ward. Elle l'avait trouvé sympathique et s'était dit que si quelqu'un pouvait l'aider à résoudre ces deux mystères, c'était bien lui. Il pourrait aussi la guider dans la conduite à adopter à propos de ce manuscrit, dont elle ne savait finalement que faire. Le rendre à son propriétaire ? Mais comment ? En passant une annonce dans le journal ? Il avait paru assez anxieux, la nuit dernière, alors irait-il répondre à une annonce ?

– Sapristi ! s'exclama soudain Arthur Jones, les yeux écarquillés au-dessus de son journal. Un nouveau meurtre !

– Ah bon ? fit simplement Kate. De qui s'agit-il ?

– Du professeur Lewis Newcomb ! Un autre archéologue ! C'est incroyable ! Lui aussi a été lapidé, puis brûlé ! Comme Lamont la semaine dernière ! C'est proprement incroyable...

– Lapidé et brûlé ?... Quelle horreur ! Et ça s'est passé où ?

– Chez lui, du côté de Wardour Street.

Jones avait résolument repoussé son petit déjeuner. La nouvelle semblait l'avoir consterné et il relisait l'article du journal. Kate ne savait plus ce qu'elle devait penser. Elle n'en était pas tout à fait certaine, mais il était fort possible qu'elle se fût trouvée près de Wardour Street la nuit passée. Les événements de la soirée défilèrent une fois de plus devant ses yeux et elle ne savait plus du tout quelle signification leur donner. Ces pierres qu'elle avait vues dans l'appartement, cette odeur nauséabonde... et cet homme qui dormait... Se pouvait-il que ce fût le professeur Newcomb ?... Elle n'osait y croire. Elle lut à son tour l'article, qui était plutôt avare de détails. Il lui fallait attendre les prochaines éditions pour en savoir davantage.

Sir Basil Ward ajouta une bûche au foyer. Sa haute et mince silhouette se découpait en sombre devant la flambée qui pétillait dans la cheminée. Du fond de son fauteuil, Kate le regardait en se demandant de quelle manière elle allait aborder la question. Depuis cet après-midi, et surtout après avoir lu les derniers articles relatifs à l'assassinat du professeur Lewis Newcomb, son cerveau était en proie à une frénétique agitation et elle se demandait si elle n'avait pas rêvé. Mais le calme et l'amabilité de son hôte l'avaient un peu rassurée. Sir Basil, à qui son état n'avait pas échappé lorsqu'elle était venue sonner à sa porte, s'était montré soucieux de son bien-être avant de lui poser la moindre question, en dépit du caractère assez insolite de cette visite tardive – il était 21 heures passées, Kate ayant longuement hésité avant de venir le trouver à son domicile près de Regent's

Park. Il lui avait proposé de s'installer près du feu, de se mettre à l'aise, pendant qu'il lui préparerait un bon grog. « Rien de meilleur par un temps pareil », avait-il précisé en la laissant seule dans son grand salon avec les nombreuses statuettes, que les flammes dansantes de l'âtre semblaient animer.

Très élégant dans un peignoir de soie couleur lie-de-vin, que ses mèches argentées mettaient discrètement en valeur, sir Basil Ward était venu se placer près du manteau de la cheminée après avoir servi la visiteuse. Sans se hâter, il sortit une cigarette d'un étui en argent, la plaça dans son fume-cigarette et l'alluma. Il jeta ensuite un coup d'œil à la grande enveloppe que Kate avait apportée, puis son regard se posa sur elle, comme pour l'inviter à s'expliquer.

– J'ai pas mal de choses à vous dire, fit soudain Kate. Mais je ne sais même pas par où commencer.

– Rien ne presse, mon enfant, répondit-il calmement.

– Je crains que ce ne soit grave...

– Je l'imagine assez. Car je n'ai hélas ! pas souvent l'heur de vous accueillir ici.

– Vous étiez archéologue, n'est-ce pas ? demanda Kate à brûle-pourpoint.

Basil Ward ébaucha un sourire, tout en fixant rêveusement une petite statuette de marbre blanc sur le manteau de la cheminée.

– C'est un bien grand mot. J'ai certes passé bien des années à remuer du sable et des cailloux, mais sans grand résultat, je dois l'avouer. J'ai malheureusement eu une enfance beaucoup trop aisée et choyée pour acquérir un caractère suffisamment opiniâtre, le seul véritable garant de réussite. Voyez-vous, je n'ai jamais eu à me soucier de mon gagne-pain : mes parents m'ont laissé un tas de titres boursiers qui ont détruit en moi le peu de volonté que j'avais.

– Vous plaisantez, n'est-ce pas ? jeta spontanément Kate.

– Oui et non. C'est sans doute une manière d'expliquer mon échec. Il y a dix ans, j'ai investi une grosse partie de ma fortune dans une fouille en Crète, du côté de La Canée. Deux ans de travail acharné, avec plusieurs ouvriers, pour ne trouver finalement que les restes d'une modeste bourgade de l'Antiquité crétoise, qui n'offrait que peu d'intérêt. Alors que je rêvais de découvertes prodigieuses, comme celle d'Heinrich Schliemann ! Vous en avez entendu parler, je suppose ? C'est lui qui a découvert, entre autres, l'emplacement de la ville de Troie vers la fin du siècle dernier !

Sir Basil déposa la statuette pour s'emparer d'un livre dans la petite bibliothèque murale qui flanquait la cheminée.

– *L'Iliade*, d'Homère, dit-il avec une nuance admirative dans le ton de sa voix, et en feuilletant les pages. L'un des plus anciens récits de l'Antiquité qui nous soient parvenus. C'est en lisant et relisant ce livre, dès sa plus tendre enfance, que Schliemann a fini par trouver les vestiges de la légendaire cité. Tout ce qu'on prenait alors pour un gros paquet de contes mythiques, allant des exploits de l'invincible Achille et de ceux du bouillant Ajax à l'enlèvement de la belle Hélène, tout cela prit dès lors une autre dimension : Homère disait vrai, à peu de choses près. Mais Schliemann, opiniâtre, ne s'en tint pas à cette seule découverte, car il retrouva non seulement Mycènes, la capitale des guerriers qui participèrent à la guerre de Troie, mais également le tombeau de leur chef, l'illustre Agamemnon !

Sir Basil remit soigneusement le livre à son emplacement, puis poursuivit :

– Schliemann, lui, on peut le dire, était parti de rien. Il a dû lutter pour vivre et ses seuls rares instants de loisirs, il les consacrait à l'étude des langues étrangères, notamment le grec, bien sûr. La chance lui sourit. Il profita d'une conjoncture favorable pour faire fortune, mais sans jamais oublier ce vieux rêve dans lequel baigna son enfance : redécouvrir la fabuleuse Ilion, c'est-à-dire la ville de Troie. La vie de cet homme est exemplaire à bien des égards. Mais je vous ennuie sans doute avec mon bavardage...

– Pas du tout ! Au contraire, il est même probable que tout ceci ait un rapport avec ce que j'ai à vous montrer !

– Avec la ville de Troie ? s'étonna sir Basil.

– Oui, enfin plutôt avec les personnages qui gravitent autour, ceux des légendes grecques...

– Vous commencez à m'intriguer, fit-il en tirant une bouffée de fumée. Je pensais que vous étiez venue me trouver pour tout autre chose, une affaire criminelle, par exemple, car c'est généralement à ce titre que l'on vient me consulter...

– Pour cela aussi, bredouilla Kate, confuse. Je vous le répète, tout est très compliqué. Et les conclusions que j'en tire, pour le moment, me paraissent assez effrayantes. Mais avant tout, j'aimerais justement revenir à ces fameuses légendes grecques, car je les ai un peu oubliées. C'est à propos de celle du Labyrinthe et du Minotaure... Je suppose que vous la connaissez ?

Basil Ward hocha doucement la tête en souriant :

– Si je la connais ? Figurez-vous que j'ai même cru, à un moment donné, alors que je faisais ces fouilles en Crète, être sur le point de trouver ce fameux labyrinthe. Mais dites-moi, que voulez-vous savoir ?

– Tout. Tout ce que l'on sait actuellement de cette légende, et des principaux personnages : le roi Minos, sa fille Ariane, l'ingénieux Dédale et les autres. Je vous expliquerais après pourquoi.

– Soit, fit Basil Ward après quelques instants de réflexion. En fait, on ne sait que peu de choses. Seules quelques bribes nous sont parvenues à travers différents textes ; certains se recoupent, d'autres non, et l'on ne sait jamais, de surcroît, quelle part donner au mythe ou à la réalité. Je dirai que l'histoire commence avec ce génial artisan athénien, le fameux Dédale, qui passe pour avoir fait pas mal de découvertes, comme celle du fil à plomb, de la hache, de la colle, de la scie et quelques autres encore. Mais il avait un brillant élève, son propre neveu, sur le point de surpasser le maître. Jaloux, Dédale n'hésita pas à le jeter du haut de l'Acropole pour s'en débarrasser. La crainte d'un châtiment le fit s'exiler en Crète et se mettre au service du roi Minos et de la reine Pasiphaé. Minos, le redoutable roi crétois, qui dominait le bassin méditerranéen avec sa puissante flotte. Son épouse, Pasiphaé, est connue pour la violence de sa passion pour un taureau sacré. C'est de cette union clandestine que serait né le fameux Minotaure, monstre à corps humain surmonté d'une tête de taureau, pour lequel Dédale avait été chargé de construire un abri souterrain désormais célèbre : le Labyrinthe.

À cet instant, Kate pensa à Richard et à son vif étonnement quand elle s'était affublée du prénom de cette reine aux mœurs peu recommandables. Richard, lui, n'avait pas manqué de faire le rapprochement avec cette singulière figure mythologique ! Quelle sotte elle faisait ! Quels parents auraient l'idée saugrenue de prénommer ainsi leur fille ?

– Androgée, poursuivit le maître de céans, Androgée donc, le fils de Minos, qui était allé rendre visite au roi athénien Egée, mourut au cours d'une chasse. Tragique accident, aux conséquences funestes : fou de douleur, Minos rendit Egée responsable de cette mort et envoya aussitôt sa flotte à Athènes, menaçant de raser la ville. Seul un horrible compromis parvint à le calmer : Egée, en guise de tribut, enverrait chaque année quatorze jeunes gens, choisis parmi les plus beaux d'Athènes, sept filles et sept garçons, qui seraient jetés en pâture au terrifiant Minotaure.

» La suite de l'histoire avec l'intervention du célèbre Thésée, fils du roi Egée, est bien connue. Le héros athénien se mêle au groupe des jeunes gens qui devaient être sacrifiés. Mais Ariane, la fille de Minos, tombe follement amoureuse de lui et ne songe qu'à l'aider. Elle fait appel à l'ingénieux Dédale, qui lui donne l'idée de la fameuse pelote de fil. Thésée devra en attacher une extrémité, à l'intérieur de la porte du labyrinthe, et la laisser se dérouler au fur et à mesure qu'il s'aventurera dans les couloirs enchevêtrés. Il s'enfonce dans les détours compliqués du bâtiment souterrain, trouve le Minotaure, l'exécute, puis parvient à revenir sur ses pas grâce au fil de la belle Ariane. Celle-ci s'enfuira ensuite avec son héros. Mais l'amour de la fille de Minos ne sera guère payé de retour : Thésée l'abandonnera en chemin sur une île...

– L'ingrat, la sale bête ! se hérissa Kate, qui semblait plus offusquée par ce lâche abandon que par l'horrible tribut exigé par le roi Minos.

– De son côté, Minos soupçonna fortement Dédale d'être mêlé à la trahison, si bien qu'il enferma celui-ci dans le labyrinthe avec Icare, le fils que lui avait donné Naucraté, une esclave de Minos. Mais Dédale trouva le moyen de s'en échapper : il fabriqua deux paires d'ailes, grâce auxquelles Icare et lui purent s'envoler jusqu'en Sicile. Malheureusement pour lui, Icare ne tint pas compte des avertissements de son père et commit l'erreur de voler trop près du soleil. La cire qui maintenait les plumes à ses bras fondit à la chaleur des rayons solaires et il tomba dans la mer et s'y noya.

» Mais l'histoire n'est pas terminée. Minos entendait bien reprendre son prisonnier. Il gagna la Sicile, trouva le roi Cocalos et fit savoir qu'il offrait une forte récompense à celui qui parviendrait à passer un fil de lin à travers la coquille de triton qu'il avait apportée avec lui. Dédale tomba dans le piège. Peu de temps après, Cocalos fit savoir à Minos qu'il connaissait un homme capable de ce prodige. Il ne tarda pas à montrer à son hôte la coquille de triton dont les volutes étaient entièrement parcourues par le fil de lin ! L'astucieux Dédale avait attaché le fil à une fourmi et enduit de miel une partie de cette coquille afin de contraindre l'insecte, affamé, à en parcourir les spirales pour arriver à l'orifice ! Minos sut qu'il tenait son homme. Il exigea du roi de Sicile qu'il lui remette son prisonnier, mais cette demande bouleversa Cocalos, et surtout les filles de ce dernier, qui s'étaient, entre-temps, beaucoup attachées à Dédale. Elles proposèrent alors au roi de Crète de prendre un bain de vapeur, et, tandis que celui-ci humait avec délices les vapeurs embaumées, elles l'aspergèrent soudain d'eau bouillante jusqu'à ce qu'il étouffe. On dit aussi que son corps fut ramené en Crète. Et c'est ici, en quelque sorte, que s'achève notre histoire...

– Incroyable... fit Kate, songeuse.

– Vous ne connaissiez pas cette légende ? s'étonna sir Basil.

– Si. Mais jusqu'à hier, je n'en avais gardé que de très vagues souvenirs.

– Jusqu'à hier ?

– Vous allez comprendre. Mais dites-moi, c'est bien tout ce qu'on sait de cela, n'est-ce pas ?

– À quelques détails près, oui.

– Vous avez en tout cas une excellente mémoire pour vous souvenir si fidèlement de tout cela !

– Je me suis tout simplement intéressé de près à ces mythes à un moment donné de mon existence. Ma mémoire n'y est pour rien !

– Et maintenant, sir Basil, vous êtes spécialisé dans les intrigues policières ?

– Oui, répondit celui-ci sur un ton qui commençait à marquer une légère impatience. C'est devenu en quelque sorte le palliatif de mes recherches archéologiques, aussi vaines que prétentieuses. Mais je dois l'avouer, avec davantage de succès dans ce domaine. Il paraît que mes conseils ont été utiles à la police dans certains cas difficiles. D'une certaine manière, ces deux sciences se ressemblent assez. Les méthodes d'investigation pour retrouver les fils conducteurs d'un drame ou celles pour percer les mystérieuses coutumes d'une civilisation antique sont assez proches. Dans les deux cas...

– Eh bien tenez, fit Kate en extirpant les feuillets de son enveloppe. Lisez ceci. Vous devriez être comblé. Il y a là deux énigmes insolubles avec pour principaux personnages ceux dont vous venez de me conter l'histoire !

8

LE RÉCIT D'UN ROI

« Je ne puis me résoudre à quitter le monde des mortels sans laisser une trace écrite du plus surprenant personnage que j'aie jamais rencontré. Après tout, pourquoi se restreindre à empreindre ces tablettes d'argile d'assommants chiffres de gestion ? Qui se souciera dans l'avenir de connaître le nombre de jarres d'huile que nous avons vendues aux hommes qui vénèrent le grand fleuve (1), le poids de l'or qui nous fut donné en échange, des poteries vendues aux habitants de la terre qui gronde (2) ? La vie du génial personnage dont j'entreprends le récit me semble bien plus digne d'intérêt, et je crois que le descendant de Zeus est inspiré par son souffle divin en faisant graver dans l'argile le souvenir de cet homme sur lequel, c'est à craindre, planera toujours l'aile du mystère. Dédale est-il un artisan de génie ? Un magicien, à l'image de ceux qui habitent près du grand fleuve (3), et qui transforment un simple bout de branche en serpent ? Probablement les deux à la fois. Nul doute que cet homme, outre son génie inventif, est doté de pouvoirs divins.

» Parmi les innombrables prodiges qu'il m'a été donné de voir, et dont il est l'auteur, deux d'entre eux surpassent tous les autres par leur aspect spectaculaire et laissent derrière eux des questions aussi nombreuses que les milliers d'yeux célestes qui brillent la nuit. Car cet homme a réussi

(1) Très vraisemblablement les Egyptiens.
(2) L'île de Théra, sans le moindre doute.
(3) Voir note 1.

l'impossible. Et à deux reprises. La première, c'était quand il s'est échappé du palais avec son fils en s'élevant dans les airs devant plusieurs témoins, dont la reine elle-même. De ce prodige, je connais les ressorts puisque j'ai été son complice, mais je ne puis que m'incliner devant tant d'ingéniosité, car, contrairement à ce qu'ont cru les gens, ce ne sont pas ces quelques plumes collées avec de la cire qui leur ont permis de voler vers le soleil.

» Mais c'est surtout son crime qui m'obsède. Dédale a perpétré un meurtre dans des circonstances qui défient la raison : il a réussi à passer au travers des pierres les plus solides pour commettre son forfait, sans laisser la moindre trace !

» Je reparlerai de cela plus loin. Il est bon, pour bien saisir ce qui va suivre, de connaître certains faits et de jeter la lumière sur les racontars imbéciles à propos de la reine Pasiphaé. Mais commençons par l'arrivée de celui que je considère, après le grand Héphaïstos, comme le plus prodigieux artisan de tous les temps. Rien ne laisse entrevoir l'homme qu'il est en réalité. Il est de taille moyenne, ses traits sont réguliers et son physique n'a rien d'extraordinaire.

» En outre, il semblait bien piteux ce jour-là, quand, après avoir traversé la mer vineuse et écumante, et trouvé enfin le rivage salvateur de l'île des dieux, il vint frapper à la porte du palais. Je n'avais d'emblée guère cru aux raisons qu'il m'avait données, à propos de son exil d'Athènes. Je sus, par la suite, qu'il avait tout bonnement assassiné son neveu par pure jalousie, ce dernier ayant inventé la scie, invention dont Dédale s'était attribué le mérite. Il aurait, paraît-il, attaché un fil à la cheville de son neveu, endormi au bord d'un promontoire très élevé, et relié l'autre extrémité de ce fil à un gros rocher, en équilibre instable sur l'arête de la falaise qui dominait la mer de très haut. De là, il aurait gagné le bas, se serait fait remarquer – afin de paraître totalement hors de cause par la suite. Puis, à l'insu de tous – à l'aide de quelque savant artifice, toujours à base de fil –, il aurait fait basculer ce rocher en équilibre précaire, dont la chute entraîna vers une mort certaine son malheureux neveu. Il faut reconnaître que ce stratagème d'une incroyable complexité est assez en accord avec l'esprit tortueux de Dédale.

» Quoi qu'il en soit, j'ai tout de suite compris que cet homme, encore très jeune à ce moment-là, pouvait me rendre de grands services. Pasiphaé aussi, le trouva charmant, ainsi qu'Ariane et Phèdre, mes filles, et bien d'autres encore. Mais je me demande s'il se souciait vraiment de son succès auprès de ces dames, tant il était absorbé par ses recherches.

» L'une de ses spécialités était la confection de statues, car Dédale était aussi un très habile sculpteur. Il avait réussi à façonner l'une d'elles si habilement qu'elle se mouvait comme une créature vivante ! Pasiphaé en était subjuguée. Je lui avais ensuite demandé de m'en fabriquer une semblable, mais beaucoup plus grande, plus puissante, pour faire le guet tout autour de notre île. Il s'attela aussitôt à la tâche. Plusieurs jours durant, j'entendis, venant de son atelier, résonner d'incessants coups sourds frappés sur une enclume. En peu de temps, il me montra un colosse tout de bronze, d'aspect peu engageant, qui se mouvait seul comme l'autre statue, avec un curieux bruit d'épées qui s'entrechoquent. Certes, sa démarche était rigide et cette machine ne pouvait être confondue avec un humain, mais, me dit-il, elle ne cessera de harceler les intrus qui tenteront de s'introduire sur l'île. Il me recommanda aussi de ne pas trop l'approcher, car sa carcasse était brûlante, comme l'exigeait son fonctionnement. Et, en effet, la nuit tombée, je remarquai qu'à hauteur de poitrine le métal semblait rougi comme s'il était bourré de braises incandescentes. Je ne me trompais pas, car Dédale m'expliqua que pour se mouvoir, la machine avait besoin d'être chargée de braises, qu'on introduisait par une ouverture pratiquée dans son dos. Il ajouta qu'elle avait également besoin d'un mélange d'eau et de sang de taureau, qu'il fallait verser par un orifice assez étrangement placé au niveau du talon. Curieusement, Dédale l'avait baptisé Talos, qui était aussi le nom de son défunt neveu. Pasiphaé m'a donné une explication de ce choix, qui me semble assez judicieuse : la jalousie dévorait toujours notre génial artisan, qui se vengeait encore du mort en l'identifiant à la machine parce qu'elle était d'une laideur repoussante !

» Mais il fallait voir cette machine à l'œuvre. Un jour, une petite embarcation se permit d'accoster l'île sans mon autorisation. Il s'agissait sans doute de ces quelques belliqueux pirates du nord (1), ignorants du sol qu'ils foulaient. Talos se dirigea aussitôt vers eux. Puis, arrivé à une certaine distance, il se baissa pour ramasser quelques pierres, qu'il jeta dans leur direction avec une rare violence. L'avertissement n'ayant pas été suffisant, il s'empara d'un rocher qu'il fit rouler vers eux. Il n'y eut que deux survivants. Ceux-là, il les harcela jusqu'à épuisement, puis, les ayant attrapés de sa poigne de bronze, les écrasa contre lui. Dans un bruit sinistre, on entendit grésiller leur chair

(1) Faut-il voir là les premières incursions mycéniennes ? Bien que chronologiquement, cela semble un peu tôt.

au contact du métal incandescent. Nul doute que j'avais là un gardien à la hauteur de mon prestige !

Les années ont passé, et je ne saurais dire toutes les merveilles dont Dédale a embelli mon nouveau palais. C'est sous ses conseils, d'ailleurs, que ce dernier a été bâti. Pour ma part, j'aurai préféré quelque chose de plus simple que cette multitude de couloirs enchevêtrés, bien dans l'esprit tortueux de notre inventeur. Mais il fallait reconnaître que c'était assez réussi. Il sut aussi exalter mes ouvriers, leur faire donner le meilleur d'eux-mêmes, au point qu'il fallut même sélectionner les privilégiés pouvant participer à sa construction. Le fils du Soleil avait aussi, m'a-t-on dit, connu pareil problème lorsqu'il avait fait bâtir sa future sépulture, une construction titanesque, de forme bien étrange au demeurant (1). C'était un honneur que de pouvoir apporter une pierre au plus bel édifice de l'île ! Je reviendrai plus tard sur certains aménagements, mais imaginez un vaste ensemble de plus de mille pièces, sur trois, quatre ou cinq niveaux selon les endroits, regardant une vaste cour carrée où nos audacieux athlètes pouvaient s'adonner à leur sport préféré : le saut à dos de taureau.

» Mais comment amener la clarté du jour dans ces pièces contiguës, sans la moindre fenêtre vers l'extérieur ou sur la cour ? Ce qui est le cas pour la plupart d'entre elles. Là encore, Dédale a trouvé une solution simple et ingénieuse, en disposant en plusieurs endroits du palais des « puits de lumière », sortes de grandes colonnes carrées, creuses, véritables couloirs de lumière dans les-

(1) Les pyramides, par leurs formes, ne semblent pas avoir séduit les Minoens !

quels s'engouffrent les rayons d'Hélios (1) pour chasser les ténèbres des pièces environnantes, pourvues naturellement de larges ouvertures à ce niveau. Là où se superposent quatre ou cinq niveaux, ces « puits de lumière » sont évidemment assez profonds, mais le soleil qui brille au-dessus de mon île est celui qui a vu naître le Dieu des dieux, sa lumière est très généreuse, même lors de la mauvaise saison. Et même à ces endroits, il éclaire nos murs, qui sont solides – vous comprendrez pourquoi j'insiste sur ce point. Ils sont faits de gros blocs de calcaire ou de gypse (2), que l'on trouve en abondance dans la carrière voisine. Bien travaillés, ils ont été richement décorés, soit par des plaques de gypse, soit par d'admirables fresques murales, peintes sur enduit par nos meilleurs artistes. J'ai été grandement ému par tant de beauté. Parfois, en me promenant entre les dauphins et les pieuvres aux vives couleurs, il m'arrivait de m'imaginer en léger poisson – mon poids est constamment l'objet de plaisanteries douteuses – évoluant dans un aquarium géant. Quant à l'extérieur, il est protégé par une bordure de cornes de taureau en pierre. La couleur rouge vif dont sont badigeonnées les colonnes de soutènement peut surprendre. C'était, là encore, une idée de Dédale, qui m'avait entraîné au milieu de la grande cour centrale pour m'en fournir l'explication. « Regardez maintenant autour de vous, m'a-t-il dit, et imaginez que vous êtes un taureau. Ne seriez-vous pas fou furieux, ainsi entouré d'une véritable forêt d'arbres rouges ? Les jeux de taureaux n'en seront que plus passionnants ! »

(1) « Hélios » semble incertain, mais on se demande pourquoi.
(2) Je suppose, car le terme est inconnu.

» Cet homme avait du génie, on ne le dira jamais assez. Mais le plus surprenant, c'est qu'il arrivait toujours à se renouveler. Rares étaient les jours sans quelque innovation.

» Durant bien des lunes, et longtemps avant son arrivée, mon peuple avait connu une vie paisible et prospère. Un commerce florissant, la suprématie de ma flotte, mais aussi, je dois le dire, ma grande clairvoyance ont rendu la chose possible. Il paraît que j'ai la réputation d'être un roi cruel. Je ne le pense pas. Je suis dur mais juste avec mon peuple. Les choses sont ainsi, je dois imposer le respect, et il est vrai, je l'avoue, j'ai parfois dû recourir à quelques méthodes assez cruelles pour imposer ce fameux respect, sans lequel mon peuple n'existerait pas. Chacun à sa place, à chacun son rôle, tous animés par la volonté de s'élever par leur travail, et personne d'assez malheureux pour songer à se révolter, comme cela arrive si souvent au-delà de la mer vineuse. Nous sommes un peuple riche, influent, prospère et respecté. Seule la terre qui tremble (1) semble pouvoir nous menacer.

» Mais tout n'est pas parfait. Il y avait notamment ce mage que j'ai fait exécuter entre-temps. Cet homme, soit dit en passant, avait secrètement fait immoler des humains, ce que j'avais formellement interdit pour les cultes. C'est lui aussi, très certainement, qui a fait circuler cette rumeur imbécile, qui s'est propagée à la vitesse de l'éclair. Cette rumeur stupide selon laquelle mon fils serait le résultat de l'union de la reine et d'un taureau sacré. Rien ne saurait être plus faux. J'ai vu naître ce fils. Certes, son aspect physique était assez repoussant. Il était démesurément musclé et son cou puissant supportait une tête de forme triangu-

(1) Voir note 2 p. 70.

laire, au regard particulièrement menaçant. De plus, ses réactions incontrôlées, ses emportements soudains, ses accès d'agressivité ne montraient que trop clairement sa démence. Sa tête, disais-je, était assez monstrueuse et elle avait en effet quelque chose d'un taureau. Tant et si bien que, les années passant, à la suite des divagations de ce mage, il a réellement cru être le fils d'un taureau et s'accrochait de plus en plus à cette idée à mesure que sa folie grandissait. Il a même demandé à Dédale de lui greffer de véritables cornes sur la tête. Je ne sais comment il s'y est pris, mais ce diable d'homme a réussi. Le crâne du Minotaure – c'est ainsi qu'il avait été surnommé par la suite – était orné de grandes cornes solidement maintenues. À partir de là, plus personne ne doutait de la descendance divine directe du Minotaure. Et la maladie de mon pauvre rejeton ne faisait qu'empirer. Nous avons dû nous résoudre à l'enfermer. J'ai demandé à Dédale de me faire le plan d'un bâtiment souterrain, aux couloirs aussi complexes que ceux de mon palais. Et je l'ai fait exécuter secrètement assez loin de la ville. Mais le Minotaure n'y séjournait que lorsqu'il était en proie à ses crises meurtrières, durant lesquelles il fonçait sur tout ce qui bougeait. Quand il était plus calme, il reposait au palais dans une pièce spécialement aménagée pour lui.

» Son état s'aggravait malheureusement de jour en jour. Il exigeait à présent des victimes humaines. Pasiphaé continuait pourtant de l'aimer comme ses autres enfants. J'avais, à l'époque, imposé à Athènes des conditions assez sévères pour l'affront qui m'avait été fait. D'ailleurs je ne crois toujours pas à la thèse d'un malheureux accident de chasse concernant la mort de mon fils Androgée. Je soupçonne fort quelque jalousie là-dessous, car Androgée était un très habile chasseur. À moins qu'il ne se soit attiré le ressentiment d'un rival vindicatif, à l'occasion d'épreuves sportives, dans lesquelles il se montrait également insurpassable. Mais là n'est pas la question. J'avais exigé, sous la pression de mes prêtres, un tribut annuel (1) de quatorze jeunes gens, qui devaient être exécutés dans mon île, pour laver dans le sang l'affront de la mort du fils du roi. Je les ai fait tuer la première année, mais par la suite, je me suis arrangé pour vendre ces malheureux comme esclaves au pays où coule l'Egyptos (2). Mais je n'ai pu les sauver quand Pasiphaé a songé à les utiliser pour calmer les ardeurs du Minotaure. Bien sûr, je me suis tout d'abord opposé à livrer ces malheureux en pâture au monstre.

» À ce propos, je crois que la maladie de notre enfant a fait perdre la tête à Pasiphaé. Elle est devenue une femme cruelle, méconnaissable. Où était l'exquise et douce Crétoise du temps de sa jeunesse ? Sa beauté était si radieuse qu'on lui avait attribué comme père le divin Hélios (3). Elle n'était en fait que la fille d'un berger, mais, je le dois à la vérité, nymphe parmi les nymphes, elle surpassait toutes ses amies en beauté. J'avais d'ailleurs fort heureusement eu, à l'époque, l'idée de faire exécuter son portrait par mes artistes les plus habiles. Il orne toujours la « salle du sanctuaire » (4)... Elle aurait pu, à ce moment, symboliser l'aurore aux doigts de rose qui quitte tous les

(1) « Annuel » semble ici assez incertain.

(2) Il s'agit du Nil, bien sûr. Notons au passage que les allusions aux Egyptiens sont fréquentes, ce qui semble faire de ce peuple le partenaire commercial des Minoens.

(3) Ici, curieusement, et contrairement à la note 1 p. 75, il ne semble pas y avoir d'incertitude sur « Hélios ».

(4) Traduction très approximative, à revoir.

matins son berceau de brumes. Qui a oublié son adorable silhouette, lorsque, le jour sacré, elle remontait majestueusement la voie processionnelle ? Qui a oublié la finesse de sa taille, le dessin émouvant de sa poitrine généreuse, la grâce de chacun de ses mouvements, son port de tête altier, l'ébène de sa chevelure aux merveilleuses ondulations, couronnée par l'or de ce si délicat diadème, assemblage très raffiné d'éléments représentant des nautiles doubles, que j'avais fait spécialement exécuter pour elle en ce jour entre tous ? Ses grands yeux sombres qui brillaient comme un soleil noir n'ont pas tout à fait perdu leur éclat. Mais s'y était ajoutée depuis une singulière lueur, qui commençait à me faire douter de son équilibre mental.

» Plusieurs années durant, jeunes garçons et filles étaient livrés en pâture à ce monstre, que j'avais alors vraiment beaucoup de mal à considérer comme mon fils. J'en arrive maintenant à ce fameux jour où Dédale me déclara ce qui me parut, alors, la plus énorme des absurdités. Nous venions de terminer une partie de tours (1), jeu où il excellait comme en tant d'autres domaines, mais où le roi avait acquis, à force de pratique, une certaine maîtrise, à même de résister longuement au maître. Ce jour-là, d'ailleurs, je fus surpris de le battre, mais il me dit qu'il avait agi intentionnellement, voulant en terminer rapidement, car il avait quelque chose de bien plus intéressant à me proposer. Il m'annonça, alors, avec le cynisme qui lui était propre, qu'il avait trouvé le moyen de traverser les murs sans laisser de traces !

» Il avait apporté avec lui un petit coffre en bronze, qu'il ouvrit devant moi : il était rempli de

(1) Un ancêtre du jeu d'échecs ?

pierres d'un minerai inconnu, brillant d'un curieux éclat bleu métallique. Elles étaient, affirma-t-il, le produit de sa fabrication, et elles avaient surtout une incroyable propriété. Grâce à elles, lui, Dédale, parviendrait à traverser la matière, les murs les plus épais de mon palais, sans laisser de traces et aussi soudainement qu'une mouche traverse l'air ! Mais pour quelque raison technique, il ne pouvait pas encore m'en faire la démonstration. Cependant, il était en mesure, par l'intermédiaire d'une expérience, de m'en apporter la preuve indubitable. Je m'étais piqué au jeu, et il le savait très bien. Restait à trouver une expérience digne de cette invention.

» Il m'avait dit, alors, avec ce petit éclair de ruse dans le regard, que je lui connaissais bien, qu'il pourrait parvenir jusqu'au Minotaure, en traversant les murs de la pièce, puis revenir avec une preuve quelconque.

» – La pièce étant fermée et gardée ? demandai-je, méfiant.

» – Avec autant de gardes que vous voudrez !

» – Et quel genre de preuve ?

» Il baissa un peu la tête :

» – Eh bien... une preuve formelle. Disons quelque chose qui, par la même occasion, pourrait vous arranger... Je laisserai par exemple derrière moi... *le cadavre du Minotaure* !

9

LE MEURTRE DU MINOTAURE

« En vérité, je crois toujours avoir secrètement désiré la mort du monstre, bien qu'il fût mon propre fils. Ses vagissements sourds et meurtriers, montant des profondeurs du labyrinthe, après qu'on lui eut apporté ses victimes, venaient souvent hanter mes rêves. Cette créature était ce que l'humanité pouvait produire de pire et ne gagnait donc pas à être montrée, ni à être maintenue en vie. Le tuer était en fait un acte de salubrité publique. Mais je ne réfléchissais alors guère à la conséquence de mes actes. J'étais bien trop excité par l'ivresse de cette nouvelle expérience.

» Il me faut maintenant faire une description assez précise des lieux pour que l'on puisse bien se rendre compte du prodige dont je fus témoin, et mesurer l'impossibilité absolue, pour un mortel, de commettre ce crime. En effet, l'accès au lieu du meurtre était bloqué par des murs d'une infranchissable épaisseur !

» La pièce du palais où se reposait le Minotaure durant ses rares moments de calme est une salle hypostyle, relativement grande et assez haute. Une pièce carrée d'environ huit mètres (1) de côté et la moitié pour la hauteur. Elle est pourvue d'un « puits de lumière », c'est-à-dire d'un carré – d'environ quatre mètres de côté – qui troue le plafond en son milieu pour en assurer l'éclairage. Les rebords de cette ouverture sont soutenus par douze colonnes, formant elles aussi un carré. On

(1) Bien que l'ordre de grandeur soit correct a priori, il y a un doute sur la mesure.

peut certes imaginer qu'à partir de là, une personne assez leste puisse s'introduire dans la pièce en se retenant à bout de bras. Mais il est impossible d'en ressortir, même en grimpant le long des colonnes – au reste bien trop épaisses pour cet exercice – qui sont placées trop en retrait du bord. Les quatre murs en blocs de calcaire taillés, pris dans un solide liant, ne sauraient en aucun cas être déplacés, fût-ce de l'épaisseur d'un fil, par la force d'un homme seul, ou même de plusieurs s'ils n'étaient pas munis d'un solide bélier. Le sol est recouvert d'épaisses dalles de gypse, reposant elles-mêmes sur une tout aussi épaisse chape d'argile séchée, coulée sur de solides solives entrecroisées. La pièce elle-même donne accès à un petit réduit. Celui-ci n'est qu'un caisson de pierre, qui n'a d'autre ouverture que la porte qui le sépare de la salle hypostyle. Il n'y a que de la paille et c'est l'endroit où dort le Minotaure. Là aussi, les murs sont totalement infranchissables. Reste la porte d'accès de la salle, située juste en face de celle de la petite pièce, donc orientée au sud. Elle est en bronze – car il faut qu'elle soit très solide pour contenir les assauts furieux du monstre, quand il se trouve en période de crise. Elle est munie d'une serrure dont je suis le seul à posséder la clef, cachée dans un endroit connu de moi seul. Une serrure fort complexe, exécutée sur mes ordres par des artisans étrangers. J'insiste sur ce point pour bien montrer que Dédale ne pouvait en connaître le mécanisme. Mais l'eût-il connu par extraordinaire, que cela n'aurait rien changé au problème. Cette porte s'ouvre à l'extérieur sur un escalier de pierre, qui mène à une ouverture située au même niveau que le toit de la pièce. La pièce où se trouve cet escalier est elle aussi faite de ces gros blocs de calcaire, d'une solidité à toute épreuve, sur laquelle je ne reviendrai plus.

» En résumé, il n'y a que deux voies d'accès à cette salle. L'ouverture dans le plafond et celle de l'entrée de l'escalier menant à la porte de bronze. Tout le reste n'est que matériau dur et inébranlable. Trois gardiens me semblaient suffisants pour contrôler ces différents accès. Je choisis naturellement trois hommes particulièrement avisés et dignes de confiance. Ils seraient postés sur le toit, autour du « puits de lumière », contrôlant ainsi directement la pièce et ne perdant pas de vue l'entrée de l'escalier. Dédale fut d'accord, mais il exigea cependant qu'on leur interdise de se pencher au-dessus de l'ouverture, même pour y suivre le déroulement des opérations, car sa « méthode » devait rester secrète, du moins pour le moment.

» L'expérience fut prévue pour la nuit suivante. Une nuit superbe, d'un bleu profond, scintillant d'étoiles. Une nuit de pleine lune, aussi, ce dont je me félicitais, car cette clarté divine ne pouvait qu'être ma complice. L'astre baignait mon palais de sa clarté glacée, lui donnant l'aspect du métal, l'on y voyait presque comme en plein jour. Quand Dédale vint me trouver, vêtu d'un drap sombre, il n'avait sur lui qu'un grand poignard de bronze et ses fameuses « pierres bleues » contenues dans un morceau d'étoffe. Nous gagnâmes d'abord le réduit à partir duquel il devait opérer. C'était en fait une pièce située au nord, pour ainsi dire contiguë à la salle hypostyle, ou plus exactement au mur nord du recoin où dormait le Minotaure. Mais il fallait contourner une bonne partie du bâtiment pour y parvenir. Dédale me la fit inspecter – bien que ce fût déjà chose faite – ainsi que la porte munie à l'extérieur d'un gros verrou que j'avais spécialement fait poser dans la journée. Puis Dédale attira mon attention sur l'une des doubles cornes de pierre de la longue série qui ornait le bord du palais. La lune allongeait son ombre sur le sol dallé. Dédale réfléchit un instant, avisa un peu plus loin un petit piton sur le rebord d'un « puits de lumière », alla le chercher et vint le déposer à une certaine distance de l'ombre – projetée par la lune – de la double corne qu'il m'avait désignée.

» – Quand la corne droite touchera le piton, dit-il à voix basse, le Minotaure aura été tué. Comptez sans hâte les dix doigts de vos mains, puis venez me libérer de cette pièce dans laquelle vous m'aurez enfermé. Ensuite, nous irons constater ensemble les résultats de l'expérience.

» L'espace de quelques secondes, et peut-être aussi à cause de l'étrange fixité de son regard, je me demandai s'il n'avait pas perdu la raison. J'étais alors, je dois le dire, dans un grand état d'excitation, brûlant de curiosité, comme je ne l'avais sans doute jamais été. Nous revînmes alors sur nos pas en direction de l'antre du Minotaure.

» J'allais chercher au passage les trois hommes dignes de confiance que j'avais choisis et chacun prit place autour de l'ouverture qui trouait le plafond de la salle. Celle-ci est encadrée, à trois largeurs de main du bord, par une petite hauteur de pierre, limite à ne pas franchir par les gardiens, ainsi que l'avait exigé Dédale. Tandis que les trois hommes prenaient place, Dédale et moi gagnâmes l'entrée de l'escalier, située non loin de l'ouverture du toit-terrasse où nous nous trouvions, puis nous en descendîmes les degrés pour aboutir à la porte de bronze, derrière laquelle ruminait le Minotaure. Alors que je m'emparais de la clef qui ne m'avait pas quitté depuis que je l'avais retirée de sa cachette, Dédale, un peu soucieux, me demanda si je m'étais assuré de « l'état » de la bête.

» – C'est moi-même qui me suis occupé de sa nourriture, répondis-je, plutôt amusé de son inquiétude. J'ai ajouté quelques « herbes » à son repas. Il ne dort probablement pas, mais il doit sans doute être très fatigué.

» Là-dessus, je glissai la belle clef de bronze dans la serrure. La porte s'ouvrit dans un couinement sinistre, auquel se mêla un son qui m'effrayait toujours, bien qu'y étant accoutumé, depuis le temps : ce cri déchirant de mon fils, qui ressemblait à quelque chose entre le rugissement du lion et le vagissement d'un ruminant. Mais en ce moment, il s'agissait non d'un grognement féroce, mais d'une plainte sourde qui me glaça. J'y percevais les appels désespérés d'un fils, pleurant son état, se désespérant de sa lente et immuable transformation en bête hideuse. Je dus me faire violence pour rester maître de moi. Nous traversâmes aussitôt la salle hypostyle pour gagner le réduit.

» Affalé sur la paille, mugissant faiblement, le Minotaure nous accorda un regard qui n'avait rien d'humain. Son corps, d'une musculature bestiale, se singularisait par un cou démesurément épais. Sur sa peau s'étalaient de grandes taches grises, signe évident de quelque maladie mystérieuse, mais qui ressemblaient fort à celles, naturelles, des bovins. Quant à sa tête, c'était une vision de cauchemar qui me perçait le cœur chaque fois que les circonstances me l'imposaient. Au-dessus de ses sourcils proéminents saillaient les cornes menaçantes que Dédale lui avait greffées. Ses yeux rouges étaient ceux d'un tueur, mais pour l'heure, grâce aux herbes que je lui avait données, la déesse du sommeil y avait versé une paisible langueur.

» – Tout va bien, mon fils ? lui demandai-je,

non sans éprouver un immense soulagement à l'idée de sa fin proche, car il s'agirait bien d'une délivrance, pour lui, pour moi, pour nous tous.

» J'esquissai un sourire entendu après qu'il m'eut répondu par un grognement lugubre. D'un signe discret, Dédale m'indiqua les murs de la pièce, qui étaient visiblement très solides. Hormis le Minotaure, une mince couche de paille et une écuelle d'eau, il n'y avait rien d'autre dans ce réduit. Nous revînmes dans la salle hypostyle qui, elle non plus, ne recelait de toute évidence pas le moindre objet. Un grand carré, au plafond percé, soutenu par une douzaine de colonnes, derrière lesquelles ne se cachait personne, comme je pus m'en assurer. Dédale vint alors se placer près de la porte ouverte et me pria de m'approcher. Il parla à voix basse :

» – Je vais maintenant entrer en transe grâce à ces pierres magiques et je resterai dans cet état jusqu'à la fin de l'expérience. Durant ce temps, je vous en conjure, tâchez de me parler le moins possible. Je ne maîtrise pas encore tout à fait cette science et il pourrait être dangereux pour moi de me déconcentrer. Si vous avez quelque chose à dire, dites-le maintenant...

» – Je ne sais pas, balbutiai-je, de plus en plus angoissé à mesure qu'approchait l'instant fatidique.

» – Une dernière requête peut-être ? Une ultime preuve que ce soit bien ma main qui aura mis un terme à la vie du Minotaure ?

» – Quel genre de preuve ?

» – Une marque particulière sur son cadavre, je ne sais pas... »

» Après tout, me dis-je, une preuve supplémentaire n'était pas superflue. Je pensais alors à ces marques qu'on faisait parfois aux oreilles des taureaux pour les reconnaître.

» – D'accord, dis-je abruptement. Coupez-lui l'oreille gauche. Ainsi, il n'y aura pas le moindre doute.

» Dédale acquiesça en silence. Je le vis ensuite retirer son ample drap sombre. Il n'avait alors plus qu'un pagne blanc pour tout vêtement. Il retira ensuite de son morceau de toile cette poignée de mystérieuses pierres bleues, toutes luisantes sous la clarté lunaire. Puis, tout en psalmodiant une étrange litanie, il les fit rouler sur tout son corps et s'en frotta comme s'il se lavait avec du sable. Le spectacle était saisissant, sa peau blanche se mit alors à briller, puis à bleuir imperceptiblement.

» – Seuls, déclama-t-il dans un dernier instant de lucidité, il faut que nous soyons seuls !... Il ne doit y avoir personne d'autre que nous... Regardez derrière les colonnes... Nous devons être seuls... »

» Précaution parfaitement inutile, mais je fis malgré tout mine de m'en assurer d'un bref coup d'œil.

» En même temps, Dédale s'avança d'un pas pour mieux profiter de la clarté lunaire, qui conférait désormais à son corps un aspect irréel. Sans doute quelque onguent était mélangé à ces pierres, car sa peau, baignée de lune, luisait comme sous l'effet d'un envoûtement et semblait, comme son visage, régénérée, rajeunie, lavée de toute impureté.

» Ses bras se levèrent vers l'astre nocturne, puis il se tint le visage. Après quoi, il s'empara du poignard de bronze, le regarda fixement quelques instants, le brandit vers la lune, avant de le poser contre le mur. Il me fit ensuite signe de nous retirer. Je passai derrière lui et fermai soigneusement la porte à clef.

» Pendant que nous gravissions les marches de pierre, nous entendîmes encore le vagissement sourd du Minotaure… une plainte déchirante… comme s'il pressentait sa descente vers le Tartare. Sur la terrasse, j'interrogeais mes hommes qui m'affirmèrent n'avoir vu âme qui vive malgré leur vigilance accrue. Nous fîmes ensuite le même long chemin pour parvenir à l'autre pièce. Dédale y pénétra, puis s'agenouilla devant le mur. Outre la clef de la porte de bronze, qui pendait à mon cou au bout d'une chaînette d'or, j'avais emporté une petite lampe à huile et j'inspectai une dernière fois cette pièce dans laquelle il allait rester prisonnier un certain temps. Une prison parfaite, comme je pus m'en assurer une dernière fois. Dédale était maintenant entré en transe. Les bras en croix, il était appuyé face contre le mur. Un mur fait de ces épaisses et inébranlables pierres qui le séparaient du Minotaure. Je le quittai alors et poussai derrière moi ce gros verrou avec la certitude absolue qu'il ne pourrait quitter ce réduit. D'ailleurs, l'eût-il fait, que je n'aurais pas manqué de le voir franchir le seuil car j'allais rester devant cette porte durant toute l'expérience.

» Je gagnai le bord du palais, près de la rangée des doubles cornes. L'ombre avait progressé, mais elle n'atteignait pas encore le piton. Je me redressai et respirai l'air délicieusement tiède de cette si belle nuit. Un léger souffle de vent apporta l'haleine parfumée des aulnes, des oliviers et des sapins. Sous le drap sombre et bleuté de la voûte céleste, la lune dessinait leurs mille contours de ses doigts argentés. Cette nuit n'était pas sans me rappeler celles du temps où j'avais connu Pasiphaé. Je me laissais tout doucement emporter par la dérive des souvenirs, quand, à l'instant même où le disque pâle se voila légèrement, je perçus un bruit étouffé venant de la pièce verrouillée.

» Je dressais l'oreille, l'étrange son se renouvela, mais je ne pus en définir véritablement la nature. On eût dit que Dédale poussait une sorte de râle, comme s'il gémissait. Mais j'étais réduit à l'attente. L'ombre de la corne était alors à mi-parcours.

» Je dus me faire violence pour maîtriser le tumulte qui se faisait en moi. Brûlant d'impatience, je rivais mon regard à l'ombre fatidique, qui semblait aussi immobile que la mort. Puis, quand la pointe de la corne effleura enfin le piton, je gagnai la porte d'un pas décidé et en tirai le verrou.

10

L'IMPOSSIBLE

« La clarté livide de la lune débusqua Dédale, qui, penché contre le mur d'en face, se tenait la tête entre les mains.

» – Alors, c'est terminé ? demandai-je, bouillonnant d'impatience.

» La main en visière, les paupières clignotantes, il me gratifia d'un regard hébété. Ses lèvres remuaient, mais il n'en sortait qu'un murmure inaudible. Il avait l'air débile, et son corps bleuté avait perdu de sa majesté.

» Je réitérai ma question sans plus de succès, mais je compris à ses gestes qu'il n'avait pas encore retrouvé toutes ses facultés et qu'il me fallait encore attendre un peu avant de lui adresser la parole. Cependant, il obtempéra sans hésiter quand je lui fis signe de me suivre.

» Nous regagnâmes silencieusement la terrasse au-dessus de la salle hypostyle. Les trois gardes étaient à leur poste et m'assurèrent qu'ils n'avaient vu personne depuis notre départ. Cependant, ils avaient perçu, eux aussi, un son bizarre au moment où la lune s'était voilée. Sans plus attendre, je m'engouffrai dans la cage de l'escalier avec Dédale sur mes talons. Il tentait de me parler, mais ses propos restaient encore assez confus. Je n'y prêtais pas attention et introduisis sans hésiter la clef dans la porte de bronze. Le bruit du métal résonna curieusement dans le silence. Je poussai assez soudainement la porte qui, comme de coutume, émit son grincement caractéristique, et j'avançai d'un pas résolu. Dédale la referma tout aussi vigoureusement dans mon dos et me pria de la fermer à clef « au cas ou quelqu'un chercherait à s'enfuir ». Venant de sa part, sa remarque me semblait absurde, mais son conseil me parut avisé. Je reverrouillai la porte, tout en constatant que sa voix gagnait un peu en distinction. Il commençait enfin à être de nouveau lui-même.

» À ce moment, alors que je voyais dans l'ouverture du haut se profiler les trois têtes des gardes, je me dis que nous étions tous fous de croire que l'événement que nous attendions avait pu se produire. Sans plus tarder, et avec une assurance retrouvée, je traversai la salle. Le Minotaure gisait sur la paille, apparemment endormi. Mais avant d'allumer la petite lampe à huile je pus déjà me rendre compte que sa poitrine était maculée de grandes taches sombres, qui n'étaient pas les taches de son épiderme. Je vis alors la plaie béante à son cou, qui allait d'une oreille à l'autre. Le malheureux baignait dans une mare de sang et, touchant sa tête, je m'aperçus qu'elle était presque détachée du tronc. Sur la paille, gisait le poignard sanglant et bien autre chose encore qui, je pus m'en assurer ensuite par son absence, était l'oreille gauche du Minotaure !

» L'*impossible* venait de se produire.

11

L'ENVOL DE DÉDALE ET D'ICARE

« Je ne m'étendrai pas sur la minutieuse enquête à laquelle je me livrai ensuite. Chaque pierre, chaque détail de chacune des pièces incriminées fut soumis à un examen approfondi. Pas le moindre indice révélateur, nul passage secret. Je dus me rendre à l'évidence : Dédale avait bel et bien réussi à traverser la matière et à tuer le Minotaure sans laisser la moindre trace d'effraction sur son passage. Avant de clore la question je voudrais quand même revenir sur certains points, afin qu'il ne subsiste pas le moindre doute sur ce véritable prodige.

» 1) Entre le moment où nous avons quitté la pièce et celui où nous sommes revenus, les gardes n'avaient pas vu âme qui vive. Personne n'était passé par l'escalier, et encore moins par l'ouverture du plafond de la salle hypostyle, devant laquelle ils se trouvaient en permanence.

» 2) Personne ne pouvait se dissimuler dans la cage de l'escalier, qui ne recelait d'ailleurs pas la moindre cachette possible – j'aurais même aperçu un chat s'il y en avait eu un au moment de notre départ et lors de notre retour. Ni dans aucune autre des pièces concernées. La salle hypostyle et celle où se reposait le Minotaure ne contenaient elles non plus pas de cachette possible. Le Minotaure lui-même ne dissimulait personne derrière lui ou sous la paille.

» 3) Personne, non plus, à supposer qu'on ait réussi par miracle à s'introduire dans les lieux et à franchir la porte de bronze, personne donc n'aurait pu s'échapper sans être vu. Mon témoignage ajouté à celui des gardes le certifie. Je rappelle en outre que cette porte de bronze, sur la serrure de laquelle je me suis déjà expliqué, ne peut ni s'ouvrir ni se fermer sans grincer. Les gardes m'affirmèrent n'avoir rien entendu.

» 4) Dédale n'a pas pu sortir de la petite pièce dans laquelle je l'avais enfermé. Du moins pas par un moyen ordinaire.

» 5) Le Minotaure était bien vivant lorsque nous l'avons quitté, et bel et bien assassiné quand nous l'avons retrouvé. Durant tout ce temps, la porte de bronze fermée par mes soins et la vigilance des gardes interdisaient toute approche humaine.

» 6) Dédale était le seul à savoir que j'avais exigé de l'assassin qu'il coupe lui-même l'oreille de sa victime. Même les gardes, pas plus que le Minotaure, n'auraient pu percevoir ce détail, qui fut décidé, je le rappelle, au dernier moment, et j'ajoute que par la suite Dédale n'a pas eu la possibilité de le transmettre à un éventuel complice. Je suis tout aussi formel sur ce point que sur les autres.

» Ainsi énumérées, les circonstances de ce meurtre ne laissent aucun doute, aussi incroyable que cela puisse paraître. Dédale, nanti d'un étrange pouvoir, est parvenu à réaliser « l'irréalisable ». Il ne m'a plus jamais montré ces fameuses pierres bleues, au sujet desquelles j'ajouterai que je l'ai vu prendre un bain après son crime, pour enlever la teinte bleutée de sa peau. Mais à ce moment, nous ne pensions plus guère à l'expérience, car je venais d'en réaliser pleinement les conséquences. La mort du Minotaure allait plonger la reine dans une colère épouvantable, surtout si elle en apprenait les détails. Et je ne connais aucun habitant de cette île prêt à encourir la disgrâce de la reine... même pas le roi, son époux.

» En bref, il fallait prendre des mesures d'urgence pour trouver une solution à cet épineux problème. J'avais fort heureusement l'homme de la situation sous la main. Certes, j'avoue m'être conduit comme un enfant en acceptant ce défi sans réfléchir, mais lui, Dédale, avait tenu le premier rôle. Je n'ose imaginer ce qu'il adviendrait de lui si la reine apprenait que c'était de sa main qu'était mort son fils.

» Notre première tâche fut de faire disparaître le corps du monstre. En second lieu, il fallut également m'assurer du silence des gardes et je n'hésitais pas à faire exécuter l'un d'entre eux, qui semblait un peu réticent. Ensuite, trouver un esclave ressemblant au Minotaure afin de le remplacer, et donc de donner le change à la reine. L'extraordinaire musculature de mon fils ne rendait pas la chose aisée. D'autant qu'il fallut ensuite convaincre notre homme de jouer ce rôle. Le convaincre également de se faire greffer des cornes. J'avoue avoir dû user des pires menaces pour le faire accepter. Mais, au prix de mille difficultés, nous y parvînmes. La situation, cependant, était des plus délicates, car pour comble d'infortune le tribut athénien n'allait pas tarder à arriver. Et je ne m'en souvenais même plus !

» Comment allait réagir l'esclave ? Parviendrait-il à tromper la reine et sa suite, à l'affût dans le labyrinthe pour ne rien manquer du carnage ? Et comme si cela n'était pas suffisant, j'appris aussi que le propre fils du roi Egée, le très glorieux Thésée, faisait partie du groupe de jeunes gens, et qu'il était bien décidé à mettre un terme à ce tribut sanglant en tuant le Minotaure.

» J'étais là, prostré, cherchant désespérément une solution, quand Dédale vint me trouver pour me dire que les circonstances étaient somme toute assez favorables, si l'on voulait bien se donner la peine d'y réfléchir.

» Comme à l'accoutumée, son plan était à la hauteur de son génie. Cette arrivée d'un Thésée décidé à tuer le Minotaure était en fait providentielle. Si courageux qu'il fût, le jeune prince athénien ne devait pas être aussi sûr de son affaire qu'il le montrait, la réputation du monstre faisant frémir plus d'un cœur bien au-delà des mers. Il était même certain qu'il serait prêt à parlementer si on lui offrait la certitude de pouvoir « tuer » le Minotaure sans courir le moindre risque, mais en en retirant cependant toute la gloire.

» Nous rencontrâmes Thésée dès son arrivée et il accepta notre marché sans hésiter. C'eût d'ailleurs été pour lui un bien piètre exploit si l'on avait appris que dans le labyrinthe, il avait buté sur le corps du Minotaure, déjà frappé par la mort. Mais naturellement, nous devions tous jouer le jeu. J'ouvre ici une parenthèse pour signaler que ma fille Ariane tomba follement amoureuse du jeune héros, mais j'eus l'impression que ce sentiment n'était guère partagé par Thésée. La suite allait d'ailleurs prouver que je ne m'étais pas trompé.

» L'affaire était donc entendue, mais il nous restait encore à mettre au point les détails. Si Thésée avait le beau rôle, notre peuple, lui, subissait là une sorte d'échec, pour ne pas dire un affront. Et sous la pression des prêtres, toujours prêts à saisir une occasion, j'aurais peut-être été amené une fois de plus à organiser des représailles, avec tous les conflits que cela risquait d'entraîner. Et pour rien au monde, je n'aurais voulu voir entaché notre très florissant commerce, qui rayonnait de par les mers. Je prenais de plus en plus conscience de cette nouvelle difficulté, quand l'incontournable Dédale trouva, comme toujours, un compromis qui me sembla assez original.

– Le problème semble insoluble, disait-il, dans la mesure où il est difficilement conciliable de faire gagner les deux parties. Laissons la victoire à l'Athénien, et contentons-nous d'une sortie honorable. Si l'on apprenait qu'une belle Crétoise – la fille du roi qui plus est – avait aidé le héros dans son entreprise, l'honneur serait sauf. De plus, une histoire d'amour entre ces deux grands peuples ferait une excellente fin à ce conflit. Bien mal avisé, alors, serait celui ou ceux qui verraient là un cas de guerre.

» Je ne surprendrai donc personne en disant que la pelote de fil remise par Ariane, à l'entrée du labyrinthe, à son amoureux Thésée, lequel, après avoir vaincu le monstre retrouverait ainsi son chemin dans cet inextricable réseau de galeries, était une idée de l'inventif Dédale. Il semblait d'ailleurs avoir une grande prédilection pour l'usage du fil dans ses stratagèmes.

» Le jour venu, les choses se déroulèrent exactement comme nous l'avions prévu. Evidemment, il fallut sacrifier l'esclave qui remplaçait le Minotaure, Pasiphaé ayant beaucoup de mal à admettre la mort de son fils, à laquelle elle ne voulut d'abord pas croire. J'ajouterai à cet épisode que Thésée, après avoir « triomphé » du monstre, ne tint pas tout à fait ses engagements en abandonnant sur une île voisine la pauvre Ariane qui ne s'en consola jamais. Je dus user de tout mon pouvoir pour étouffer cet incident, mais ceci est une autre histoire.

» Hormis ce point précis, je peux dire que tout allait pour le mieux, si l'on excepte l'état de Pasiphaé, qui ne se remettait décidément pas de la mort du Minotaure. Elle n'osait pas accuser trop directement la malheureuse Ariane, du rôle déterminant qu'elle aurait joué dans la mort de son frère, et finit par déverser toute sa rancœur sur Dédale, qu'elle accusa d'en être l'instigateur. Cette pelote de fil était exactement dans son style, clamait-elle. Je dois reconnaître qu'elle n'avait pas tort sur ce point-là. Alors, par tous les moyens possibles et imaginables, elle se mit à ternir l'image de celui qui fut peut-être mon meilleur ami – encore que le terme de complice convienne davantage. Là, le pauvre Dédale fut impuissant. Victime de la malveillance d'une reine aigrie, il ne put résister. Bientôt, toutes sortes de rumeurs circulèrent à son propos, y compris les pires insinuations. Son génie ne fut pas suffisant pour contenir le fiel d'une femme et bientôt il se vit contraint à envisager son départ. Mais la reine exigeait davantage : il devait mourir ! Mourir, lui et les siens, et de manière exemplaire !

» De mon côté non plus, je ne pouvais pas grand-chose pour lui. Les prêtres, qui, je l'ai déjà dit, ne se comptaient pas précisément au nombre de mes amis, se ralliaient aux accusations calomnieuses de Pasiphaé. Ils étaient d'ailleurs à l'affût du moindre faux pas, pour me faire chuter. J'étais aussi impuissant que lui.

» Dédale avait eu dès son arrivée, un fils d'une

esclave, morte depuis longtemps d'ailleurs. Ce fils, Icare, était à présent un jeune homme, qui ressemblait singulièrement à son père, du moins physiquement, mais qui était loin d'avoir son génie. Quoi qu'il en soit, il était également voué à mourir avec lui. J'appris, fort heureusement assez tôt, de quelle manière Pasiphaé et ces sinistres grands prêtres envisageaient de faire périr Dédale et Icare. Ils avaient d'abord eu l'idée d'enfermer Dédale dans le labyrinthe souterrain, mais connaissant l'homme, sa mort n'était pas certaine. Ils décidèrent de les livrer tous deux aux taureaux, dans la grande cour centrale, quand le soleil commencerait à décliner.

» La garde de Dédale et d'Icare me fut alors confiée. Je pouvais donc difficilement organiser leur évasion. Les malheureux semblaient perdus, et je commençais à envisager avec tristesse la fin de l'homme qui, plus que n'importe quel autre, avait su me distraire. Mais c'était compter sans l'inépuisable génie du plus grand artisan de tous les temps.

» Je fus cette fois-ci son complice à part entière et je me bornerai à décrire l'incroyable prodige dont furent les témoins ébahis, ces sinistres mages, quelques autres et la reine elle-même.

» Le moment venu, Dédale et Icare pénétrèrent dans la cour centrale, d'où l'on entendait les meuglements féroces des taureaux maintenus dans leurs stalles. La cour, comme de coutume lors des jeux, avait été sablée. Seuls avaient été admis au spectacle les instigateurs de cette mise à mort et quelques serviteurs, qui se tenaient près de la loge royale située à l'est, à peine plus haute que le sol, juste à l'abri des cornes des bêtes furieuses. Place privilégiée, de laquelle on assistait d'ordinaire aux sauts à dos de taureau, pouvant ainsi admirer de près toute la virtuosité des artistes dans l'exécution de ces exercices des plus périlleux. Du temps de sa jeunesse, Pasiphaé pratiquait cette dangereuse discipline avec un art consommé, mais, et je l'ai déjà dit, elle n'était plus que l'ombre de ce qu'elle avait été. Elle s'était empâtée et ses yeux n'étaient plus que deux fentes cruelles, dont l'expression m'épouvantait moi-même.

» Quand Dédale s'avança vers elle pour lui demander une dernière faveur, elle eut ce geste de fausse clémence qui me fit définitivement voir en elle une autre femme. Je vis ensuite les mages se rapprocher d'elle pour lui murmurer ce qui devait sans doute être une incitation à la prudence. Mais elle changea d'expression quand elle entendit la requête de Dédale : avant de mourir, il souhaitait transmettre à l'humanité son invention la plus géniale, la plus extraordinaire, afin qu'elle ne disparaisse pas avec lui.

» – Il s'agit, dit-il, du plus vieux rêve de l'homme, et sans doute du plus fou aussi. Sachez, ô Reine parmi les reines, que je peux accomplir ce prodige devant vous, avant de mourir, et vous l'offrir pour en faire l'usage qui vous conviendra.

» Alors que des sourcils se fronçaient parmi les prêtres, la voix sèche de la reine s'adoucit pour lui demander des précisions. Elle se méfiait de l'inventeur, mais elle le savait capable de prodiges. Elle parut transfigurée quand Dédale lui précisa :

» – Le plus vieux rêve de l'homme : *celui de pouvoir voler comme un oiseau !*

» Après un silence glacial, le rire aigre de l'un des vieillards s'éleva :

» – Quoi, tu prétendrais en être capable ! On devrait t'immoler sur-le-champ pour une telle insolence !

» – Eh bien, vole donc, si tu en es capable ! cria un autre.

» – Je ne le peux pas, répondit Dédale avec aplomb. Car il me faudrait un sac de plumes et un peu de cire... Mais si on me les donnait... eh bien oui, je serai capable de le faire ! Vous nous verriez, moi et mon fils, nous élever devant vous dans les airs, comme des oiseaux ! Et surtout, vous pourriez en faire autant après !

» Il y eut débat. Certains objectèrent, non sans raison, que s'il y parvenait, il profiterait de l'occasion pour s'échapper. Mais la curiosité l'emporta. Et la reine somma un esclave d'apporter sans tarder ce qu'avait demandé le grand artisan.

» Le soleil se couchait au sommet du palais quand les plumes et la cire exigées par Dédale lui furent apportées. Les regards de la petite assemblée étaient rivés aux deux hommes, alors qu'ils s'enduisaient dos et bras d'une épaisse couche de cire, dans laquelle ils s'appliquèrent l'un à l'autre des rangées de plumes d'oiseau. Il y eut quelques rires durant leurs premiers essais plutôt infructueux. Dédale regardait attentivement autour de lui, agitant ses ailes, comme pour trouver le vent favorable. Il atteignit ainsi l'extrémité ouest de la cour, et appela son fils. Là, ils reprirent leurs manœuvres. Mais cette fois-ci, sous les regards d'une assemblée médusée, lentement mais régulièrement, ils s'élevèrent dans les airs !

» Ils gagnèrent progressivement de la vitesse jusqu'au sommet du palais, où l'on distingua leurs ombres, entre les éblouissants rayons du couchant, hésitant sur la direction à prendre. Puis les battements d'ailes s'accélérèrent et on les vit s'élever majestueusement dans le ciel, avant de se fondre dans l'or du soleil.

» De ma vie, je n'ai vu autant d'étonnement sur

le visage d'un être humain. L'un des vieillards s'évanouit, deux autres prirent la fuite, et l'espace de quelques secondes, Pasiphaé eut ce regard admiratif qu'elle avait eu pour moi jadis.

» Cet exploit eut le retentissement qu'on imagine. Et je me dis, alors, que j'allais enfin pouvoir jouir d'une vie tranquille. Mais hélas ! il n'en fut rien. Un peu plus tard, quand la reine apprit que Dédale était parvenu en Sicile, où il était l'hôte du roi Cocalos, elle me donna aussitôt l'ordre de m'y rendre et de le ramener.

» Ce que je fis, la mort dans l'âme. Et c'est durant mon voyage que j'appris la mort d'Icare, tombé dans la mer, la cire qui maintenait ses plumes ayant fondu sous l'ardeur des rayons solaires. Cette nouvelle me fit prendre conscience de l'incroyable crédulité populaire, car je savais bien que si Icare s'était effectivement noyé, il ne pouvait avoir péri dans de telles circonstances.

» Une fois arrivé, je dus ruser pour parvenir à retrouver Dédale. Mais je le connaissais trop bien pour qu'il puisse s'esquiver. Cet homme, ce virtuose de l'utilisation du fil, ne résisterait pas à la tentation d'un défi digne de lui. Je demandai au roi s'il connaissait un homme capable de passer un fil de soie dans les volutes complexes d'un coquillage spécialement choisi pour ce faire. Quand il me ramena l'objet parcouru en tous sens par ledit fil, je n'eus pas le moindre doute, c'était bien là l'œuvre de Dédale. Cocalos me fit savoir comment avait opéré l'ingénieux artisan, mais je connaissais d'avance la solution pour avoir vu Dédale l'exécuter devant moi sous une forme différente mais semblable quant à son principe. Le roi me proposa alors son hospitalité, et ses charmantes filles un bain pour me rafraîchir. Je tombais alors dans un traquenard immonde et crus bien ma dernière heure arrivée. Brûlé par l'eau presque bouillante dont elles m'aspergèrent, je passais pour mort. Mais un marin recueillit mon corps meurtri qui avait été jeté à la mer. Je fus longtemps sans recouvrer ma vue, et cet homme me soigna avec une patience infinie, après m'avoir trouvé un abri dans une grotte. Un jour, alors que je commençai à retrouver des forces, il me confia à l'équipage d'un navire crétois. Je l'entendis plaisanter avec les marins et passer la soirée avec eux. Je ne devais plus le revoir. Mais bien plus tard, au terme du voyage, quand l'un des marins me montra comment, avec un peu de miel, on parvenait à contraindre une fourmi à lui faire passer un fil de soie lié à elle dans les cavités enchevêtrées d'un coquillage, en me précisant qu'il avait appris ce tour de l'homme qui m'avait confié à eux, je compris qui avait été mon sauveur, et que seuls mon état et ma cécité m'avaient empêché de le reconnaître.

» Je suis retourné chez moi mais je n'ai pu reprendre ma place sur le trône. Pasiphaé a perdu la tête et est en train de mener le royaume à sa perte. Nous subissons les pires humiliations en matière de commerce, sans parler de cette vie décousue et décadente dans laquelle se vautrent ces êtres – mon peuple ! – réduits aux plus vils comportements. J'en arrive à souhaiter que la terre se mette à trembler pour qu'elle ensevelisse cet endroit tombé en totale déliquescence.

» On ne me reconnaît plus. C'est tout juste si j'ai encore accès à ce palais, et c'est sans doute à mes origines divines que je dois de rester en vie. Sans leur crainte des représailles célestes, les grands prêtres auraient depuis longtemps offert ma tête au tranchant des doubles haches.

» La terre tremble de plus en plus fort, ces

jours-ci. C'est inquiétant. Je ris silencieusement. Je me suis lié d'amitié avec un jeune scribe, qui semble assez enthousiasmé par ce que je lui dicte. Il aimerait tant savoir, tout comme moi d'ailleurs, par quel prodige Dédale était parvenu à franchir les murs. Il me menace même de ne plus continuer son travail si je ne lui dévoile pas le procédé qui permet de voler comme un oiseau. Je lui réponds invariablement qu'avec tout ce qu'il a déjà gravé, il ne devrait pas avoir trop de difficultés à percer ce mystère. Enfin, il aimerait également connaître l'emplacement du labyrinthe souterrain hanté par le Minotaure. Ce jeune garçon a le même regard vif qu'une personne déjà nommée qui a joué un grand rôle dans mon existence. Il n'a plus sa mère et ignore qui est son père. Je me pose certaines questions... En tout cas, je pense qu'il sera assez malicieux pour trouver la clef de ces deux énigmes qui l'obsèdent. L'une d'entre elles tout au moins. Quant au labyrinthe, lequel n'intéresse d'ailleurs plus personne de nos jours, j'ai envie de lui en dévoiler l'endroit sous forme d'énigme. Sa main tremble – de colère – alors que je lui dicte ces mots. Elle tremble, tout comme la terre aujourd'hui. »

12

LE REPAIRE DU MINOTAURE

Quand sir Basil eut terminé son récit, son visage exprimait une profonde perplexité. Sans lui laisser le temps de faire le moindre commentaire, Kate lui expliqua les circonstances détaillées dans lesquelles elle avait retrouvé le texte, ainsi que sa poursuite qui l'avait amenée jusqu'à cet étrange appartement ouvert, éclairé, mais désert, et sa rencontre avec Richard.

– Ce n'est que cet après-midi, en lisant les détails de l'horrible meurtre du professeur Lewis Newcomb, que j'ai pleinement réalisé ce que j'avais vu la veille... Ces pierres sur le plancher, cet homme que je croyais endormi sur son bureau... Mon Dieu, dire que j'étais en présence d'un meurtre, qui venait sans doute tout juste d'être commis ! Et l'assassin, lui, si ça se trouve, se cachait à ce moment derrière une porte ou un rideau ! Je dois sans doute mon salut à ce grognon de voisin ! Sans son intervention, je ne me serais pas enfuie aussi rapidement... Mais j'y pense, j'ai oublié de vous montrer quelque chose. C'était avec le texte que vous venez de lire...

Kate sortit de la grande enveloppe une feuille du même format que les précédentes, mais à moitié couverte de petits dessins stylisés. Elle la remit à Basil Ward qui se rapprocha du foyer pour l'examiner avec soin.

Les flammes sculptaient sur son visage très concentré l'expression du détective en pleine activité cérébrale, ce qu'il était à n'en pas douter. Jamais, pensait-il, il ne s'était trouvé en présence d'un cas aussi peu banal et aussi peu crédible. Car ce que venait de lui apprendre la jeune fille, ajouté à ce texte stupéfiant – l'avait plongé dans une rare perplexité.

– Je ne reconnais pas ces signes, dit-il, bien qu'il s'agisse manifestement d'idéogrammes d'origine crétoise. Ils ressemblent assez à ceux, restés muets jusqu'à ce jour, de ce fameux disque d'argile retrouvé dans l'antique palais crétois de Phaïstos. C'est tout ce que je peux dire pour le moment... C'est incroyable... ajouta Basil Ward en secouant la tête. Incroyable !... Car vous avez certainement remarqué que le narrateur de ce texte ne pouvait être que le roi Minos !

– Bien sûr, acquiesça Kate, qui soutenait le regard féroce d'une tête de taureau en bronze trônant sur la tablette de la cheminée.

– Ce texte, vous l'avez sans doute aussi remarqué, serait la traduction d'un autre texte, vraisemblablement assez ancien si l'on se réfère à certaines notes. Ces doutes sur les Egyptiens, par exemple, déjà formellement identifiés chez Homère, qui aurait vécu un peu moins de mille ans avant Jésus-Christ. Ce qui pourrait bien nous amener à l'époque minoenne, laquelle, vous le savez sans doute, tire précisément son nom du roi Minos... Non, ce serait par trop extraordinaire...

– Il doit s'agir d'une fiction, proposa Kate sans grande conviction. Un essai d'écrivain ou d'historien...

– Une fiction ? Un roman historique ? Que viendraient faire ici ces notes, dans ce cas ? J'ai du mal à imaginer qu'on puisse pousser le raffinement aussi loin !

Tout en secouant la tête, sir Basil reprit sa loupe pour réexaminer les feuillets du manuscrit.

– Ce texte, dit-il, est tout récent. Je parle de celui qui est tapé à la machine. L'encre est sèche, mais elle est neuve, c'est indubitable... Mon Dieu ! fit-il soudain, comme traversé d'une pensée subite.

– Qu'y a-t-il, Sir Basil ? s'inquiéta Kate.

– Je suis vaguement au courant de choses très confidentielles. Ainsi que votre père, d'ailleurs. Et il y a tout lieu de croire, Mademoiselle, qu'il y a un rapport direct entre ce texte et... les sinistres événements dont on parle dans les journaux.

– Les... assassinats des professeurs Lamont et Newcomb ?

– Vous m'avez dit avoir lu les journaux de l'après-midi. Ce qui nous ramène à votre soirée. Que disent-ils au juste, ces journaux, à propos de ce dernier meurtre ? Que la police a retrouvé, vers 1 heure du matin, après la plainte d'un voisin, le professeur Newcomb assassiné dans son bureau. Le crâne fracassé, au moyen des grosses pierres retrouvées sur le plancher. En outre, l'arrière de son crâne, sa nuque et le dos de son veston étaient fortement brûlés, comme si on y avait passé le fer à repasser !

– C'était cette odeur de chair brûlée que j'avais sentie !

– Je crois qu'il n'y a plus aucun doute, maintenant. Vous avez été la première personne présente sur les lieux du drame, mais sans le savoir à ce moment. Les journaux ne donnent en fin de compte guère plus de précisions, hormis l'heure approximative du meurtre – entre 22 et 23 heures, ce qui correspond assez à ce que vous dites – et le petit tas de sable et les débris de poterie, que vous avez vus sur le seuil du bureau. En un mot, les circonstances du meurtre de Newcomb, déjà extraordinaires en elles-mêmes, coïncident de manière tout à fait troublante avec celles du professeur Lamont, la semaine dernière. Les deux hommes, rappelons-le, viennent tout juste de revenir de la Crète, à la suite de travaux de fouilles en commun. Eh bien je trouve que les journaux, même s'ils en ont relevé l'analogie, n'ont pas donné à ces crimes le retentissement qu'ils mériteraient. Comme si l'on avait vivement conseillé à nos reporters de modérer leurs plumes. Ce qui confirme ce que je suppose, à savoir qu'il s'agit d'une affaire extrêmement délicate...

Kate réprima un frisson.

– Mon Dieu, murmura-t-elle. Que dois-je faire alors ?

– Essayons de réfléchir, dit sir Basil en glissant une nouvelle cigarette dans son fume-cigarette. Le personnage au centre de cette affaire semble bien être celui qui a perdu ces documents. Vous m'avez dit qu'il s'était enfui à votre approche ?

– C'est en tout cas l'impression que j'ai eue. Il semblait fouiller dans son sac, quand il m'a aperçue. Il est parti aussitôt.

– Pouvez-vous m'en refaire la description ?

– En fait, je n'ai vu que sa silhouette. Très grand, assez lourd aussi, et il marchait d'un pas plutôt raide... Je pense qu'il devait porter de grosses chaussures cloutées, ce qui expliquerait les bruits de ferraille que j'ai entendus... Quant à cette curieuse lueur, j'y ai réfléchi, il devait sans doute avoir une petite lanterne accrochée à hauteur de poitrine.

– C'est incroyable, fit sir Basil en secouant la tête. Tout à fait incroyable... D'autant plus que lors de l'assassinat de Lamont, un témoin avait également parlé d'un homme faisant un curieux bruit métallique. Mais que diantre, Mademoiselle, ne voyez-vous pas ce que cela signifie ? Un géant, marchant comme un robot, avec un bruit de ferraille de surcroît, et qui lance des pierres à ses victimes, avant de les brûler comme au fer rouge ? Un tel géant s'en prenant de surcroît à des gens qui ont profané une tombe minoenne sur l'île de Crète ?

– *Talos*... bredouilla Kate. Talos... le robot construit par Dédale, chargé de chasser les intrus de l'île de Crète. On en parle d'ailleurs dans ce récit...

Sir Basil allait et venait devant la cheminée.

– Cette conclusion me semble si évidente que je

m'étonne que personne n'y soit encore parvenu ! Evidemment, certains ont dû y penser... mais ont sans doute jugé préférable de ne pas l'imprimer.

– Ou alors, cela semblerait tellement grotesque...

– Oui, évidemment... Mais les faits n'en demeurent pas moins.

– Mais... mais alors, j'ai dû frôler la mort ?

Basil Ward exhala un mince filet de fumée avant de répondre :

– Quelle que soit cette créature, cela ne semble pas discutable. Mais ce que je ne comprends pas très bien, c'est l'étrange comportement de ce Talos – appelons-le ainsi. D'abord, il vous fuit, il perd ces documents... Mais j'y pense, ces documents, cette traduction récente, elle devait probablement appartenir au professeur Lewis Newcomb !

– J'y suis ! s'écria Kate. C'est un texte qu'il venait juste de traduire !

– C'est bien possible... Enfin, j'en saurai sans doute davantage sous peu. Donc Talos aurait volé ces documents, non sans avoir d'abord assassiné le professeur, puis il s'éloigne des lieux du crime. Vous le surprenez, il perd son butin, retourne sur le théâtre de son forfait... C'est cela qui est étrange. Ce n'est pas tellement logique...

– Il ne savait peut-être pas que je le suivais. Probablement se sera-t-il souvenu d'un détail qu'il avait oublié ?

– C'est possible, mais ce va-et-vient reste très surprenant. Enfin, ce n'est que secondaire par rapport à l'ensemble. Il y a aussi ce jeune homme que vous avez rencontré au coin de la ruelle...

– Je suis certaine que ce n'est pas lui ! fit Kate avec véhémence.

Sir Basil dévisagea un instant la jeune fille, puis haussa légèrement les épaules.

– Soit, dit-il. Nous en sommes de toute manière réduits aux conjectures. Reste à savoir ce qu'il convient de faire à présent. Qu'attendez-vous au juste de moi, Mademoiselle ? Cette énigme, cette dangereuse énigme, dépasse de beaucoup celles dont j'ai l'habitude de m'occuper. Et pourtant, je me suis toujours fixé comme règle de n'accepter que les cas sortant de l'ordinaire. Non qu'elle ne m'intéresse pas, notez bien. Il y a d'ailleurs là tous les éléments propres à stimuler mon esprit pourtant exigeant. Mais je ne pense pas être en mesure d'en venir à bout tout seul. Du moins pour le moment. Et du reste, pourquoi n'en avez-vous pas parlé à votre père ? Ne travaille-t-il pas au ministère de l'Intérieur ?

– Papa ? fit Kate en souriant avec indulgence. Je suis sûre qu'il n'aurait pas cru un traître mot de mon histoire !

Basil Ward sourit lui aussi, en fixant à son tour la tête de taureau.

– J'espère en savoir un peu plus dans les prochains jours, et nous pourrons toujours aviser à ce moment. Pour l'heure, dit-il, je me limiterai à des conseils. À un conseil. Car vous avez compris, je pense, qu'il est de votre devoir de remettre ces documents à la police et de leur raconter tout ce dont vous avez été témoin. Si je peux me permettre une remarque personnelle, je me limiterai, à votre place, à l'incident du square. Car votre manège sur les lieux du drame ne pourrait que compliquer les choses et peut-être même vous placer dans une situation assez embarrassante. Bien sûr, si vous pensez que cette partie de votre récit apporte quelque chose à l'enquête, parlez-en. Sinon, je pense que vous feriez mieux de la passer sous silence. C'est à vous de voir.

Kate, qui semblait un peu déçue, convint cependant que c'était là la solution la plus sage. Elle avait espéré, l'ombre d'un instant, qu'elle retrouverait en sir Basil Ward un véritable Sherlock Holmes – dont il avait un peu l'allure, exception faite de son nez bien droit –, qui après quelques brillantes déductions aurait résolu le problème en un tournemain. Elle se rendait mieux compte à présent, qu'elle se trouvait prise au cœur d'une très inquiétante intrigue, loin des fantasmes qu'elle s'était complu à cultiver jusqu'ici. Sir Basil Ward pouvait l'aider, il en avait la capacité, mais ce n'était pas un surhomme, tout comme elle n'était pas l'aventurière hors pair qu'elle s'était toujours imaginée être. La tragique réalité des événements commençait à se dessiner avec plus de netteté dans son esprit, et elle ne trouva guère d'objection à son conseil. Elle ne trouva pas non plus le réconfort qu'elle attendait de son hôte. En premier lieu, la clarté de ses analyses n'avait fait que souligner tout le côté inquiétant de cette extraordinaire énigme, et en second lieu, en dépit de son calme apparent, il semblait presque aussi troublé qu'elle. Il jetait d'incessants coups d'œil aux feuillets du récit, ainsi qu'aux étranges inscriptions.

– Ce que je vous demanderai, dit-il, si cela ne vous dérange pas trop, c'est de recopier ce texte et ces inscriptions avant de les ramener à la police. J'aimerais réfléchir à tout cela à tête reposée.

– Figurez-vous que c'est déjà fait ! annonça-t-elle, fière de son initiative. Je vous les rapporterai demain à la première heure !

– Ne vous donnez pas cette peine. Je passerai chez vous. J'ai de toute manière deux mots à dire à votre père. J'ai peur qu'il ne faille vous résoudre à lui parler de tout ça.

Kate hocha tristement la tête, puis, en observant son hôte du coin de l'œil, lui fit remarquer :

– Je crois que ce récit vous intrigue...
– Vous ne pouvez savoir à quel point !
– Auriez-vous déjà une idée à propos des deux mystères dont il est question ?
Le front moite et sillonné de rides, sir Basil semblait en proie à quelque obscur tourment et ses traits révélaient un intense effort de réflexion.
– Hélas ! non... finit-il par lâcher. Mais j'ai bon espoir d'y parvenir. Pourtant, ce qui m'intrigue le plus, ce sont ces idéogrammes ! Si l'on tient compte de la fin du supposé récit de Minos, l'on pourrait penser que ces signes révéleraient, sous forme d'énigme...
– L'emplacement du célèbre labyrinthe !
Sir Basil Ward hocha gravement la tête :
– Je sais, tout cela semble si incroyable, si absurde ! La logique devrait nous faire croire à quelque grotesque plaisanterie ! Mais...
Il se tut, son regard venant de s'arrêter sur la tête de taureau en bronze. Plissant les paupières, il murmura :
– Et si le Minotaure avait réellement existé ?

13

LE BONHEUR DES UNS FAIT LE MALHEUR DES AUTRES

16 avril

À Scotland Yard, dans le bureau de l'inspecteur Kersall, le crâne largement dégarni du professeur Edgar Buchanan s'emperlait de sueur à mesure qu'il réitérait ses explications, que le policier ne semblait pas juger satisfaisantes.

– Je ne vous demanderai qu'une dernière fois de reprendre le tout, professeur, fit Kersall en posant ses doigts écartés bien à plat sur son bureau. Une toute dernière fois...

Les yeux fermés, le professeur Buchanan émit un soupir éloquent.

– Ou si vous préférez, reprit Kersall, je vais reprendre moi-même les différentes étapes et vous rectifierez au besoin.

– Je crois que ce serait mieux ainsi...

L'inspecteur Kersall mordilla sa lèvre inférieure :

– On dirait que vous ne mesurez pas toute l'importance de cette affaire, professeur. Deux, même trois de vos confrères sont déjà morts, depuis que cette tombe a été mise au jour ! Un document capital a été volé...

– Je sais tout cela, inspecteur...

– Et qui vous dit que vous ne serez pas la prochaine victime ?

L'inspecteur ajouta *in petto* : espèce de gros nigaud !

À ce moment, on frappa à la porte, qui s'ouvrit aussitôt et un policier aux yeux un peu globuleux passa la tête dans l'entrebâillement :

– Inspecteur, il y a en bas une jeune personne qui prétend avoir du neuf sur l'affaire...

Kersall jeta un coup d'œil à la pendule de son bureau qui marquait 11 heures et demie. Il réfléchit un instant puis, au grand dam du professeur, demanda :

– Comment est-elle ?

– Grosse, petite, vieille et pleine de boutons, fit le policier en souriant.

– Très bien, Sullivan. Alors vous vous en occupez.

– Je plaisantais, ricana ledit Sullivan. En fait, elle est pas mal du tout, grande, mince...

– Tant mieux pour vous. Et ne revenez me déranger que si ça en vaut la peine, vu ?

– Très bien, patron, fit le policier avec un clin d'œil.

Le claquement de la porte précéda un long silence. Kersall fixa un moment le professeur, puis commença :

– Il y a un an, à l'instigation du professeur Lewis Newcomb, vous partiez pour la Crète afin de fouiller un nouveau site antique au sud de Réthymon. Une demi-douzaine de spécialistes, dont vous, Lamont, Cook, et Newcomb. Vous preniez en quelque sorte le relais de sir Arthur Evans.

– C'est cela même...

– Hormis la découverte d'une tombe minoenne... (il s'interrompit pour jeter un coup d'œil à ses notes) d'une tombe à tholos datant du minoen récent B, vos recherches n'ont guère été probantes... jusqu'à ce que le professeur Newcomb, prévenu par un jeune berger, ne découvre, tout au sud de l'île au fond d'une grotte difficilement accessible, ces fameux manuscrits et cette mystérieuse tablette...

– Mon Dieu !... gémit l'archéologue. Ce serait un drame si nous ne les retrouvions pas !

– La tablette portant les inscriptions avait sans doute été cuite accidentellement par un incendie, raison pour laquelle elle est si bien conservée. Quant aux parchemins, ils étaient soigneusement enveloppés dans des draps, scellés au bitume, et eux-mêmes contenus dans des jarres. Mais vous n'avez pas pu en prendre entièrement connaissance tout de suite ?

– En effet. Car on risquait de les détruire. Le temps les avait séchés au point de les rendre cassants. Mais nous avons néanmoins pu en lire certains et nous rendre compte de l'extrême importance de ces textes. Il s'agissait d'une ancienne traduction grecque, d'un texte beaucoup plus ancien, dont l'auteur n'aurait été autre que le célèbre Minos ! (Le corps du petit professeur en tremblait :) Une découverte sans pareille dans le monde de l'Antiquité, inspecteur !

– Dont je saisis parfaitement l'importance, vous pouvez me croire. Car nous suivons pas à pas l'évolution de cette enquête, dirigée par le patron en personne, qui lui-même doit en référer à tout moment au ministre... Mais vous savez cela aussi bien que moi. Donc vous aviez retrouvé ces textes, que, pour des raisons techniques, vous ne pouviez réellement étudier que de retour en Angleterre. Et, compte tenu de leur incroyable teneur, il fallait aussi les authentifier...

– C'est exact. C'était le professeur Lamont qui était chargé de cela. Il s'y est attelé dès notre retour. Son travail terminé, avec des résultats positifs pour l'expertise...

– Il n'y a donc aucun doute sur l'authenticité de ces parchemins ?

– Il semblerait que non. Lamont paraissait même formel, car il avait déjà eu à s'occuper de parchemins de la même époque. J'ai fort heureusement pu m'entretenir avec lui avant qu'on ne l'assassine. (Le professeur passa un mouchoir sur son front ruisselant.) Le texte était rédigé en grec ancien, et il s'agissait indubitablement d'une traduction d'un autre texte, vu certaines parenthèses dans le texte même. Mais il n'y avait hélas ! aucune précision sur ce point. On ne sait ni qui était l'auteur de cette traduction, ni pourquoi le fruit de son travail se retrouvait dans cette grotte. À cela s'ajoute le problème lié à toute traduction, c'est-à-dire son degré d'exactitude. Avions-nous affaire à une transcription littérale ? Ce récit avait-il subi quelques modifications ou l'avait-on complètement réécrit ? Il est malheureusement fort probable que nous ne l'apprenions jamais... Et il reste aussi, en théorie, la possibilité que ce mystérieux scribe ait été un plaisantin, qu'il ait monté un canular pour quelque obscure raison. Mais les témoignages écrits étaient alors chose si précieuse, qu'on n'ose guère y croire. Cela ne s'est jamais vu jusqu'ici. Des textes partiaux et subjectifs, oui, bien sûr, il y en a eu, mais le contraire existe-t-il seulement ? Mais nous avons déjà mille fois parlé de tout cela !

Kersall leva la main en signe d'apaisement.

– Il vaut mieux que les choses soient parfaitement claires. Donc, je reprends, Lamont venait à peine de terminer son analyse qu'il se faisait assassiner. Puis, Lewis, qui aurait théoriquement été sur le point d'avoir terminé la traduction desdits textes, est tué à son tour ! Mais cette fois-ci, le meurtrier en profite pour faire main basse sur les textes... si bien qu'il n'en reste maintenant plus rien !

– Hélas ! Mille fois hélas ! gémit le petit homme en tournant nerveusement ses pouces.

– Mais ce texte, vous saviez quand même, en gros, de quoi il s'agissait, non ?

Le professeur se raidit et fixa le policier avec commisération :

– En gros, comme vous dites, oui. Le roi Minos parlait de son artisan préféré Dédale... Mais alors vous n'avez rien compris...

– Pardon ?

– Ce sont les détails de ce témoignage unique qui en font toute la valeur ! C'est précisément...

Le professeur fut interrompu par l'entrée soudaine de Sullivan qui, sans un mot, gagna le bureau de son patron pour y jeter quelques feuilles avec un geste déterminé qui surprit l'inspecteur Kersall. Celui-ci s'empara des feuillets, les parcourut rapidement, puis son expression changea, alors que Sullivan précisait :

– C'est la jeune demoiselle qui nous a apporté ça. Elle l'aurait trouvé tout à fait par hasard...

Kersall hocha plusieurs fois la tête, puis tendit les feuillets au professeur :

– Jetez un coup d'œil là-dessus... Cela vous intéressera sans doute.

Seule depuis plus de vingt minutes dans le bureau désordonné de ce policier qui était à peine plus soigné, Kate rongeait son frein. Elle venait de livrer des éléments capitaux d'une affaire importante à la police la plus célèbre du monde, et voilà de quelle manière elle était traitée ! En outre, elle avait dû patienter près de deux heures avant d'être entendue ! Elle estima qu'il s'agissait là d'un véritable affront. De plus, le sergent Sullivan avait un aspect déplaisant : des ongles longs, une veste élimée et un regard bizarre. Ses questions et le ton sur lequel elles étaient posées avaient frisé l'impolitesse. Et pour finir, après s'être emparé des documents, il l'avait plantée là sans un mot d'explication.

Elle attendit dix minutes supplémentaires et s'apprêtait à partir quand un homme entra dans la pièce. De haute taille, grisonnant, bien vêtu, il lui fit bonne impression. Avec un large sourire, il se présenta comme étant sir Edgware, le chef du CID et un ami de son père. Il la pria très aimablement de le suivre pour parler dans un endroit moins inconfortable. Kate se leva majestueusement. Elle venait de retrouver son sourire et sa dignité.

– C'est le texte ! jubilait Buchanan, les larmes aux yeux ! C'est le texte traduit par Lewis ! Je reconnais d'ailleurs la frappe de sa machine à écrire ! Et voyez, il a même pris soin de recopier les signes gravés sur la tablette ! Nous sommes sauvés ! C'est fabuleux... C'est un grand jour pour l'Histoire !

– Tout est donc pour le mieux, fit l'inspecteur Kersall. Mais il n'en reste pas moins qu'un assassin court toujours. Un dangereux assassin qui, après avoir tué...

La sonnerie du téléphone retentit à cet instant et Kersall décrocha.

– Lui-même, oui... dit-il, le visage subitement figé. Comment allez-vous, Sir ?... L'enquête ?... Parfaitement bien. Nous venons justement de retrouver les documents et... Vous êtes déjà au courant ? Mais... Très bien...

Kersall se mit à blêmir tout en bredouillant quelques rares mots d'approbation, puis il raccrocha. Une veine s'était anormalement gonflée à sa tempe.

– C'était le grand patron, dit-il à l'adresse de Sullivan. Il vient de me demander très aimablement de m'occuper d'une autre affaire.

– Mince alors, fit Sullivan en se frappant le poing. C'est sûrement à cause de cette fille ! Quand elle m'a montré ces papiers, j'ai immédiatement prévenu le patron et il m'a dit qu'il allait la voir. À coup sûr, elle a dû se plaindre...

14

KATE PREND UNE LEÇON DE TENNIS

En début d'après-midi, « Richard Cœur-de-Lion » et « La Parisienne » parcouraient les routes sinueuses de la campagne anglaise sous un ciel plutôt maussade. La « monture » que notre noble chevalier pilotait fièrement, était une décapotable dont la robe pourpre tranchait sur le vert tendre de l'herbe. Les mèches soyeuses qui s'échappaient du casque en cuir de Kate flottaient au vent, mais Richard n'eut guère le loisir de les admirer, absorbé qu'il était par la conduite du véhicule, qu'il maîtrisait certes, mais sans aisance. À l'arrière, juste sous les cheveux flottants de Kate, se trouvait une raquette de tennis aussi neuve que la voiture.

Les deux jeunes gens s'étaient retrouvés comme convenu au salon de thé à Piccadilly en début d'après-midi, mais de fait l'un et l'autre avaient été à deux doigts de manquer à leurs engagements. Kate, pour avoir été retenue un certain temps à Scotland Yard, et Richard qui, lui, avait tout bonnement failli oublier Kate. Mais un événement fortuit avait ramené devant ses yeux le beau visage de « La Parisienne ». Si bien qu'à 14 heures pile, il immobilisait la rutilante décapotable devant le pub, faisant signe à celle dont il craignait qu'elle l'eût oublié.

– Je n'ai aucune envie de rester en ville, lui avait-il déclaré alors qu'elle prenait place sur le siège. Que diriez-vous de votre première leçon de tennis au grand air ?

– Mais je ne suis pas habillée ! avait protesté Kate.

– Ce n'est pas pour aller sur un court, précisa-t-il en montrant l'unique raquette sur la banquette arrière. Nous verrons juste les mouvements de base !

Lorsqu'un rayon de soleil se glissa entre les nuages et qu'ils parvinrent à un endroit suffisamment bucolique, Richard ralentit et rangea son véhicule sous un arbre. Il s'empara de la raquette, la regarda pensivement quelques secondes, puis après avoir ausculté le ciel, la remit à sa place, disant :

– Vous avez raison, dit-il, ce n'est pas un temps pour jouer...

– Mais je n'ai pas dit ça ! protesta Kate.

– Ça ne fait rien. De toute manière, je n'ai plus envie de jouer, maintenant...

– Vous aviez déjà un match, aujourd'hui ?

– Oui... Et une partie assez difficile.

– Que vous avez gagnée ?

– Non, hélas ! J'ai été battu... lâchement. Mais peu importe. Parlez-moi plutôt de vous.

Kate, qui rajustait le col de sa cape tout en ordonnant sa chevelure d'un gracieux mouvement de tête, ne répondit pas tout de suite. Elle était sur le point de dire la vérité, mais une question de Richard la retint.

– Alors, comment va ce travail de journaliste ? J'imagine que vous devez en avoir, ces derniers temps, avec tous ces crimes sordides ?

– Oui, oui... Bien sûr. Je n'en dors presque plus. J'ai les doigts en compote à force de taper tous ces articles...

Richard sortit une cigarette de son paquet et l'alluma en prenant son temps.

– Que diriez-vous d'une petite promenade à travers champs ? demanda-t-il.

– C'est tout ce qu'il nous reste à faire, je crois, puisque ma leçon de tennis a été annulée ?

Richard sourit puis passa son bras autour de la taille de Kate, qui ne protesta pas. Ils marchèrent en silence quelque temps, goûtant le charme romantique de ce paysage de bocages, légèrement noyé de brume, mais qui se réchauffait doucement sous de timides et rares rayons de soleil. Les taches blanches et noires de quelques vaches broutant l'herbe avec cette tranquille sérénité qu'on ne trouve plus guère chez les humains, achevaient de jeter une note campagnarde.

– *Et in Arcadia ego*, dit Richard qui fixait le paysage tout en en profitant pour resserrer son bras autour de la fine taille de Kate.

– Comment, vous aussi ! s'exclama celle-ci.

– Pardon ? s'étonna le jeune homme. Mais c'est une citation latine...

– Oh ! ça je l'ai bien compris ! Mais... (Kate poussa un soupir tout en souriant :) Excusez-moi... Vous ne pouvez pas comprendre. Je connais quelqu'un qui n'arrête pas d'en déclamer et m'en rebat constamment les oreilles !

– D'autant que, fit Richard, j'en ai perdu l'habitude depuis que... que je joue au tennis. Ce beau paysage m'a fait penser à ce tableau et... me fait surtout comprendre la distance qu'il y a entre le calme des environs et la vie trépidante que nous menons à Londres...

– À qui le dites-vous !

– À propos de ces affaires, dit pensivement Richard, vous saviez que c'est tout près de l'endroit où nous nous sommes rencontrés qu'a eu lieu ce... Ça y est, j'ai compris ! Bon sang, pourquoi n'y ai-je pas pensé plus tôt ! C'est parce que vous êtes journaliste, que vous étiez là-bas ! Vous vous doutiez qu'il pouvait arriver quelque chose à ce professeur !

Kate baissa la tête, très gênée. Elle était prise dans l'engrenage du mensonge avec désormais bien peu d'espoir de s'en sortir.

– Vous l'avez deviné, murmura-t-elle. Bien sûr, je n'avais aucune certitude, mais c'était une possibilité... Les événements ont prouvé que j'avais vu juste...

– Et à cause de moi, vous n'avez rien vu ! Le criminel aura pu commettre son crime et se retirer très discrètement !

Kate aurait alors voulu lui expliquer que le crime était sans doute déjà commis, mais elle s'en abstint.

– J'ai un aveu à vous faire, dit-elle cependant.

– Ah ? fit Richard en l'observant à la dérobée.

– Mon prénom est tout ce qu'il y a de plus banal : Kate. Ce n'est pas Pasiphaé...

– À la bonne heure !

– Vous savez qui était cette femme ?

– Oui, fit le jeune homme en hochant la tête. Vous avez jeté, comme ça, parce que vous étiez surprise, le premier prénom qui vous passait par la tête, n'est-ce pas ? Et comme on parle beaucoup de la Crète antique avec ces fouilles toutes récentes, et notamment vous, puisque... vous êtes journaliste, vous avez choisi ce prénom... Mais j'y pense, vous savez alors qui est « La Parisienne », naturellement ?

– Heu... Non... hésita Kate, qui sentait peser sur elle le regard dubitatif de Richard.

Elle se dit qu'il lui fallait combler au plus tôt cette lacune. Elle tenta de faire diversion :

– Vous semblez soucieux, Richard ?

– Je le suis.

– C'est à cause de ce match perdu ?

– Oui, d'une certaine manière. Mais si cela ne vous dérange pas, je préfère ne pas en parler. Essayons de profiter de l'instant présent...

– *Carpe diem.*

Sous le regard surpris de Richard, elle se mit à rire.

– Excusez-moi ! Je sais, je suis ridicule, mais c'était plus fort que moi ! Que voulez-vous, à force d'en entendre, on les répète...

Durant les deux heures qui suivirent, il ne fut question ni de meurtres, ni de journalistes à l'affût, ni de match de tennis. Richard profita amplement des ondes soyeuses de la belle chevelure noire de « La Parisienne », en les lissant tendrement sans donner le moindre signe de lassitude.

Quand ils regagnèrent le cabriolet, alors qu'un soleil timide déclinait à l'horizon, Richard s'empara de la raquette de tennis, la regarda d'un air songeur et dit :

– L'important dans la première leçon, dit-il, est de créer un climat de confiance entre le professeur et l'élève.

– Croyez-vous avoir réussi ? fit Kate, espiègle.

– Au-delà de toute espérance. Mais en voulez-vous une ultime démonstration ?

– Rangez cette raquette et ramenez-moi sagement à la maison ! Heu... Non, non... laissez-moi au salon de thé, ce sera plus simple !

Quelle sotte elle faisait ! Encore deux ou trois bourdes de ce genre, et Richard allait finir par flairer quelque chose de louche, se dit-elle en réintégrant le véhicule et se blottissant tendrement contre lui.

15

MÉFIEZ-VOUS DES FANTÔMES !

Ayant rempli deux verres de cognac, Arthur Jones servit son hôte puis revint s'installer dans son fauteuil. Le jour se mourait derrière les hautes fenêtres de son salon.

– Il est 6 heures passées et Kate n'est pas encore là. Je me demande où elle a bien pu passer tout l'après-midi, dit Jones en examinant le contenu ambré de son verre.

– Elle a 20 ans, fit paisiblement remarquer sir Basil Ward. Vous semblez l'oublier...

– Elle a 20 ans, certes, mais il est clair qu'elle n'est encore qu'une enfant. Elle se comporte comme une gamine de 14 ans. Ses derniers exploits sont d'ailleurs là pour le prouver...

– C'est quand même grâce à elle qu'ont été retrouvés ces documents si précieux !

– Elle aurait pu se faire tuer, l'inconsciente ! fit Jones en faisant tourner son verre de cognac entre les doigts. Kate n'est raisonnable en rien. Il serait temps qu'elle se mette à penser à l'avenir, et non à des rêveries d'adolescente. Elle n'a aucune excuse. Je connais un garçon bien sous tout rapport qui ne demanderait qu'à l'épouser. Elle le connaît d'ailleurs très bien, elle aussi... Et que fait-elle ? Elle s'amuse avec lui comme on le ferait avec un copain de 10 ans, alors qu'elle est largement en âge de... songer à se marier.

– Vous vous inquiétez pour elle à ce sujet ?

– Pour son avenir... oui. Le jeune Milton Ross, vous le connaissez sans doute, est un garçon parfait, mais il n'est pas impossible, qu'à la longue, il finisse par se lasser...

– Je ne me ferais pas trop de mauvais sang à votre place, Arthur. Je crois qu'elle est tout à fait adulte, sur ce plan-là.

– Je la vois assez bien débarquer ici, un de ces jours, avec un tzigane ou un quelconque coureur de dot ! Mais je m'emporte. Et la question n'est pas là, du moins pour l'heure.

Arthur Jones vida son verre d'un trait, après quoi il sembla avoir retrouvé son calme.

– Oui, reprit-il, vous avez raison de le souligner. Elle a quand même été utile à quelque chose. Il y en a qui ont poussé un grand ouf ! de soulagement en apprenant que les documents venaient d'être retrouvés. Même s'il ne s'agit que des copies.

– J'imagine que la presse en fera ses gros titres dès demain ?

Jones déposa son cognac sur la table, puis se carra dans son fauteuil.

– Je ne le pense pas, dit-il. Il y a deux affaires dans cette affaire. L'affaire criminelle proprement dite, et ces fameux documents... Certes, le tout est lié. Mais on hésite toujours à rendre publique cette découverte. Et s'il s'agissait d'un faux, de quoi aurions-nous l'air, je vous le demande ?

– Je crois qu'il ne subsiste plus guère de doutes quant à l'authenticité de ces textes, déclara gravement sir Basil Ward. J'ai parlé cet après-midi même au nouvel inspecteur chargé de l'enquête, l'inspecteur Winding, un ami de longue date.

– Certes. Mais ils préfèrent en savoir davantage avant de s'engager véritablement. Tant que certains détails ne seront pas éclaircis, comme par exemple le déchiffrement de ces étranges petits dessins, tant qu'il n'y aura pas de certitude absolue à propos de l'ensemble de cette découverte, le gouvernement niera tout caractère d'authenticité. Evidemment, ils ne pourront pas museler davantage la presse à propos des crimes, encore qu'elle n'ait rien caché des faits à proprement parler, mais ils ne se mouilleront d'aucune manière. À ma connaissance, rien n'est encore décidé à l'heure actuelle, mais je connais assez le caractère d'extrême prudence de notre ministre de l'Intérieur pour ne pas douter de la position qu'il choisira.

– Donc, d'un côté, les historiens poursuivront leurs recherches, de l'autre, les policiers feront leur travail de limier...

– Que voulez-vous qu'ils fassent d'autre ? fit remarquer Jones avec un léger haussement d'épaules. Encore que...

– Oui ?

– Je connais une personne qui allie ces deux disciplines avec un rare talent. Une personne, à la fois très versée en histoire ancienne et particulièrement douée pour la science criminelle. Cette personne, Ward, vous l'avez compris... c'est vous.

Sir Basil Ward sourit, un peu embarrassé.

– Je commence à me faire vieux, mon cher...

– Allons, Basil, nous sommes entre nous. La fausse modestie n'est pas de mise.

– J'ai franchi le cap de la soixantaine, Arthur, je le répète. Je ne suis plus l'homme que j'ai été...

– Et alors ? Je n'ai que quelques petites années de moins que vous et je me sens en parfaite santé !

– J'ai l'impression que vous ne vous rendez pas tout à fait compte de ce que représente cette affaire, sur laquelle butent actuellement les meilleurs limiers du Yard.

– Que trop bien, Ward, que trop bien ! Mais je ne vous demande rien, j'espère que vous l'avez compris. Je me faisais juste la réflexion que si quelqu'un était à même d'y voir clair, ce serait vous, car il s'agit là, reconnaissez-le, d'un cas fait sur mesure !

– Votre fille m'a déjà pratiquement dit la même chose hier soir et je vais sans doute finir par le croire...

– Je suppose que vous devez déjà avoir une petite idée, non ?

– Aucune, avoua à regret sir Basil. Il ne semble pas y avoir de réponse rationnelle à cet imbroglio. Cet assassin agit comme sous la poussée d'une malédiction. Une malédiction séculaire, déclenchée par une violation de sépulture en Crète. Mieux : sa description est exactement celle de l'infernale créature en bronze de Minos, le sinistre Talos...

– Je ne crois ni à Talos ni à tous les autres fantômes de la terre ! tonitruait l'inspecteur Winding, un solide quinquagénaire au visage rougeaud, devant une petite assemblée de policiers. Bornons-nous à considérer les faits, rien que les faits ! Combien de fois me faudra-t-il encore répéter ces évidences ! Faisons abstraction de toutes ces histoires de mythe et de légende qui, comme toujours, ne font que brouiller les pistes !

« Qu'une ou deux personnes aient entrevu une lueur ne veut pas dire que nous ayons affaire à une luciole géante ou je ne sais quelle autre créature de cauchemar ! De même qu'un bruit métallique ne veut pas non plus dire qu'il s'agit obligatoirement d'un robot ! Je le répète, ce sont ces légendes qui forgent de toutes pièces ces images dans nos têtes ! Que reste-t-il ensuite ? Deux victimes au crâne fracassé ? Est-ce là une nouveauté en matière de meurtre ? Relisez la Bible : on n'y compte plus les gens lapidés. Et c'est même ainsi que fut perpétré, je le rappelle au besoin, le premier meurtre, quand

Caïn tua Abel avec une grosse pierre... Alors que nous reste-t-il ?

– Mais ces pierres, il fallait quand même les porter jusque là-haut, dans l'appartement ? objecta un sergent.

– Je ne vois pas où se trouve la difficulté, répondit Winding, souriant, comme s'il s'était attendu à la remarque. La plus grosse des trois ne faisait même pas quinze kilos. (Il mima la scène :) Alors vous la prenez en main, vous montez l'escalier, vous ouvrez la porte, vous entrez et... vous dites « Bonjour Monsieur, c'est pour un assassinat ! » D'autres questions ?

Un éclat de rire parcourut la petite assemblée, mais le policier insista :

– Je parle surtout du meurtre de Lamont. L'une des pierres accusait près de cinquante kilos...

– Et alors ? Je ne vois toujours pas où est la difficulté. À moins que vous ne manquiez de muscles pour soulever ce poids et le lâcher sur le crâne d'un homme à terre ?

Sous les rires et les huées, le jeune policier regarda ses mains, tandis que Winding enchaînait :

– Très bien. Je continue. Je ne m'attarderai pas sur ce tas de sable et ces morceaux de poterie brisée, qui ne sont que les éléments évidents d'une mise en scène. En fait, le seul point singulier, ce sont ces brûlures. Je dis bien singulier, mais il n'y a là rien d'exceptionnel dans le fond. Un tisonnier laissé dans les braises d'un foyer de cheminée pouvait faire l'affaire. La cheminée de Newcomb rougeoyait encore, à ce qu'il paraît, quand les gars sont arrivés là-bas. Il s'agit donc d'un problème technique tout à fait mineur, qui ne mérite pas qu'on perde notre temps là-dessus. Et voilà, nous avons réduit cette affaire apparemment « hors du commun » à un cas de meurtre somme toute assez ordinaire, avec très vraisemblablement pour instigateur un malade mental échappé de quelque asile – sans doute influencé par ces articles délirants qu'on lit tous les jours dans les journaux – voulant jouer les pharaons vengeurs ! Ou alors, quelqu'un qui voudrait faire croire à cela, créer une sorte d'écran trompeur alors qu'en fait, il vise une victime précise. Une affaire des plus classiques, je le répète, pour qui connaît le B.A. BA du métier. Si vous avez d'autres théories à formuler, je vous écoute...

Quelques instants plus tard, sir Edgware accueillait dans son bureau l'impétueux inspecteur Winding. Après l'avoir prié de s'asseoir et lui avoir offert un cigare, il déclara :

– J'ai fait la petite souris, Winding. J'ai écouté votre discours et j'avoue être très satisfait de vous. Vous avez fortement impressionné nos hommes, et c'est une très bonne chose. Je pense sincèrement que vous êtes mieux armé que Kersall pour cette mission.

Le visage rubicond de l'inspecteur se fendit d'un large sourire.

– Kersall est un brave gars, mais il est un peu jeune pour ce genre d'affaire, si vous voyez ce que je veux dire.

Le chef du CID prit tout son temps pour choisir un cigare dans sa boîte en onyx. Puis, après l'avoir soigneusement allumé, il fit remarquer d'une voix lente et assez ténue :

– J'ai confiance en lui. Je pense qu'il ira loin, il est très intelligent. Mais c'est vrai, encore un peu jeune, comme vous dites. Cela étant, nous ne savions pas encore l'importance qu'allait revêtir cette affaire lorsqu'il s'est vu confier l'enquête sur le meurtre de Lamont. Je parle de la violence de ces assassinats. Il semblait alors tout à fait convenir. Nous ignorions, à ce moment, que nous allions devoir faire appel à de vieux briscards comme vous, Winding...

– Dans des cas comme ceux-ci, approuva le policier, rayonnant de satisfaction, rien ne vaut l'expérience. Quant à Kersall, si j'avais un reproche à lui faire, hormis son manque d'expérience, bien sûr, c'est ce coté intellectuel avec lequel il mène ses enquêtes. Et dans le cas qui nous occupe, c'est justement ce qu'il ne faut absolument pas faire ! Je l'ai bien dit aux gars tout à l'heure...

– Je vous fais entièrement confiance, Winding. Vous avez carte blanche. D'ailleurs si vous avez besoin de quoi que ce soit... Mais j'y pense, je vous ai aperçu avec sir Basil Ward, cet après-midi. Ne croyez-vous pas que ses conseils pourraient nous être précieux ? Il nous a été d'un grand secours plus d'une fois, vous le savez bien...

– Je connais sir Basil. C'est un vieil ami. Mais j'ai bien peur que lui, à l'inverse de Kersall, il n'ait quelques années en trop...

– Croyez-vous ? Il n'est pas si vieux que ça !

– Sans doute, mais ce que je veux dire, c'est qu'il a mal vieilli, ces temps-ci, fit l'inspecteur d'un air patelin. D'ailleurs tout à fait entre nous, j'ai bien l'impression qu'il n'a parfois plus toute sa tête. À force de trop réfléchir, il voit le mal partout, même là où il n'est pas ! Alors vous pensez, dans cette affaire où il y aurait possibilité de fantôme, de robot infernal ou autre machine ou esprit diabolique, il nous ferait une montagne pour trois fois rien, verrait des spectres à chaque coin de rue. Il réfléchit trop, beaucoup trop. Tenez, par exemple, il a attiré mon attention sur ces morceaux de poterie brisée et ces traces de sable noir, comme s'il s'agissait d'indices déterminants ! Vous voyez ce que je veux dire ? Lui aussi, il a tendance à rendre compliqué ce qui ne l'est pas.

– Je vois, fit pensivement le chef du CID, qui commençait à se demander s'il avait bien fait de retirer l'affaire à Kersall. Très bien. Maintenant, j'aimerais connaître votre plan. Car il me faut des résultats, Winding, et vite, vous l'avez compris. Et vous avez sans doute déjà un plan, n'est-ce pas ?

– Bien sûr, approuva le policier avec un sourire madré. Pour moi, la ligne à suivre est tracée depuis longtemps. Il est à peu près certain que le criminel ne va pas s'en tenir là, mais tenter de faire une nouvelle victime. Quel que soit son mobile, je l'ai expliqué, la série *doit* continuer. C'est aussi sûr que deux et deux font quatre. John Cook, Duncan Lamont, Lewis...

– John Cook ? Le type qui s'est cassé la pipe là-bas, en s'éventrant sur les cornes ? Vous pensez que cela n'était pas non plus un accident ?

– Je n'ai aucune preuve, mais c'est presque à coup sûr un meurtre, malgré les affirmations de ces savants bornés qui, et c'est bien connu, sont aveugles comme des taupes quand il s'agit des choses de la vie courante ! Donc très certainement un meurtre. Le premier de la série. Puis Lamont. Puis Lewis Newcomb. Le prochain, en bonne logique, ce sera le professeur Edgar Buchanan. Il y a encore un chimiste et un jeune architecte qui faisaient partie du lot, mais leur rôle semble secondaire. On les aura aussi à l'œil, bien sûr, mais nous concentrerons tous nos efforts sur Buchanan... Dommage qu'il ne soit pas très coopératif, le bonhomme. Car entre nous, ce type-là vit sur une autre planète ! Depuis qu'il sait que leurs maudits papiers ont été retrouvés, tout lui est indifférent ! C'est tout juste s'il daigne admettre que ses confrères ont été assassinés ! D'ailleurs, quand on lui en parle, il nous regarde comme si c'était *nous* qui étions un peu fous ! C'est quand même un comble !

Winding eut un haussement d'épaules éloquent, puis reprit :

– Mais c'est sans importance. Il sera – et il est déjà – sous haute surveillance. Rien ne sera laissé au hasard. Ses moindre déplacements, chacune de ses visites, sa maison, tout, absolument tout, sera strictement contrôlé. Et je peux vous dire que si notre *Talos* se manifeste, et j'ai toutes les raisons de penser qu'il le fera, il sera alors fait comme un rat !

– J'espère que vous dites vrai !

Winding crut bon de plaisanter :

– À moins, bien sûr, qu'il ne s'agisse d'un de ces morts-vivants de roman, qui traversent les murs aussi librement que l'air ou qui s'engouffrent dans les conduits de cheminée à l'aide de la foudre ! Mais ce ne sera pas le cas, rassurez-vous, j'en fais une affaire personnelle !

16

LA CAGE DORÉE

21 avril

Une semaine s'était écoulée depuis l'assassinat du professeur Lewis Newcomb. L'inspecteur Winding n'avait guère dormi durant tout ce temps, occupé qu'il était à superviser chaque détail de la surveillance de la propriété du professeur Buchanan, transformée en véritable souricière.

Le professeur Buchanan habitait une grande et confortable maison près de Regent's Park, dans le paisible quartier de St. John's Wood. Sise au milieu d'un tout petit parc, elle était, à l'exception du versant ouest, entourée d'un mur assez haut, donnant sur la rue, de laquelle elle était séparée par une solide grille de fer. Après deux ou trois jours de surveillance, et déjà accablé par de multiples interrogatoires de police, le malheureux professeur était en train de faire une véritable allergie aux représentants de l'ordre. Non seulement il n'était plus libre de ses mouvements, ne pouvant plus sortir qu'accompagné et seulement après en avoir demandé l'autorisation, mais même chez lui, il devait faire attention à ne pas heurter un de ces stupides gardiens au détour d'un couloir ou d'une porte. Au début, il s'était même amusé à les compter : deux dans sa maison, trois dans le jardin – dont un parfois posté dans l'arbre, deux autres dans la rue allant et venant inlassablement devant la grille d'entrée, sans parler de ceux qu'il ne voyait pas. Quant à l'inspecteur Winding lui-même, c'était bien simple, il eût aimé se servir de son crâne pour le placer derrière une vitrine de l'université, avec pour ex-voto : « Crâne d'un homme sans cervelle ou le mystère insondable des profondeurs abyssales de la bêtise humaine ». Ou encore « Crâne d'un primate n'ayant qu'une chose en tête : ne pas s'en servir ». Comment pouvait-on n'être obsédé que par d'absurdes questions de sécurité et être totalement imperméable à la prodigieuse découverte qui venait d'être faite ? Voilà ce qu'Edgar Buchanan n'arrivait pas à comprendre. En comparaison, le jeune inspecteur qui l'avait interrogé au début de l'enquête lui faisait l'effet d'une personne éminemment cultivée. Il essayait, malgré tout, de lier l'affaire elle-même à ces découvertes, dont il semblait avoir quelques connaissances rudimentaires. Mais l'autre, le gros philistin, il n'était obsédé que par une chose : réduire sa maison à un caisson hermétiquement clos. Et lui, Buchanan, l'empêcher de respirer. Or, précisément, le professeur avait grand besoin d'oxygène et de calme afin de pouvoir réfléchir aux multiples questions que posaient les documents. Il lui restait fort heureusement le téléphone, dont il avait été très heureux de ne pas s'en voir interdire l'usage. Ce qui eût été un comble, un véritable obstacle à l'avancée de la science. Il en usait donc, ces derniers jours, sans modération et connaissait à présent très bien la voix de la standardiste. Pour la première fois de sa vie, il loua cette invention qui lui permettait de communiquer « librement » avec ses confrères afin d'échanger leurs points de vue quant à la progression de leurs recherches.

Edgar Buchanan ne quittait pratiquement pas son grand salon, où se dressaient les nombreux souvenirs de fouilles au Moyen-Orient et plus récemment en Crète. Ainsi voyait-on, légèrement animés par les reflets orangés des flammes de la grande cheminée, la reproduction en plâtre d'un de ces grands taureaux ailés assyriens, celle un peu plus modeste de deux griffons, les formes énigmatiques d'une série de statues cycladiques, ainsi que de nombreux autres bronzes à l'aspect insolite et vaguement terrifiant. Une ambiance très particulière semblait sourdre des recoins de cette vaste pièce, et ce n'était d'ailleurs que là qu'il parvenait à trouver la concentration nécessaire pour se pencher sur ces précieux documents, dont il s'était fait faire une copie.

Il avait, pour l'heure, consacré la plus grande partie de son temps à ces mystérieux idéogrammes, mais en vain, il devait en convenir. Il avait également, bien sûr, lu et relu le fameux récit de Minos, dont les deux mystères principaux l'intriguaient beaucoup, bien qu'il ne s'agît là que de points secondaires. Il les trouvait d'ailleurs plutôt amusants. Il fallait reconnaître que ces deux énigmes étaient particulièrement ardues. Et ses confrères, eux non plus, ne progressaient guère.

En y réfléchissant, il se prit à frissonner en imaginant que le mystérieux assassin – qui avait fait main basse sur les originaux – ait pu percer ce mystère et être à présent en mesure, non seulement de se mouvoir dans les airs... mais aussi de traverser les murs. Et s'il en parlait à l'inspecteur Winding ? Il chassa bien vite cette idée, car le policier doublerait, voire triplerait, son effectif dans et autour de sa maison !

17

UN BRUIT DE CHAÎNE

22 avril

Kate avait eu une journée agitée, comme de coutume serait-on tenté de dire. Mais ces jours-ci, la titillation de la peur et l'ivresse que lui procurait cette étrange affaire, semblaient lui avoir insufflé un dynamisme supplémentaire. Elle allait et venait dans le grand centre londonien, avec l'ardeur d'une abeille butinante. Elle avait passé sa matinée avec Milton. Ensemble, ils avaient fait une partie de golf, qui n'avait été finalement qu'un prétexte pour parler de ce mystère, auquel Milton semblait également beaucoup s'intéresser. Malheureusement

– pour lui – il était revenu à la charge avec son projet de safari africain et s'était subitement retrouvé seul, bouche ouverte, son club de golf à la main.

Peu avant midi, Kate et son père avaient, selon un rituel quotidien bien établi, croisé le fer, à propos de l'incontournable question du bon parti que représentait le même Milton. Kate l'avait planté là, en plein repas, avec un claquement de porte d'entrée qui avait résonné dans toute la maison. Puis elle était allée en ville acheter tous les quotidiens pour s'informer de l'évolution de l'enquête. Après quoi, elle avait retrouvé comme convenu son joueur de tennis préféré, ledit Richard Tronson, *alias* Richard Cœur-de-Lion, et c'est avec fierté qu'elle lui avait montré une photo découpée dans un journal, où l'on apercevait sa silhouette de dos, alors qu'il ramenait difficilement une balle bien ajustée, en face d'un adversaire assez connu.

– J'ai horreur de me voir en photo, avait-il déclaré avec dédain. Cela me fait toujours penser à ces gens qui passent leur temps à se regarder dans les miroirs, à interroger leur reflet pour savoir s'il existe une personne les surpassant en beauté.

Kate s'était alors un peu froissée. D'abord, parce qu'il ne semblait guère avoir apprécié son initiative, alors qu'elle s'était donné tant de mal à éplucher les journaux avant d'y trouver une photo de Richard Tronson, ensuite parce qu'elle avait eu l'impression que sa remarque s'adressait surtout aux femmes, donc à elle en l'occurrence. Car elle faisait aussi partie de celles qui s'examinent d'un air critique tous les matins devant un miroir. Mais quelle femme n'en ferait pas autant ?

Alors qu'ils prenaient tous deux un café dans un modeste salon de thé, elle s'interrogeait sur ses sentiments. Certes, elle était toujours autant attirée par lui, mais en même temps, elle souffrait de cet ostensible mépris qu'il semblait éprouver pour tout – y compris elle. Ce garçon était en béton, ou alors il était aux prises avec un problème personnel. Sans doute était-ce à cause de ses récentes performances sportives plutôt moyennes. Il était en tout cas aux antipodes du servile et perpétuellement souriant Milton, avec qui elle pouvait s'amuser comme avec une marionnette. Toutefois, alors qu'il l'avait passionnément embrassée avant de prendre congé et de fixer un prochain rendez-vous, elle s'était de nouveau sentie chavirer sous une vague d'intense félicité. Et c'est en fredonnant joyeusement qu'elle s'était engagée dans la bouche de métro de Holborn.

En fin d'après-midi, elle sortait d'une librairie, avec sous le bras un livre traitant de la civilisation minoenne, écrit par le célèbre sir Arthur Evans. Une image précise de l'ouvrage avait attiré son attention : il s'agissait de la partie d'une fresque murale retrouvée dans le palais de Cnossos. Elle figurait quelque belle et antique Crétoise, qui ma foi, lui ressemblait assez. En guise de légende était inscrit : « La Parisienne ». Richard avait-il songé à cette image en l'affublant de ce nom ?

Elle se posait encore la question tandis qu'elle sonnait à la porte de sir Basil Ward, et dut renouveler plusieurs fois son appel avant que celui-ci ne vînt lui ouvrir, en tablier bleu et une pelle de jardinier à la main.

Il lui sourit et lui demanda de le suivre, car il n'en avait que pour quelques instants. La maison de sir Basil, haute et sévère construction de briques rouges, au portique et aux pignons de style néogothique, donnait l'impression d'être le début d'une vaste et longue propriété, mais les hauts murs latéraux qui l'encadraient s'arrêtaient subitement devant celui, beaucoup plus récent, de l'enceinte d'un terrain de sport, devant lequel étaient plantés quelques massifs de roses, aux pieds fraîchement enrichis d'engrais, comme en témoignait une petite brouette pleine de compost.

– C'est tout ce qui reste désormais de mon jardin, dit tristement sir Basil. C'est-à-dire quasiment rien. Si vous l'aviez vu à l'époque, miss Jones, une véritable merveille. Je le dis sans fausse modestie, car j'en étais vraiment très fier.

– Un havre de couleur, croulant de fleurs ? suggéra Kate avec enthousiasme.

– Oui et non, nuança sir Basil en retrouvant son sourire. Certes, il y avait bien sûr beaucoup de fleurs. Mais cela n'avait rien d'un feu d'artifice. C'était plutôt une retraite paisible, très ombragée, ceinte de vieilles pierres moussues et patinées par le temps. Quelques massifs d'aspect sauvage, aux mille nuances de vert, ponctués par juste ce qu'il fallait de bleu et de violet. Il y régnait un parfum de mystère, un calme... une merveilleuse et subtile fragrance de lilas et de chèvrefeuille, et ce vieux banc au bout de l'allée centrale... mais à quoi bon, il n'est plus là. Je n'ai rien pu faire, malgré mes relations, quand il fut décidé que l'on y construirait ce terrain de sport et ce gymnase, il y a déjà deux ans de cela.

– J'imagine ce que cela a dû être pour vous... fit Kate avec compassion.

– Je n'étais pas là, répondit Basil Ward en fermant les yeux. Les voir détruire cela, avec leurs machines infernales... Non. J'ai pris deux semaines de vacances sur la Côte d'Azur, pour tenter de m'en remettre. La seule chose qu'ils m'aient laissée et qui survécut miraculeusement à ce désastre, c'est ce petit cabanon blanc, si vous arrivez à le voir, là-bas, entre les haies....

La nuit tombait et Kate ne distingua qu'assez

confusément le petit édifice de bois, qui, sans avoir été construit avec recherche, dégageait une exquise impression de nostalgie, avec son toit en dôme et deux grands treillages en losange, sans doute du plus bel effet quand ils étaient couverts de fleurs en été.

– Mais, continua sir Basil, ce n'était pas pour le préserver, vous pensez bien ! Il y a tout près de là une aération du métro qu'il leur eût été difficile de déplacer !

– Votre jardin devait être très beau, fit Kate qui en fixait toujours l'ultime vestige.

Sir Basil approuva lentement de la tête. Une poignante nostalgie se lisait dans ses yeux clairs.

– De temps à autre, je vais y faire un tour... pour respirer le passé. Un peu comme un plongeur qui refait surface pour y puiser l'oxygène. Alors le temps passe et, quand j'en ressors, je me sens presque ivre. La tête me tourne et j'éprouve un sentiment, une impression de vide absolu... Je suis un autre homme. Croyez-moi si vous le voulez, mais il me faut alors de longues minutes pour refaire surface, c'est-à-dire revenir dans le présent. Mais à quoi bon penser à tout cela... Le temps de déverser le contenu de cette brouette, et je suis à vous.

Un peu plus tard, nos deux complices étaient installés dans le salon, faisant le point de leurs recherches respectives. Mais avant cela, Kate avait eu une vive bouffée de chaleur quand sir Basil lui avait appris que le portrait de « La Parisienne » était bien connu, en tant que symbole de cette antique civilisation minoenne ! Sir Arthur Evans l'avait ainsi nommée parce que, à l'instar d'autres figures féminines crétoises, elle ressemblait singulièrement à ces Parisiennes aux coiffures typiques et aux robes très étroites à la taille, préfigurant ainsi cette mode élégante quelque quatre mille années plus tôt !

Et Kate, elle, la soi-disant journaliste spécialisée en affaires criminelles, avait avoué à Richard ne rien savoir de cette « Parisienne » ! À moins d'être un idiot, ce qu'il n'était visiblement pas, Richard avait dû comprendre dès le début qu'elle lui racontait des salades. L'heure de la vérité allait bientôt sonner.

Mais elle chassa ces angoissantes pensées quand il fut question du fameux crime de Dédale.

– Je vous le dis tout de suite, fit Basil Ward en compulsant quelques notes personnelles, je n'en ai pas encore trouvé la... ou plutôt les solutions. Mais je les ai sur le bout de la langue... En fait, je me suis davantage penché sur le déchiffrage de ces mystérieux petits dessins...

– Mais... mais, balbutia Kate. Ne trouvez-vous pas primordial de savoir comment... comment on pourrait franchir ainsi la matière ? Ou voler comme un oiseau ?

– Si, bien sûr, fit le vieil homme avec un sourire. C'est certes important, mais ne rêvons pas. Il ne s'agit sans doute pas d'un pouvoir, mais d'une astuce. Il y a un truc. D'ailleurs Minos lui-même le prétend à propos de ce fameux envol de Dédale et de son fils...

– Truc ou pas, cela semble avoir été fait et peut donc être reproduit. Vous ne voyez pas ce que je veux dire ? Les manuscrits originaux de ce texte ayant été volés par l'assassin chez le professeur Lewis Newcomb...

– Cet assassin aurait donc percé le mystère et serait en mesure, lui aussi, de voler et de passer les murailles ? C'est amusant !

– *Amusant* ? s'exclama Kate.

– Oui, parce Buchanan lui-même y a également

songé. Il m'a téléphoné en début d'après-midi, pour savoir si j'avais une idée sur la signification de ces hiéroglyphes. Je le connais un peu, mais je pense que c'est l'inspecteur Winding qui a dû lui parler de moi. Le pauvre homme, il est dans un drôle d'état...

– Qui ça, le policier ou le professeur Buchanan ?

– Sans doute les deux. Mais je pensais à Buchanan. Il a l'impression d'être en prison dans sa propre maison, se sent oppressé...

– Par l'assassin ?

– Par les policiers. Et je préfère ne pas répéter ce qu'il m'a dit à leur sujet...

– Ce sont quand même eux qui assurent sa sécurité ! dit vivement Kate. Il devrait leur en savoir gré !

– Sans doute, fit sir Basil en hochant la tête. Mais j'ai l'impression que Buchanan ne voit pas les choses de cette façon. Pour lui, ce ne sont que de simples gêneurs qui l'empêchent de poursuivre tranquillement ses recherches. D'ailleurs il m'a fait cette remarque d'assassin oiseau et passe-muraille en plaisantant ! Mais pour en revenir à l'énigme de ces petits dessins, il est tout autant dans le brouillard. Lui, mais aussi tous ses confrères, d'après ce qu'il m'a dit. En d'autres termes, les plus habiles déchiffreurs du royaume sont impuissants, prêts à donner leur langue au chat. Mais cela ne m'étonne pas. Car aucune des écritures crétoises n'a été déchiffrée à ce jour... Pourtant, ajouta sir Basil avec un sourire malicieux, j'ai quelque espoir...

– Vous... vous savez ? s'enquit Kate en ouvrant de grands yeux surpris.

– Non, rien de probant, je préfère vous le dire tout de suite. Rien. Mais je pense être sur la bonne voie. Ne croyez pas que je sois resté inactif ces jours-ci, à me contenter de soigner mes rosiers... Venez, ma chère collaboratrice, nous allons nous installer à la table, nous y serons bien mieux.

Kate put alors voir, étalées sur la grande table d'acajou, de nombreuses notes où figuraient les hiéroglyphes, recopiés et classés de différentes manières. De toute évidence, sir Basil n'avait pas perdu son temps. Il lui expliqua alors en détail sa manière de procéder.

Son premier mouvement avait été de numéroter les signes dans leur ordre d'apparition. Puis, d'après les espaces les plus importants entre eux, il avait tenté d'en dégager les phrases. Cela fait, il avait, pour chaque signe, relevé le nombre de ses apparitions, ainsi que les paires et les trios. Certains symboles revenaient souvent, ce qui donnait à penser qu'il s'agissait des mots-clefs, sujets, toponymes ou autres. Chaque symbole avait également fait l'objet de commentaires particuliers, de nombreuses annotations, souvent terminées par des points d'interrogation.

– Je sais que de tout cela se dégage une impression de résultat, de méthode infaillible aboutissant à la solution, mais il n'en est rien, malheureusement !

– Mais là, dit Kate en indiquant le signe numéroté « 2 » désignant une croix complexe, vous avez noté qu'il s'agissait d'un lieu...

– Oui. C'est d'ailleurs un exemple de l'influence égyptienne sur cette écriture. Les symboles égyptiens qui représentent un village, un camp, ou un lieu d'une manière plus large, ont des caractéristiques communes avec ce signe. Hélas ! cela ne mène à rien de précis. Le tout est de savoir de quel lieu il s'agit. Ce que l'on peut dire, c'est que ce texte n'est pas basé sur le principe d'un code syllabique, mais sur celui de réels idéogrammes. Ces signes expriment des idées et non des sons. Mais laissons de côté cet aspect technique. C'est en ce qui concerne le fond que mon sentiment se précise. Je pense qu'il est très vraisemblable, comme le récit de Minos pourrait le laisser croire, qu'il s'agit bel et bien du chemin menant à ce fameux labyrinthe souterrain, où le Minotaure était parqué.

– C'est... ce serait fabuleux, murmura Kate en regardant de tous ses yeux les mystérieux petits dessins, et s'imaginant déjà remonter, torche à la main, tout un réseau d'antiques galeries tendues de toiles d'araignées. Mais y a-t-il quelque chose, là, qui vous le suggère ? Ou ne serait-ce que pure intuition ?

– Le problème, fit sir Basil, assez hésitant, c'est que je me méfie de moi-même. Je veux dire par là que je doute un peu de mon impartialité. J'ai peur de réfléchir à cette énigme de manière subjective, de me laisser guider par des idées inconscientes, et non par le sens de la pure logique. Mais regardez tout de même le numéro 21, là, qui se trouve être le dernier signe du texte. Cela ressemble fort au symbole d'un homme à tête de taureau, donc le Minotaure. Il est précédé d'un double carré sans fin – répertorié sous le numéro 20 – qui pourrait très bien être la représentation d'un labyrinthe. Or, ces deux signes n'apparaissent nulle part ailleurs. Ils sont uniques et se retrouvent à la fin du texte. En outre, ils sont précédés du symbole de cette croix bizarre, noté numéro 2, que je pense être la représentation d'un lieu. Un lieu, donc, avec un labyrinthe et un Minotaure en fin de message... Et regardez, le texte est également émaillé de cette flèche notée numéro 4, qui signifie très certainement une direction à suivre... Vous comprenez ?

Ayant un peu pâli, Kate fit un lent signe d'approbation. Une lueur extasiée brillait dans ses grands yeux noirs :

– Vous avez peut-être raison... Mon Dieu, je n'ose y croire. Nous aurions donc là, sous nos yeux, le plan de ce lieu mythique entre tous ! Le Labyrinthe, le fameux Labyrinthe...

– Ciel ! s'exclama soudain le maître de maison. Vous avez vu l'heure qu'il est ? Presque 9 heures ! Votre père doit s'inquiéter ! Et nous, à force de parler, nous avons complètement oublié le dîner !

– Ne vous inquiétez pas pour papa, il faudra de toute manière qu'il s'habitue à ne plus pouvoir disposer de moi comme d'une enfant !

– Sans doute, mais cela ne coûte rien de le prévenir. Prenez le téléphone et demandez à la standardiste de vous passer...

À ce même moment, la sonnerie de l'appareil retentit.

– C'est probablement lui, fit sir Basil en se levant.

Le maître de céans décrocha et se présenta. Après quelques déclics dans le récepteur et un petit hochement de tête entendu à l'adresse de Kate, il déclara :

– Allô ? Jones ?... Oui, elle est là... Comment ?... Vous n'êtes pas Arthur Jones ?... Excusez-moi... Ah, c'est vous, professeur ?... Pardon, je ne vous avais pas reconnu... Non, je vous assure, vous ne me dérangez pas du tout...

La bonne humeur affectée de sir Basil s'estompa graduellement, à mesure qu'il écoutait ce que lui disait son interlocuteur, sans guère l'interrompre, sauf pour quelques recommandations de prudence.

Quand il raccrocha, il semblait soucieux.

– C'était le professeur Buchanan, expliqua-t-il.

Quelle tête de mule, quand même ! Complètement inconscient du danger !... Il dit qu'il entend d'étranges petits bruits de ferraille ou de chaîne dans sa maison, mais il ne veut pas le signaler à l'inspecteur !

18

QUE FAIRE CONTRE L'INÉLUCTABLE ?

Vers 20 heures, le sergent West se mit à bâiller. Non de fatigue, mais il avait faim. Et encore quatre heures de garde avant de pouvoir rentrer. Quatre heures à guetter chaque issue de ce couloir, à tendre l'oreille à l'affût du moindre son. Soit huit heures d'affilée. Et c'était ainsi depuis six jours. Le tic-tac de l'horloge commençait à le rendre fou, tout comme la nervosité de l'inspecteur Winding, qui multipliait les inspections et les contrôles. Il commençait aussi à se demander si le patron n'était pas en train de faire une véritable fixation avec son souci de vigilance. Il comprenait également l'irritation du professeur Buchanan, qui ne cachait d'ailleurs nullement son ressentiment, surtout à l'égard de Winding. Dieu ! que tout cela était lassant ! Aurait-il jamais cru, en s'engageant dans la police, que ce qui l'attendait pouvait devenir aussi profondément ennuyeux ?

West songea alors à son collègue le sergent Hogan, chargé de la surveillance de l'étage du bas, qui devait sans doute se morfondre autant que lui, mais cela ne le consola guère. Et dire qu'au début, quand il s'était vu confier cette mission, il frémissait de peur à l'idée de cet assassin mythique, sorte de géant de bronze, à la cuirasse incandescente... Talos, le robot fou du roi Minos... Certes, l'inspecteur leur avait assuré qu'il ne s'agissait que d'une légende, amplifiée par des journalistes en mal de copie. L'assassin qu'il traquait était assurément fait de chair et d'os comme tout un chacun. Mais naturellement, il ne fallait pas négliger pour autant la moindre piste. Une projection de pierres, un rougeoiement dans l'ombre, un léger bruit métallique restaient des points qu'il ne fallait pas perdre de vue... Mais ces six jours de guet sans le moindre événement avaient chassé toute angoisse et il avait alors le sentiment de faire un travail aussi vain qu'ennuyeux.

Le sergent West en était là de ses réflexions quand il tressaillit. Ne venait-il pas de percevoir un léger bruit métallique ? Il resta quelques secondes parfaitement immobile, l'oreille aux aguets, se demandant s'il n'avait pas été le jouet de son imagination.

Fort heureusement, les lumières du couloir étaient allumées. Sage décision, tout de même, de la part du patron, de laisser un maximum de clarté dans cette vaste demeure jusqu'à minuit. Car dans l'ombre, il était probable qu'il se sentirait moins rassuré. Le collègue qui prenait sa relève, lui, ne bénéficiait pas de cet avantage.

Soudain, West sursauta : il venait d'entendre un léger cliquetis quelque part dans le couloir. Une sorte de bruit de chaîne diffus, assez proche, mais difficile à localiser. Sans hésiter, il appela son collègue de l'étage du bas. Hogan arriva sans tarder, mais, répondant à ses soupçons, il dit qu'il n'avait, lui, rien entendu de tel. West lui demanda de ne pas bouger ; il allait faire un tour chez le professeur.

Edgar Buchanan l'accueillit sans aménité, ce qui

ne le surprit guère. Penché au-dessus de ses notes, il lui demanda en bougonnant le motif de son intrusion. West lui expliqua ce qui l'amenait, mais le professeur n'avait, lui non plus, rien entendu. Le sergent se retira en s'excusant, puis regagna son poste à l'étage.

– J'ai dû rêver, confia-t-il à Hogan. Mais c'est bizarre, car malgré sa mauvaise humeur, le professeur m'a semblé un peu inquiet lui aussi.

Hogan regagna son poste à son tour, et il ne se passa rien durant le quart d'heure suivant. Cette fois-ci, ce fut le jeune Hogan qui vint rejoindre son collègue, pour lui annoncer qu'il venait d'entendre un bruit de chaîne dans les murs.

Quelques instants plus tard, Winding était sur les lieux et, chose assez étrange, il sembla douter du témoignage de ses hommes.

– Un bruit de chaîne, répéta-t-il après une brève et vaine inspection. Comme dans ces bonnes vieilles histoires de fantôme... Bravo ! J'ai affaire à des policiers instruits, qui lisent du Dickens le soir auprès du feu ! Les contes de Noël, n'est-ce pas ? Mais un conseil, ne forcez quand même pas trop sur la lecture, les gars, ça finit par rendre maboul !

L'inspecteur, qui esquissait le sourire d'une personne satisfaite de sa tirade, se figea en entendant le fracas d'une vitre brisée, immédiatement suivi d'un coup sourd.

Les yeux ronds et bouche bée, le corpulent inspecteur resta quelques secondes sans bouger, puis il se rua vers la porte du salon où travaillait le professeur. Celui-ci, surpris, déclara qu'il avait également entendu le bruit, provenant de l'étage d'après lui. Le martèlement sourd de pas précipités résonna dans l'escalier, alors que les trois hommes grimpaient les marches quatre à quatre. Bientôt, ils découvrirent la pièce où s'était produit l'incident. Une petite chambre d'amis, au centre de laquelle, et devant les débris de vitre brisée de la fenêtre, ils avisèrent la grosse pierre responsable de la casse. Winding gagna la fenêtre et appela d'une voix tonitruante ses hommes postés à l'extérieur. Ceux-ci accoururent aussitôt, mais pas un seul d'entre eux n'avait vu quelque chose d'anormal. Ils certifièrent en outre que personne n'avait pu pénétrer dans la propriété. Celui ou celle qui avait lancé la pierre, devait sans doute l'avoir fait à partir de la rue ou d'une maison voisine.

En un quart d'heure, la maison fut inspectée de fond en comble, mais sans le moindre résultat. Pour l'inspecteur Winding, l'hypothèse d'une farce prévalait contre toute autre.

– Certes, fulmina-t-il, il ne faut pas baisser la garde. Mais tout porte à croire qu'il ne s'agit là que de l'œuvre d'un mauvais plaisant. L'assassin aurait-il l'idée saugrenue d'annoncer ainsi sa venue ? Non, c'est évident ! Redoublez néanmoins de vigilance, les gars...

Il ne se passa plus rien jusqu'à 11 heures et demie, quand Hogan vit s'ouvrir la porte du salon. C'était le professeur Buchanan, qui s'avançait vers lui d'un pas un peu hésitant.

– Il me semble, dit-il au policier de faction, avoir entendu des bruits de chaîne dans la cheminée...

– Des bruits de chaîne, en êtes-vous certain ?

– Non, ce n'est qu'une impression, mais comme c'est la deuxième fois ce soir... Je n'ai rien dit, tout à l'heure... Je pensais que c'était le vent...

– C'est malin. Bon, restez là...

– Si cela ne vous fait rien, j'aimerais me coucher...

– Comme vous voulez. Mais attendez quand même que je jette un coup d'œil.

L'inspection du policier fut aussi infructueuse que les précédentes. Aussi était-il passablement nerveux quand il regagna son poste d'observation derrière l'escalier. Il se dit, alors, qu'il serait préférable de laisser les lumières allumées toute la nuit. Ces incidents répétés devenaient par trop étranges.

Or, quelques instants plus tard, toutes les lumières s'éteignirent, plongeant la maison du professeur Buchanan dans une soudaine obscurité. Presque aussitôt, un nouveau bruit de vitre brisée rompit le silence.

Dès lors, la panique submergea les policiers. Un brouhaha sourd ébranla les murs de la vénérable construction, puis des pinceaux lumineux s'agitèrent en tous sens, tandis que des pas précipités résonnaient aux quatre coins de la maison. Le tout, dominé par la voix belliqueuse de l'inspecteur Winding, qui aboyait des ordres à ses hommes totalement désorientés dans le noir.

La panique atteignit son point culminant quand deux ou trois autres fenêtres furent brisées de manière tout aussi inexplicable. Ils tentèrent bien de rétablir la lumière en changeant les plombs, mais ceux-ci sautaient à l'instant même où ils étaient remplacés. Les policiers postés à l'extérieur vinrent à la rescousse, mais leur nombre ne fit qu'ajouter à la confusion. De longues minutes s'écoulèrent avant qu'un éclairage de fortune, à base de bougies et de chandeliers, soit instauré. Ce n'est qu'à ce moment qu'on se rendit compte de la disparition du professeur Buchanan.

De nouveau, la maison et son jardin furent passés au crible. Les yeux injectés de sang, vociférant, l'inspecteur Winding courait de la cave au grenier, du jardin au salon, hurlant des ordres qu'il modifiait l'instant d'après, invectivant ses subalternes, les tenant pour responsables de cette déroute. Mais, en dépit du tumulte, ils entendirent des cris dans la rue, au moment même où un policier, haletant, faisait irruption, venant annoncer à son chef que le cadavre d'un homme brûlait dans la rue.

Quand l'inspecteur Winding, en nage et les poumons en feu parvint, au terme d'un sprint dont il ne se serait vraiment pas cru capable, devant le recoin d'une ruelle à l'arrière de la propriété du professeur, il comprit qu'il ne ferait plus de bonds spectaculaires dans sa carrière.

Sur les pavés, entre une boîte à ordures, le coin du mur et trois grosses pierres, gisait le corps d'un homme que les policiers s'appliquaient à faire disparaître sous leurs vestes, ôtées à la hâte, pour étouffer les flammes qui léchaient son pardessus. L'odeur écœurante de cette fumée, ce sang qui suintait d'une terrible blessure à la tempe... Winding ne se faisait plus aucune illusion sur le sort du malheureux devant lui, qui n'était autre que le professeur Buchanan dont on lui avait confié la protection.

19

LA JALOUSIE EST UN VILAIN DÉFAUT

24 avril

– Richard, je vous ai menti... déclara Kate, le regard rivé à ses mains qui jouaient nerveusement avec le fermoir de son sac à main. Je ne suis pas journaliste. Je suis... En fait, je ne suis rien, rien qu'une enfant gâtée qui ne fait rien et n'a jamais rien fait.

Avec un calme affecté, Richard se détourna pour regarder les grands arbres du parc, dont le jeune feuillage abritait de nouveau des oiseaux très volubiles. Leurs frondaisons se miraient en vert sombre dans l'eau calme du petit lac de St. James's Park, où barbotait une sympathique famille de canards. Durant quelque temps, il s'absorba dans la contemplation de cet agréable paysage printanier, puis répondit d'une voix égale :

– En toute franchise, je vous avouerai que je ne tombe pas des nues.

– Vous l'aviez donc remarqué ? s'enquit Kate, sans oser regarder son compagnon. À cause de la Parisienne ?

– Entre autres choses, oui. Mais je reconnais que, hormis quelques menus détails, vous mentez plutôt bien. Mais c'est sans importance...

– Sans importance ? se regimba Kate. Suis-je donc si insignifiante à vos yeux pour que cela vous indiffère à ce point ? Ne voulez-vous pas savoir qui je suis réellement ?

– Vous m'avez mal compris. Vous savez très bien que vous ne m'êtes pas indifférente du tout. Sinon, pourquoi serais-je ici ?

– C'est bon, je vous pardonne...

– En vérité, fit Richard après s'être éclairci la voix, tout ne va pas comme je voudrais. Mais c'est sans importance...

– Des problèmes d'argent ?

– Non, pas précisément.

– Vous ne gagnez plus de match depuis que vous me connaissez ?

Richard sourit, mais la remarque de sa compagne le laissa pensif :

– Je me le demande... Mais vous en avez trop dit ou pas assez. Et vous me devez des explications.

– Eh bien, fit Kate après une profonde inspiration. Il y a à la fois peu à dire, mais également beaucoup... Sachez d'abord que ce n'était pas vraiment par hasard que je vous ai rencontré ce soir-là dans cette ruelle. J'étais sur les talons de ce meurtrier dont tout le monde parle ces jours-ci...

Durant la demi-heure qui suivit, Richard ne fit qu'écouter sa compagne. À plusieurs reprises, il ne put s'empêcher de secouer la tête en signe de désapprobation.

– En somme, dit-il quand la jeune fille eut terminé, vous avez été comblée au-delà de vos désirs... Mais j'espère que cela vous servira de leçon !

– L'affaire n'est toujours pas résolue, déclara sèchement Kate.

– Et vous comptez la résoudre, vous, toute seule ? s'enquit Richard en fronçant le sourcil.

– Seule ? Pas vraiment. Il y a ce détective privé, sir Basil, dont je vous ai parlé... Au fait, ne le connaissez-vous pas ?

– Si, vaguement... Je crois avoir déjà lu son nom dans les journaux.

– Il faudra que je vous le présente, Richard, c'est quelqu'un de très bien... et surtout de très intelligent !

– Oui, pourquoi pas, répondit évasivement le jeune homme. Mais rien ne presse...

– Nous sommes à deux doigts de trouver ce fameux labyrinthe, je vous assure ! Il faut le voir travailler sur ces hiéroglyphes ! Chaque signe est classé dans plusieurs rubriques, et avec un tas d'annotations qu'il modifie sans cesse ! Et il fait tout cela avec un sens incroyable de la déduction ! En plus, il connaît bien le sujet... Mon Dieu ! Richard, quelle aventure ! Si seulement...

Elle laissa sa phrase en suspens et Richard la regarda, répétant :

– Si seulement ?

– Si seulement il n'y avait pas la question de Milton Ross. Vous connaissez Milton Ross ? Je vous en ai déjà parlé, je crois ? C'est un jeune homme charmant... qu'on veut me faire épouser à tout prix.

Kate, un peu agacée par les réactions plutôt flegmatiques de son compagnon, jugea opportun de tenter de le débarrasser de ces vieux réflexes britanniques, en brossant un portrait qui relevait davantage d'une de ces situations cornéliennes, propres au théâtre, que de la réalité. Le résultat, cette fois-ci, fut décisif. Blême, Richard serrait les poings, alors qu'elle concluait :

– Si je ne trouve donc pas rapidement une solution, je serais contrainte de l'épouser. Tout le monde est contre moi. Lui, ses parents, mon père, pour ne citer qu'eux !

– Mais c'est incroyable ! fit Richard d'une voix difficilement contenue. Je vais dire deux mots à ce malotru pour qu'il vous fiche la paix !

– Les choses ne sont pas si simples, répondit Kate qui commençait seulement à réaliser la portée de ses paroles.

– Elles le seront parfaitement quand je lui aurai parlé, vous pouvez me faire confiance !

– Richard, vous ne songez pas... à... à...

– Il n'y a qu'une manière de parler avec les gens obtus !

– Richard, je vous en supplie, ne faites pas de scandale ! Papa verrait cela d'un très mauvais œil !

– Quelle importance ! fit Richard avec une mâle colère.

Et, prenant Kate par sa taille de guêpe, il la ramena vivement vers lui, comme pour mieux signifier qu'elle lui appartenait. Kate, bien qu'affichant le plus grand désarroi, était absolument ravie. Elle imaginait déjà Milton et Richard, face à face, à la lisière d'un bois, à l'aurore, chacun un pistolet à la main. Deux hommes se battant pour elle, mon Dieu, ce serait passionnant ! Bien sûr, il aurait fallu que Richard gagne le défi. Mais avec une blessure, tout de même, que Kate aurait soignée avec un courage et un dévouement admirables. Quant à ce pauvre Milton, il aurait quitté le monde des vivants, mais non sans avoir murmuré quelques ultimes paroles, disant qu'il préférait mourir si Kate ne devait pas être sienne, tant sa dévotion pour elle était grande. Kate, dignement recueillie, lui aurait déclaré qu'elle ne n'oublierait jamais. Sur quoi, il aurait rendu son dernier soupir.

– Mais les choses pourraient s'améliorer, fit Kate, après un moment, alors que Richard caressait les ondulations soyeuses de ses longs cheveux noirs.

– Et comment ?

– Si je vous présentais à papa, je suis sûr que cela modifierait un peu sa conception du problème...

Alors qu'elle s'attendait à un assentiment enthousiaste de la part de Richard, Kate fut déçue par sa réaction à la fois tendue et mitigée :

– Bien sûr... Mais ne pensez-vous pas que nous ferions mieux d'attendre un peu, Kate ? Nous nous connaissons à peine...

– Comme vous voulez, mais vous savez ce que

cela signifie... Je continuerai à être harcelée... par mon père... et par Milton, bien sûr.

En avisant la lueur métallique qui passait dans le regard de son compagnon, Kate prit conscience de la jalousie de Richard. Elle mesura avec satisfaction toutes les possibilités qu'offrait ce nouveau et précieux outil et, en femme habile, était bien décidée à s'en servir.

– Kate, dit-il en prenant sa tête entre les mains, je ne vous demanderai qu'une chose avant de vous laisser.

– Comment, vous partez déjà ? Il est à peine 4 heures...

– Oui... j'ai mon entraînement. Je... je ne peux pas me permettre... un nouveau revers. Il faut que je gagne ce match, vous comprenez ?

– Très bien. Mais si au moins vous me disiez où vous jouez, je pourrais venir vous supporter !

– Non, Kate ! Vous savoir là, tout près... J'en perdrais tous mes moyens !

– Comme vous voudrez. Alors, je ne peux rien vous promettre...

– Kate, ne me tourmentez pas davantage ! Je ne vous demande pourtant pas grand-chose !

– Je vous l'ai dit, si vous voulez m'aider, il faudra vous montrer un peu chez moi...

– Il s'agit d'autre chose...

– Je vous écoute.

Richard se tourna franchement vers Kate et la prit à bout de bras pour la regarder droit dans les yeux. D'une voix grave et persuasive, il lui dit :

– Ne vous occupez plus de cette sale affaire. C'est beaucoup trop dangereux pour une jeune fille de votre âge ! Vous rendez-vous seulement compte du danger ?

– Parfaitement. Trois hommes ont été assassinés en trois semaines, dans des circonstances aussi sauvages que mystérieuses.

– Et... et cela ne vous effraie pas ?

– Si. Mais je ne reculerai pas.

– Kate, je vous en supplie... Promettez-moi de rester sagement à la maison jusqu'à ce que... que tout soit terminé !

– Impossible. Je me suis engagée à résoudre ce mystère, et j'en fais une affaire personnelle. Je mènerai cette enquête jusqu'au bout !

20

QUELQUES ARTICLES DE PRESSE PARUS FIN AVRIL

« Il faut porter au crédit de Scotland Yard, qu'aussi pitoyables qu'aient été ses récentes prestations, sa dernière sortie fut encore pire. Ce fut un chef-d'œuvre dans l'échec. Avec comme toujours, hélas ! un cadavre à la clef. »

Bernard S. *The World*

« “ La République n'a pas besoin de savants ! ”chantaient en chœur les amis de Robespierre, avant de glisser sous le couperet de la guillotine la tête du célèbre physicien français Lavoisier. On serait presque tenté, ces jours-ci, de reprendre cette allégation, mais pour le compte du Royaume. En effet, notre gouvernement, par l'intermédiaire de ses très respectables fonctionnaires de police, semble, à l'instar des coupeurs de têtes, faire peu de cas de nos savants. Rien de moins que quatre notoriétés du domaine de la science et de la recherche viennent de nous quitter en l'espace d'un mois. Assassinés, les uns après les autres, par une même main criminelle, devant l'impuissance grandissante de notre police. La fin tragique du très estimé Edgar Buchanan n'illustre hélas ! que trop bien ces échecs successifs, qui devraient quand même finir par ébranler cette très patricienne assurance qu'arborent nos sémillants responsables gouvernementaux à l'occasion de leurs congrès. La décence nous interdit de retracer dans le détail les événements de cette pitoyable démonstration d'incapacité, que fut la surveillance policière du professeur Buchanan, la nuit de son assassinat. Disons simplement qu'au milieu d'une confusion totale, l'assassin n'eut pas à forcer son talent pour porter le coup fatal... »

O.W. *The Star*

« Un... deux... trois... quatre... Non, ce ne sont ni les petites souris des comptines, ni les fameux moutons pour nous endormir. C'est de cadavres qu'il s'agit. Quatre en un mois. Ou si l'on préfère, un par semaine. C'est une moyenne respectable, pour qui a décidé de modifier les lois régissant l'ordre au profit de celles de la jungle.

» C'est malheureusement ce que l'on pourrait penser après ce quatrième meurtre, tout aussi brutal que les précédents, dont la victime est l'un de nos plus éminents citoyens, le professeur Edgar Buchanan. Sa mort nous semble d'autant plus douloureuse qu'elle fut perpétrée dans des circonstances peu flatteuses – et c'est peu dire – pour la plus célèbre police du monde. Depuis près d'une semaine, Scotland Yard avait tendu ses filets autour de la demeure du professeur Edgar Buchanan. Des filets réputés infranchissables. Peut-être l'ont-ils été, car le cadavre fut retrouvé dans la rue.

Mais qui peut affirmer quoi que ce soit à propos de cette dramatique soirée, durant laquelle, dans une confusion inouïe, nos représentants de l'ordre ont déployé des efforts aussi frénétiques que vains ? Magistrale partie de colin-maillard, fiévreuse chasse aux mouches dans l'obscurité, durant laquelle l'assassin, après avoir provoqué un court-circuit franc dans le bâtiment – il avait introduit un fil de cuivre dans une prise de courant – a trouvé la trace de sa victime pour, comme à l'accoutumée, la lapider. Car c'est sans doute l'une de ces grosses pierres retrouvées à côté du cadavre, qui, projetée avec force, a causé la blessure mortelle au crâne du défunt. L'assassin a également eu le temps de mettre le feu aux vêtements de la victime, avant de s'évanouir dans la nuit, aussi mystérieusement qu'il était venu.

» Ce nouveau meurtre fait donc suite, comme nous l'avons dit, à une série de deux ou trois autres, selon que l'on considère comme tel ou non la curieuse mort de John Cook, qui, nos lecteurs s'en souviennent, s'était éventré en tombant de manière très étrange sur des cornes de pierre, du haut d'un petit bâtiment funéraire de la Crète antique, à la suite des fouilles dirigées par l'archéologue Lewis Newcomb.

» Y avait-il quelque anathème inscrit à l'entrée de cette tombe ? Quelque mystérieuse menace destinée à effrayer les profanateurs ? Toutes les circonstances de cet incident étaient déjà très controversées au moment du drame, avant que ne meurent les autres protagonistes. C'est-à-dire les professeurs Lamont, Newcomb et Buchanan, assassinés les uns après les autres, très peu de temps après leur retour de Crète. Les circonstances de ces assassinats demeurent très singulières, mais faut-il pour autant se ruer aveuglément – comme ce fut le cas après la découverte de la fameuse tombe de Toutankhamon – avec tambours et trompettes, dans la voie très médiatique d'une antique malédiction ? C'est un pas que nous ne franchirons pas. Du moins tant que nous n'aurons pas d'éléments supplémentaires capables d'étayer cette hypothèse. Mais bien des points restent obscurs, et nous saurions gré aux responsables de l'enquête de chasser autant que possible les nombreuses zones d'ombre qui entourent ce mystère. Car elles ne manquent pas... »

C.W. *The Times*

– On ne pourra pas dire qu'on nous a épargnés, déclarait sir Edgware au ministre de l'Intérieur, qui semblait plus absorbé par son petit déjeuner que par les événements.

– On ne peut pas le dire, en effet. Mais c'est aussi le moins qu'on puisse faire...

– D'un certain côté, confia humblement le chef du CID, nous le méritons... Nous n'avons pas été capables de...

– « Nous » ? Quel mot ravissant ! « Nous », ce vieil ami, à la fois si lointain et si proche, derrière lequel se cache tout le monde et personne, et si précieux en cas de besoin... Mais pour en revenir à ces articles, je les trouve quand même un peu acides.

– L'essentiel, Sir, c'est qu'ils aient malgré tout respecté nos consignes. Pas de révélation à propos des manuscrits jusqu'à nouvel ordre, et pas de sensationnel du genre science-fiction. De ce côté-là d'ailleurs, ils ont même adouci le ton par rapport au début. Car vous comprenez bien qu'il eût été facile, pour eux, d'exploiter un filon pareil, et de provoquer ainsi une véritable psychose ! Tout Londres aurait été submergé par une vague de frayeur. Je vous laisse imaginer leurs grosses manchettes. « La malédiction de Minos », « Le retour du monstre de bronze », « Le Minotaure rôde dans nos ruelles »...

– J'imagine. C'est d'ailleurs mon rôle « d'imaginer », figurez-vous.

– Et les conséquences que cela aurait eues. Des têtes seraient tombées...

– J'imagine aussi. Mais, et je vous en saurai gré, épargnez-moi ce genre de métaphores au petit déjeuner... Cela dit, j'espère que cette fois-ci, toutes les mesures de sécurité ont été prises pour la protection des survivants de cette expédition ?

– Bien sûr. Il n'en reste d'ailleurs plus que deux. Fort heureusement, ce ne sont pas des caractères comme feu le professeur Buchanan. Ils sont morts de peur et ont accepté sans discuter de se retirer quelque temps dans un endroit secret et assez loin d'ici. Il ne leur arrivera rien, je vous en donne ma parole.

Il y eut un silence, puis le ministre s'enquit soudain :

– Y a-t-il du neuf à propos des manuscrits ?

– Non... Et d'après ce que j'ai compris, il n'y en aura certainement pas de sitôt. Du moins tant que les originaux ne seront pas retrouvés. On reste méfiant quant à l'authenticité de ces « mémoires » du roi Minos. Une preuve supplémentaire serait la bienvenue. Une preuve ou une confirmation, qui est probablement contenue dans cette série de hiéroglyphes, fort heureusement recopiés par le professeur Newcomb. Mais leur message, pour l'heure, semble impénétrable.

– Ce mystère n'est donc pas près d'être résolu ?

– Non, de toute évidence. D'après ce que j'ai compris, seuls de nouveaux éléments, de nouvelles découvertes archéologiques, permettront d'y voir plus clair. C'est donc une question d'années, voire davantage. Mais en fin de compte, cela n'entre plus vraiment dans le cadre de notre enquête...

– À propos, avez-vous une théorie ?

Sir Edgware eut un ton catégorique :

– Il n'y en a qu'une qui soit possible : celle de la folie. Nous sommes en train de passer au crible tous les malades mentaux récemment sortis des asiles. Les résultats ne devraient pas tarder...

– Il y a beaucoup de fous de par le monde ces temps-ci. J'ai aussi l'impression que ces gros nuages noirs qui s'accumulent de l'autre côté du Rhin vont nous parvenir un jour... Mais ceci est une autre histoire. Quant à celle qui nous occupe présentement, je ne vous demande qu'une chose dans un premier temps : plus de cadavre.

– Je vous ai donné ma parole d'honneur, Sir. Et je ne tiens pas à ce que... ma tête...

– ... Ne tombe ? Comme celle de Lavoisier ? fit le ministre de l'Intérieur en ébauchant son premier sourire de la journée. Comme je vous comprends, mon cher !

21

L'ENVOL D'ICARE

– Je ne vous demanderai qu'une chose dans un premier temps : plus de cadavre.

Les mains de l'inspecteur Kersall se crispèrent légèrement sur son siège :

– Vous me confiez donc de nouveau la direction de l'enquête ?

Sir Edgware présenta sa boîte de cigares en onyx ouverte au policier.

– Si vous vous en montrez digne, oui.

– Mais... Et Winding ? balbutia l'inspecteur en laissant tomber le cigare qu'il venait de choisir.

– Vous avez lu ce qu'ont imprimé les journaux ces jours-ci ? fit sir Edgware en regardant la fenêtre d'un air distrait. Est-il besoin d'en dire davantage ? Il faudra du temps pour effacer cette impression d'incapacité, voire de ridicule, que nous devons essentiellement, il faut bien le dire, au récent exploit de Winding. C'est lui qui avait organisé la surveillance du professeur Buchanan. Or, il a commis deux erreurs impardonnables. La première est d'avoir failli à sa tâche. Dans des cas de cette importance, ça ne pardonne pas. En second lieu, il a fait montre d'une grave négligence. Jugez-en plutôt. Avant le meurtre proprement dit, des bruits suspects avaient été entendus dans la maison. Winding n'en a pas réellement tenu compte, seule l'organisation de sa surveillance lui importait. D'autant que la victime, craignant les réactions de Winding, avait téléphoné à un de ses amis – sir Basil Ward, que vous connaissez sans doute – pour le prévenir de ces rumeurs. Et sir Basil avait aussitôt tenté de joindre Winding par téléphone, afin de l'avertir. Or, Winding a superbement ignoré les avertissements de sir Basil, qu'il considère comme un vieux fou soit dit entre parenthèses. Il eût pourtant été bien inspiré de l'écouter. Enfin voilà, entre autres, les raisons de ma décision. Mais dites-moi, Kersall, vous sentez-vous à même de reprendre les choses en main ?

– Bien sûr, s'empressa d'affirmer le jeune policier. Mais en ce qui concerne la sécurité des deux autres chercheurs, je crois qu'on s'en est déjà occupé ?

– Ne vous inquiétez pas pour ceux-là, dit sir Edgware avec une tranquille assurance en tirant sur son cigare. J'ai pris des mesures personnellement. C'est l'enquête que je vous confie. L'identité du coupable, le pourquoi de ses crimes démentiels, bref, le fond de toute cette affaire. Sans oublier le mystère de ces manuscrits. D'ailleurs à propos de ceux-ci, j'ai une ou deux questions à vous poser... Mais avant cela, j'aimerais que vous me disiez où nous en sommes dans l'enquête, et quels sont, à votre avis, les éléments déterminants.

Kersall ne fut pas long à répondre.

– Comme il n'y en a guère, le tour est vite fait : ce bruit de ferraille, les lueurs qui semblent émaner de l'assassin, les brûlures de la victime, les pierres... Mais tout ceci, nous le savons, est le propre du mythique Talos, le gardien de l'île de Crète.

– Donc, vous pensez que l'assassin joue bel et bien ce rôle-là ?

– Vu l'ensemble du contexte, le choix des victimes, il me semble qu'il n'y a pas le moindre doute. Mais le mystère reste entier.

– Et... c'est tout ?

– Il y a ces deux indices, le sable et les morceaux de poterie – qui d'ailleurs n'ont pas été retrouvés, me semble-t-il, lors du dernier meurtre. J'avais pris le temps de les reconstituer après les assassinats de Lamont et de Newcomb. Je précise d'abord qu'il s'agissait de poterie ancienne, mais sans véritable valeur. Dans les deux cas, elles avaient la forme d'une sorte de vase, d'une trentaine de centimètres de section. Quant au sable, il ne devait guère représenter plus de la moitié du volume. C'est malheureusement tout ce qu'il y a à dire pour le moment. Tout comme le mobile des meurtres, ceci reste totalement opaque...

Le chef du CID hocha la tête avec une petite moue.

– C'est peu, en effet, dit-il. Peut-être la solution se trouve-t-elle dans le fameux récit du roi Minos ? Vous l'avez lu, j'imagine ?

– Avec le plus grand intérêt.

– Stupéfiant, n'est-ce pas ? Surtout ces deux énigmes qui sont un véritable défi à la raison !

– Si l'on veut...

– Dédale qui aurait trouvé le moyen de se transformer en courant d'air, dit sir Edgware qui, le regard extasié, semblait transporté par la pensée en un lointain passé. Ces curieuses pierres bleues avec lesquelles il se frotte le corps, pour acquérir cet étrange pouvoir... Puis, dans des circonstances tout à fait stupéfiantes, il parvient à réaliser l'irréalisable : tuer le Minotaure en traversant un mur sans laisser la moindre trace. (Puis, avec un subit froncement de sourcils :) Comment dites-vous ? « Si l'on veut » ? Qu'entendez-vous par là ? Que vous auriez résolu cette énigme ?

– Non, pas celle-là. Mais je pense avoir compris l'autre. Celle de l'envol dans la cour centrale...

Sir Edgware retira lentement son cigare de sa bouche, les yeux arrondis de surprise :

– Comment, vous auriez élucidé le mystère de l'envol d'Icare ? Et vous ne m'en avez rien dit ? Bon sang, Kersall, expliquez-moi ça tout de suite !

22

LE PALAIS DE RHADAMANTHE

2 mai

– Moi, ce qui m'intrigue le plus, déclara Kate en repoussant d'une main lasse une feuille couverte de petits dessins, c'est le crime de Dédale. J'ai lu et relu les circonstances de ce meurtre, et j'affirme que si les choses se sont déroulées comme le prétend le roi Minos... eh bien... c'est impossible ! Dédale n'a pas pu tuer le Minotaure ! Du moins si l'on reste sur un terrain rationnel ! En fait, l'énigme est doublement impossible : car non seulement la pièce où se trouvait le Minotaure était inaccessible, mais en plus, Dédale n'a pu quitter celle où Minos l'avait enfermé !

– Avez-vous songé à la possibilité d'une complicité ? fit remarquer sir Basil, penché au-dessus de la fameuse copie des hiéroglyphes.

– Bien sûr ! Minos lui-même l'a envisagé ! Sans parler du détail de l'oreille coupée, qui prouve déjà en soi que cela n'a pas été possible, le problème reste quasiment identique ! Ce complice, quel qu'il fût, ne pouvait ni s'introduire ni s'échapper des lieux du crime, qui non seulement étaient surveillés en permanence par les gardiens, mais furent aussi fouillés de fond en comble, avant et après le meurtre !

– Il ne reste que la solution des trois gardiens complices, alors...

– C'est ce que j'ai fini par me dire...

– Hum... fit sir Basil Ward avec un sourire. C'est un peu facile comme réponse. Mais bien que n'en ayant aucune preuve, je persiste à penser qu'il y a, malgré tout, une solution.

– Je le pense aussi.

– Un petit détail a dû nous échapper...

– Oui, mais lequel ? fit Kate en se replongeant dans l'examen de sa feuille.

– Avez-vous songé, et réfléchi à ces mystérieuses pierres bleutées ?

– Ça, ce n'est qu'un détail de la mise en scène de Dédale ! C'est certain ! Tout comme lorsqu'il se frotte avec ses pierres à la clarté de la lune... Pure mise en scène, soigneusement étudiée, afin de mieux berner ce gros lourdaud de Minos !

– Sans doute. Mais quelque chose me dit que ce n'est pas gratuit. En avançant cela, je me fonde uniquement sur la personnalité même de Dédale. Notre homme est trop astucieux pour cela. Hormis leur éclat bleuté, ces pierres évoquent un peu l'orichalque, ce fabuleux métal duquel les Atlantes tiraient une mystérieuse source d'énergie...

Avec un hochement de tête contrarié, sir Basil se tut. Il écarta à son tour avec exaspération la feuille qu'il examinait puis se leva. Voilà plusieurs heures, plusieurs jours, qu'il tentait de percer le mystère de ces signes. Certes, des progrès avaient été faits, mais il lui manquait toujours ce fameux point de départ. Kate passait presque quotidiennement s'enquérir de la progression de ses travaux et prêtait son concours, plus psychologique que pratique. Sa présence avait une merveilleuse influence sur sir Basil. Son enthousiasme et sa formidable énergie apportaient tout ce qui lui faisait si cruellement défaut. Il était indiscutable qu'elle le stimulait plus sûrement qu'aucun autre aiguillon. Mais pour l'heure, et malgré le soleil de cette matinée printanière, le moral n'était pas au plus haut.

Leurs recherches piétinaient et ils ne s'en rendaient que trop compte.

– Si seulement, insista sir Basil en arpentant fiévreusement le tapis devant les portes-fenêtres, si seulement nous savions comment interpréter ces premiers signes. Cet homme qui marche, la flèche, l'emblème du lieu, ces deux hommes accolés... Entre parenthèses, c'est la seule fois que l'on voit ici ce signe. Ensuite, un œil, puis une montagne, puis les cornes du taureau, avec une croix sous celle de droite, suivies de l'emblème du lieu...

– Minos avait-il un frère ? s'enquit Kate à brûle-pourpoint.

– Oui, même deux. Rhadamanthe et Sarpédon. D'après la mythologie, le premier aurait été avec Minos l'un des trois juges des morts dans l'au-delà, le Tartare, le fameux royaume des ombres. De son vivant, Rhadamanthe aurait habité le palais de Phaïstos, au sud de Cnossos... Mais pourquoi me demandez-vous cela ?

– À cause des deux petits bonshommes. On dirait qu'il se tiennent comme des frères...

– En effet, fit sir Basil en revenant prestement à la table. Je ne l'avais pas remarqué. Voyons un peu ce que cela nous donne... Le héros, ou le protagoniste, se rend chez Rhadamanthe, à son palais et regarde les cornes du taureau...

– Curieuse, cette petite croix sous la corne droite...

– Les cornes du taureau, une croix qui serait un lieu d'après le signe suivant, j'ai bien peur que cela ne veuille pas dire grand-chose...

– J'en ai bien peur moi aussi, fit Kate en secouant tristement la tête. À moins que...

Intrigué par le silence subit de sa jeune associée, sir Basil se rapprocha d'elle pour mieux voir ce qu'indiquait son doigt posé sur le dessin de la montagne avant celui des cornes.

– Je me souviens de quelque chose qu'a dit Milton. Il s'est lui aussi documenté sur la question ces derniers temps et je crois qu'il m'a parlé d'un certain palais d'où l'on avait une vue superbe sur une montagne... Une montagne, dont le sommet serait le plus élevé de la Crète... Le nom ne me revient pas, mais c'était là où Zeus lui-même aurait grandi...

– Le mont Ida ?

– Mais oui, c'est cela ! Il avait dit que, vu de cet endroit-là, le sommet de la montagne ressemblait à des cornes de taureau...

– Oui, confirma Basil Ward. Plus ou moins. C'est en tout cas ce qu'on dit...

– Ce sont donc peut-être ces montagnes-là, dit Kate en indiquant le signe du lieu et des cornes de taureau. Ces montagnes qu'on regarde depuis cet autre lieu... là... Si seulement ça pouvait être l'endroit où habitait son frère...

– Ça l'est, dit d'une voix changée sir Basil, qui avait soudain pâli. Il n'y a aucun doute, Kate. Ce palais d'où l'on a cette superbe vue sur l'Ida, est bien celui de Phaïstos ! Phaïstos, dont le maître des lieux avait été Rhadamanthe, le frère de Minos ! Kate, vous venez de faire une découverte capitale ! C'est fabuleux !... Oui, c'est bien cela... Et... Mon Dieu ! Je viens de comprendre autre chose... Cette croix sous la corne droite... c'est la grotte de l'Ida ! Elle est assez connue et on parvient effectivement à l'apercevoir depuis le palais. Son entrée forme comme une petite tache sombre sous les cornes, comme cette croix. Nous tenons le bon bout, Kate ! C'est bien cela le début du texte ! Il n'y a pas le moindre doute !

– Le début du chemin menant au labyrinthe...

bredouilla Kate, tremblante d'excitation. Il faut aller à Phaïstos, gagner cette grotte... Mais après...

– Après ? répéta sir Basil avec un hochement de tête dubitatif. Après, il faudrait être sur place pour bien faire. Je crains que ce ne soit malheureusement qu'à ce prix que nous parvenions à progresser.

Kate leva ses grands yeux noirs sur l'ancien archéologue :

– Mais alors, pourquoi n'y allons-nous pas ?

– En Crète ? Ma pauvre Kate, mais vous perdez l'esprit ? Ce n'est pas un pays comme le nôtre, où vous trouvez un hôtel confortable dans chaque ville... Sans être inhospitalières, loin de là d'ailleurs, les conditions de vie sont beaucoup plus rudimentaires et... et y aller, quand ?

– Dès que possible !

Sir Basil secoua la tête :

– Même si nous nous décidions tout de suite, il nous faudrait au moins le temps des préparatifs. Ce qui nous mènerait à l'été. Or, les étés sont torrides, là-bas, le savez-vous ?

– Il faut y aller, dit Kate, le regard étrangement fixe.

– J'ai bien peur que cela ne soit plus de mon âge...

– Que dites-vous là, Sir Basil ? Vous êtes encore en excellente santé !

– Peut-être. Mais non, c'est trop dangereux. Je ne serais jamais en mesure de vous défendre devant le danger. À l'extrême rigueur, je vous suivrais si nous étions accompagnés d'un homme solide, dans la force de l'âge...

– Qu'à cela ne tienne ! répondit Kate avec ferveur. J'en fais mon affaire !

23

LES AILES NOIRES DE LA MORT

3 mai

Au bar de son pub favori, Milton Ross ingurgitait des gallons de bière. L'alcool le réconfortait et il s'étonnait de ne pas avoir songé plus tôt à s'adonner au culte de Bacchus pour le guérir de Kate. Quarante-huit heures auparavant, elle lui avait avoué avoir un petit ami qu'elle rencontrait régulièrement. Cette nouvelle avait été pour lui une véritable tragédie. Un coup de poignard dans le cœur, « aussi douloureux que celui reçu par Clytemnestre, assassinée par ses propres enfants ».

C'était ce qu'il clamait à qui voulait l'entendre. Ses amis parmi les plus fidèles – mais les plus fourbes aussi – s'étaient rapprochés pour l'écouter « chanter », entre deux libations, ses déboires sentimentaux.

– Pourquoi, Hélène, t'es-tu enfuie avec ce maudit Troyen ? Je lui avais pourtant offert mon toit, mes mets les plus raffinés, mes esclaves les plus expertes.... Mais il a préféré ma femme... *l'ingrat !*

« Hélène, ô Hélène, toi qui fus choisie entre toutes par la nymphe qui jaillit de l'écume, pour la grâce de tes mouvements, pour l'or sombre de tes grands yeux noirs, Kate, ô ma divine, retourne à Sparte pour aimer ton roi, frère du noble Agamemnon et ton fidèle époux...

– Comment s'appelle-t-elle ? Kate ou Hélène ? On n'y comprend plus rien, vraiment, fit le barman avec un clin d'œil.

– Comment s'appe*lait*-elle, reprit l'un des amis.

Elle ne lui appartient plus, désormais. Débouchez vos oreilles, mon vieux, et suivez cette passionnante histoire pour qu'elle ne vous arrive jamais !

– Il n'y a pas de danger, fit un autre, il est aussi misogyne qu'Oscar Wilde... pour ne dire que cela !

– Dites donc, vous, ça va, hein ? répliqua le barman. Continuez ainsi si vous n'avez vraiment plus soif...

– Arrêtez de vous chamailler, reprit le premier, un gros rouquin au crâne précocement dégarni. Ce que dit notre ami est fort instructif à bien des égards...

– ... *Horesco referens*, quand j'ai appris que tu me quittais, ce jour maudit entre tous, pour lequel les oracles avaient pourtant prédit que les foudres de...

– Voilà très précisément dans quel état *elles* peuvent nous mettre... Voyez l'œil languissant de notre ami, son regard atone, les muscles relâchés du visage. Toute trace de volonté a disparu. Je dirai presque : toute substance masculine... Voilà le résultat, le but sciemment recherché par le sexe dit faible, ce fléau de l'homme, plus foudroyant que la peste noire...

– Dis donc, Milton, tu le connais celui qui t'a soufflé la petite ?

– Bien sûr, *per Jovem* ! C'est Pâris, ce maudit Troyen !

– Oui, oui, mais son vrai nom ?

– Je... je ne veux pas le savoir.

– Si t'as besoin d'un coup de main, Milton, nous sommes là, tu sais ? On n'va pas t'laisser tomber comme ça...

– Un coup de main, mais pour quoi faire ?

– Mais pour détruire Troie, bien sûr ! Et récupérer Hélène !

Après avoir vidé d'un trait une nouvelle bière,

Milton eut un regard reconnaissant pour ses compagnons :

– Merci, mes amis, merci... Si seulement vous pouviez comprendre ce qui m'arrive... Elle... Comment dire ?... Ce n'est pas une femme comme les autres...

– Le cas est typique, reprit le gros rouquin d'un ton très sérieux. Il *la* croit unique, *différente, pas comme les autres* et tout le reste. C'est classique, malheureusement classique. Ça met des mois à guérir, voire des années... *quand ça guérit* ! Ce qui hélas ! n'est pas toujours le cas... D'un autre côté, ce genre d'expérience peut constituer le meilleur des vaccins... Milton, tu m'entends ? C'est Sam, ton vieux Sam, qui t'a toujours dit et répété qu'il fallait faire attention... Dis-le-nous, Milton, dis-le à tout le monde et à haute voix, ce que je t'ai dit à propos des femmes !

– Heu... Ah oui !... Les femmes n'ont pas d'âme...

– Plus fort, Milton, on ne t'entend pas !

Alors que l'infortuné Milton respirait à fond pour prendre sa voix de stentor, il s'immobilisa soudain, en même temps que la porte s'ouvrait sur une de ces fameuses représentantes du sexe dit faible. La démarche énergique de l'intruse provoqua une vague de stupeur indignée qui déferla sur les occupants du pub.

Il fallait bien sûr s'appeler Kate Jones pour profaner avec une telle dose de culot ces refuges masculins que constituaient les pubs de Sa Majesté.

Un observateur n'aurait pas manqué de remarquer l'éclat de rage froide qui brillait dans le regard de Kate. Mais c'est sans la moindre hésitation, avec la plus calme assurance, qu'elle s'approcha de Milton Ross, qui, pétrifié, la regardait avec des yeux de zombie.

– Mon cher Milton, j'ai deux mots à te dire en particulier...

Dans un ultime sursaut d'orgueil, il réussit à balbutier :

– Si... si tu as quelque chose à me dire... alors... dis-le ici... devant mes fidèles amis !

– Cela ne me dérange pas, fit-elle avec un gracieux sourire à la ronde. Je ne serais pas longue, d'ailleurs... (Ses yeux revenant à son ami :) Milton, es-tu prêt à me suivre pour la plus merveilleuse des aventures ?

Le pauvre Milton n'en croyait pas ses oreilles. Et la bière ingurgitée n'arrangeait rien :

– La... la plus merveilleuses des aventures ? bafouilla-t-il, écarlate.

– Oui, c'est ce que j'ai dit. Une merveilleuse aventure, loin de l'Angleterre, et avec moi...

– *Per Jovem !* Mais bien sûr, Kate ! Je te suis de ce pas !

Ledit pas, en dépit de la bonne volonté évidente de son propriétaire, ne fut guère à la hauteur des événements. Milton parvint néanmoins à quitter la salle sans perdre son équilibre. Quand le couple eut disparu, des regards consternés se croisèrent. Alors que le barman servait une tournée générale en guise de consolation, quelques remarques rompirent le silence lugubre qui s'était instauré :

– Encore un qui vient de se faire avoir en beauté...

– Toutes les mêmes...

– Il est perdu...

– Adieu, Milton tu *étais* un ami...

– Dieu ait son âme...

– J'ai bien peur que son cas ne soit désespéré, fit le gros rouquin, sincèrement atterré. C'est la nuit qui commence pour lui...

Kate appela tout d'abord un taxi et donna au chauffeur l'adresse de Ross. Durant tout le trajet, avec un Milton affalé dans ses bras, elle l'écouta faire le récit de la préparation de la guerre de Troie, principalement axé sur la récupération d'Hélène, et plus encore sur cette dernière dont il ne cessait de louer l'éclatante beauté.

Kate était alors dans un état de rage indescriptible, mais l'amusante ivresse de son ami la rasséréna quelque peu. Elle le trouva même fort drôle, alors qu'il lui confiait dans une transparence parfaite ses sentiments au travers d'autres personnages. Même ses citations lui paraissaient comiques.

Mais qu'est-ce qui avait donc pu amener Kate à un tel revirement de situation, à se retrouver sur la banquette arrière d'un taxi, à bercer dans ses bras comme un bébé cet horripilant Milton Ross ? Il faut nous reporter à la veille, alors qu'elle venait de quitter sir Basil Ward. La première chose qu'elle fit fut de retrouver son père, pour lui annoncer ses très prochaines vacances d'été en Crète avec son vieil ami sir Basil Ward. Arthur Jones était encore sous le choc de la surprise quand elle lui annonça sa liaison avec Richard Tronson, le célèbre joueur de tennis !

– Certes, il n'est pas encore très connu, s'était-elle empressée de préciser. Mais il le sera bientôt. Depuis qu'il me connaît, il est comme transcendé !

– Et bien entendu, c'est ce jeune homme qui t'accompagnera ? avait répondu son père, blême et vivement réprobateur.

– Oui, il sera de la partie ! s'était écriée Kate en bondissant de joie comme une gamine.

Puis elle avait refusé de donner toute précision supplémentaire, avant la réunion qu'elle organiserait le lendemain soir, dans cette même pièce, avec les principaux intéressés. Tout ce qu'elle avait prévu se déroulait exactement comme elle l'avait souhaité. Elle se sentait prise dans une telle vague d'euphorie et de confiance, que l'idée qu'elle pût essuyer un refus de Richard ne l'effleura même pas. Elle passa une nuit agitée, peuplée de rêves mouvementés, où les bras de Richard intervenaient souvent pour la sauver *in extremis* de quelque danger mortel, dans des horizons aussi variés qu'une jungle enchevêtrée, l'immensité d'un désert ou un terrible naufrage en pleine mer.

Mais ce n'était visiblement pas le même héros qu'elle rencontra le lendemain en début d'après-midi, au salon de thé où ils avaient l'habitude de se retrouver. Dans un premier temps, elle n'avait pas vu sur ses traits l'explosion de joie qui aurait dû être la sienne après qu'elle lui eut exposé son formidable projet. Pas même la moindre parcelle d'enthousiasme. Et à bien y regarder, le visage que présentait Richard était des plus étranges : sombre, voire hostile.

– Tu es folle, ma pauvre Kate, avait-il fini par dire. Complètement folle...

– Folle ? Parce que je veux découvrir la vérité ?

– Quelle vérité ?

– La clef du mystère ! Et aussi l'entrée du labyrinthe, là-bas, en Crète... Tout est là-bas, j'en suis sûre...

– Tu risqueras surtout d'y rencontrer la grande faucheuse ! Kate, bon sang, combien de fois t'ai-je dit de ne plus t'occuper de tout ça !

– Mais tu seras avec moi, Richard ! Tu seras là pour me protéger !

– Impossible... Je... je ne peux pas.

– Tu ne peux pas, ou tu ne *veux* pas ?

– Kate, pour l'amour ciel, ne pense plus à ces

folies ! Sors-toi une fois pour toutes de la tête ces idées extravagantes !

– Aurais-tu peur, Richard ? Tu n'es pas très courageux pour un lion...

– Ne dis pas de sottises ! C'est une sale histoire, je te le répète, qui n'est pas faite pour les petites filles gâtées...

– *Comment ? Moi, une petite fille gâtée ?...*

Kate n'avait que des souvenirs confus de ce qui avait suivi. Elle s'était emportée, et Richard aussi. Mais elle se rappelait le « NON » cinglant et définitif qu'il lui avait jeté à la figure avant de la quitter. À quoi elle lui avait répliqué, d'une voix stridente – qui pétrifia tous les clients du salon de thé – qu'il était désormais inutile de chercher à la revoir, et qu'elle allait de ce pas retrouver son vieux chevalier servant Milton, qui lui, au moins, l'accompagnerait sans même poser de question. Et jusqu'au bout du monde s'il le fallait !

Et sans plus tarder, elle était partie à sa recherche.

Kate repensait à ces événements, sans une once de faiblesse ou l'ombre d'un remords. Sa décision était irrévocable. Quand le taxi les arrêta devant la maison des Ross, elle paya la course, alla sonner et enjoignit aussitôt au très civil domestique des Ross de préparer deux grands bols de café, avec du sucre et une bonne dose de sel. Quand Milton la vit mélanger à parts égales le sel et le sucre dans le café, il tenta de protester, mais se radoucit dès qu'elle lui précisa qu'il s'agissait là d'un nectar réservé aux vaillants Achéens, philtre divin préconisé par les dieux s'ils voulaient conserver une chance de retirer des griffes troyennes la faible et innocente Hélène. Milton fit la grimace après en avoir pris une gorgée, mais il vida néanmoins les deux bols de café salé.

Puis Kate se leva, lui dit qu'il avait quatre heures pour redevenir le Milton qu'elle avait toujours connu, et qu'elle l'attendait chez elle, à 20 heures précises, pour lui donner de plus amples détails.

Plus tard, en soirée, alors que l'horloge égrenait les coups de 9 heures, Arthur Jones versait du cognac à ses invités. Sir Basil Ward, installé près du feu, était absorbé par le bourrage de sa pipe. Malgré une apparence soucieuse, on le devinait paisible et serein. Milton, qui venait tout juste d'apprendre les projets de Kate, était radieux comme un soleil printanier. La perspective de passer plusieurs semaines en sa compagnie l'avait plongé dans une félicité un peu entachée par la possibilité d'un veto de la part d'Arthur Jones, le père de Kate. Physiquement, il était pourtant dans un état épouvantable. La « mixture » de Kate l'avait amené à se rendre à plusieurs reprises précipitamment aux toilettes. Puis il avait pris un bain chaud, suivi d'une douche froide, et avait absorbé ensuite trois cachets d'aspirine pour tenter d'atténuer ce formidable mal de tête, qui d'ailleurs ne commençait qu'à s'estomper. Ce traitement de choc lui avait néanmoins fait retrouver toute sa lucidité, et c'est sans l'ombre d'une hésitation qu'il avait répondu à la demande de Kate. Il serait bien sûr à ses côtés pour la protéger et l'aider dans sa difficile entreprise en Crète. Il était aussi absolument certain de bien s'entendre avec sir Basil Ward, qu'il avait d'ailleurs toujours tenu en très haute estime.

En vérité, la cause était entendue d'avance. Quand Kate eut exposé de vive voix son projet, Arthur Jones ne s'y opposa guère. Il souligna certes les dangers que représentait l'expédition, mais il avait confiance en son vieil ami sir Basil

Ward et en la vitalité de Milton, sur lequel il savait pouvoir compter plus que sur tout autre pour assurer la protection et le bien-être de sa fille.

Tout en spéculant sur le très probable mariage de sa fille après leur retour, et les différentes dispositions qu'il prendrait à la suite de l'événement, il discourait sur l'opportunité et l'importance de la téméraire initiative que constituait ce voyage :

– ... L'influence primordiale de cette fameuse civilisation minoenne n'est plus à démontrer. Nul doute qu'elle fut le berceau de notre monde occidental. Et nul doute, aussi, que la découverte de ce mystérieux labyrinthe constituerait un événement sans précédent dans l'histoire de l'humanité...

À bien y regarder, ce fameux labyrinthe déroulait de longs couloirs enchevêtrés devant les yeux de chacun. Milton s'y voyait, évoluant témérairement en tenant dans ses bras une Kate tremblante de peur. Cette même Kate y songeait aussi. Torche à la main, elle indiquait à ses deux compagnons le chemin à suivre. Sir Basil Ward, quant à lui, se disait que cette découverte éclairerait ses vieux jours d'une chaleureuse et inaltérable lumière.

Mais, et c'est bien connu, le fossé qui sépare le rêve de la réalité est profond. Qui donc aurait pu imaginer en les voyant aussi béatement plongés dans leurs ravissements respectifs, la manière bien cruelle dont le destin allait s'abattre sur eux ? S'ils en avaient eu la moindre notion, ils auraient alors aussitôt chassé de leurs pensées l'idée de cette expédition, au-dessus de laquelle se déployaient les ailes noires de la Mort, qui allait d'ailleurs fondre à plusieurs reprises sur ses proies.

DEUXIÈME PARTIE

LE RÉCIT DE KATE JONES

24

L' « ÎLE DES DIEUX »

9 juin

La Crète !

L' « Île des dieux » !

Quel magnifique, quel merveilleux pays ! Me voici transportée dans un autre monde et une autre époque ! Nous sommes entourés d'une mer d'un bleu fabuleux, l'air y est incroyablement pur, et le soleil répand une lumière féerique sur les innombrables oliviers et cyprès qui parsèment les pentes douces au pied des hautes montagnes. Un paysage admirable, biblique, divin !

Je comprends mieux, maintenant, pourquoi mon compagnon de chevet a baptisé ce coin de terre l' « Île des Dieux ». Un certain monsieur Homère, vous connaissez ? C'est à sir Basil Ward que je dois d'avoir fait sa connaissance. « Un voyage en Grèce n'est pas concevable sans un exemplaire de *l'Iliade* ou de *l'Odyssée* dans ses valises » avait-il déclaré bien avant la date de notre départ. En fait, c'était une injonction plus qu'une suggestion. Je dois en tout cas reconnaître la justesse et le bien-fondé de son conseil. Car depuis trois ou quatre jours, entre les fabuleux décors des rives méditerranéennes, bien réelles celles-là, et ces nuits à suivre le parcours d'Ulysse, jalonné de toutes sortes de divinités, je crois vivre un rêve, un rêve tout éveillée. Il reste malheureusement quelques ombres au tableau, mais j'y reviendrai plus tard.

Je ne m'attarderai guère sur le long et pénible voyage de Douvres jusqu'au Pirée. Le bateau, plusieurs journées de train dans des conditions de plus en plus pénibles à mesure de notre descente vers le sud et encore le bateau. Notre arrivée à Athènes fut un immense soulagement et je garde un bon souvenir de la traversée jusqu'en Crète, malgré le manque de confort du bateau qui nous a amenés jusque-là. La mer, d'un bleu éclatant, attirait tous les regards, nous faisant oublier toute autre imperfection.

Nous ne touchâmes le sol crétois, à Héraklion, qu'à la tombée de la nuit. Là, c'est un petit homme jovial qui nous accueillit. Il nous parlait avec force gestes – surtout à Milton et à moi, car nous ne comprenions pas un traître mot de ce qu'il disait. Sir Basil nous présenta Yannis, une connaissance à lui, qu'il avait prévenu de notre arrivée et qui devait nous offrir l'hospitalité pour la nuit. Notre hôte se montra des plus avenants et nous nous régalâmes avec la frugale mais savoureuse cuisine qui nous fut servie. En revanche, lorsque je fus introduite dans la pièce où je devais passer la nuit, je craignais fort d'avoir des cafards en guise de compagnons. Milton me fit la même remarque à propos de sa chambre, contiguë à la mienne. Avec l'assurance d'une aventurière chevronnée, je lui répondis que cela était sans doute fort possible, mais que pour ma part, je ne me souciais guère de ce genre de détails. Fort heureusement, le sommeil s'abattit sur moi comme une chape de plomb. Toutes ces journées de voyage et l'air marin m'avaient assommée. Je dormis d'une traite sans faire le moindre rêve.

Pendant ces quatre journées de voyage, j'avais pu mieux cerner la personnalité de mes deux compagnons. Je dois avouer que Milton m'étonnait assez. Quand je lui avais fait part de mon projet, il s'était d'abord comporté comme un jeune chien. Il frétillait de plaisir, tremblait d'excitation à l'idée de cette folle aventure en ma compagnie. Puis, sans perdre de son enthousiasme, il s'était mis à préparer avec soin et minutie notre circuit, ainsi que les recherches elles-mêmes, sous les directives de sir Basil, qui se montra très satisfait de son nouvel élève. Ensuite, durant le voyage, pénible par ses longues attentes, je pus constater que Milton, bien que bouleversé dans ses habitudes, restait très maître de lui, et toujours très aimable et souriant avec moi.

Sir Basil Ward, quant à lui, se comportait en voyageur aguerri. Il restait lui-même en toute circonstance. Aimable, souriant, réfléchi. Mais, après un examen plus approfondi, je me rendis compte qu'il réprimait une certaine impatience. Un optimisme grandissant l'habitait, et il me donnait parfois l'impression d'un enfant aux approches de Noël. Lui aussi semblait follement exalté par l'aventure, mais l'âge et l'expérience aidant, il se dominait mieux que Milton et moi.

Je pense parfois aussi à Richard – ce pauvre Richard ? Je ne sais. Peu avant notre départ, j'avais eu l'occasion de le revoir. Apparemment par hasard, au coin d'une rue, bien que je le soupçonne d'avoir un peu forcé ce hasard-là. Malgré ses bonnes intentions, il tenta une fois de plus de me dissuader de mener cette enquête, et surtout de partir à l'étranger. Je restai ferme sur mes positions, mais ce ne fut pas toujours chose aisée. Malgré mes dénégations, il savait que je tenais encore à lui. Ce fut un dialogue de sourds, ponctué de quelques remarques jalouses, suscitées par la participation de Milton au voyage. Il ne pouvait pourtant guère me le reprocher, car il n'avait tenu qu'à lui, Richard Tronson, d'être à mes côtés. J'eus une impression très bizarre quand nous nous quittâmes. Il resta immobile, au coin de la rue, à me regarder fixement, alors que je m'éloignais. Son visage reflétait-il de la peur, de la tristesse, de l'angoisse ou de la jalousie ? Je ne saurais le dire. Il exprimait en tout cas un sentiment qui me bouleversa.

Quand je me réveillai ce jour-là, après ma première nuit en Crète, j'étais dans une forme éblouissante. Un soleil déjà ardent inondait les murs blancs de ma chambre. Je dévorais les succulentes tartines de miel que nous servit la femme de Yannis. C'était une femme d'âge mûr, souriante, qui m'adressa la parole très aimablement, mais je dus comme toujours quémander le secours de sir Basil pour y comprendre quelque chose.

– Elle dit que vous êtes très belle, Kate, fit-il avec un peu d'ironie dans le ton. Ce qui ne vous étonnera pas. Elle dit aussi que vous pourriez être une fille du pays, car vous en avez le type. Ce qui ne devrait pas surprendre, n'est-ce pas ?

– Dites à cette aimable dame que nous l'appelons aussi « la Parisienne », justement à cause de cela, intervint Milton, qui se croyait très spirituel.

Je l'aurais volontiers mordu. Lors de je ne sais plus quelle occasion, l'un de mes deux compagnons m'avait ainsi baptisée – toujours en rapport avec cet antique dessin – mais je n'avais guère apprécié. Cette allusion me faisait toujours penser à Richard. Malgré notre rupture, j'estimais quelque part en mon for intérieur que l'usage de ce surnom lui était réservé.

Milton avait surpris mon regard courroucé, mais un simple sourire le rasséréna. Dieu ! que ce garçon était facile à vivre !

Pendant que sir Basil et lui s'occupaient du programme de la journée, Yannis entra et s'adressa à sa femme. Le changement de ton de cet homme habituellement jovial, nous intrigua. Derechef, Milton et moi interrogeâmes sir Basil. Celui-ci attendit la fin de la conversation pour nous répondre. Son visage, à l'instar de ceux de nos deux hôtes, s'était rembruni.

– Il y aurait eu un tragique accident cette nuit, dit-il d'une voix à peine audible. Un Allemand, sans doute arrivé hier soir avec nous sur le bateau...

– Eh bien, demandai-je, impatiente, que lui est-il arrivé ? Il s'est noyé ?

– Non. On l'aurait retrouvé sur la grève, non loin d'ici, le crâne fracassé par une grosse pierre...

L'après-midi même, nous fûmes sur le site archéologique de Cnossos. Sir Basil avait tenu à nous faire visiter l'ancien palais crétois, estimant qu'il s'agissait d'une excellente approche de la civilisation minoenne. J'avoue avoir été assez déçue dans un premier temps. D'autant que la plupart des vestiges encore debout n'avaient été que reconstruits et même carrément reconstitués sur les bases purement spéculatives de l'homme qui avait découvert et fouillé ce palais, sir Arthur Evans, lequel s'était beaucoup fondé sur son inspiration personnelle pour faire faire ces travaux.

Mais il n'en restait pas moins que cette architecture minoenne, typique, frappait par son originalité. Ces très voyantes colonnes rouges, ces bâtiments d'une sobriété presque moderne, ces remarquables décorations stylisées, aux motifs essentiellement marins, formaient un ensemble homogène qui suggérait un art de vivre paisible et raffiné. Je fis part de mon sentiment à sir Basil, qui attira mon attention sur la singulière absence de défense ou de motifs d'armes ou guerriers. Il n'y avait en effet aucun mur protecteur et, sur les belles fresques murales, pas la moindre scène de combat ou de conquête, comme c'est généralement le cas pour la plupart de ces témoins muets de l'Antiquité. C'était sans doute cela que j'avais instinctivement enregistré : cette absence de signe de violence. Ou presque. Car la véranda de la Garde royale, avec ses murs décorés de boucliers en forme de huit, rappelait que ces hommes avaient aussi été contraints de prendre les armes. Il y avait également ces fameuses haches à double penne, mais sir Basil m'expliqua que selon toute probabilité, elles n'étaient utilisées que pour des cérémonies rituelles.

Peu à peu, après avoir parcouru plusieurs fois le site, je me laissai imprégner par l'atmosphère des lieux et la magie opéra. Dans la « Chambre de la reine », aux fresques délicates et pleines de fraîcheur, je me crus transportée dans le passé. Milton, qui était à mes côtés, dut lire dans mes pensées, quand il me dit :

– Tu sembles oublier, ma chère Kate, que c'est très probablement entre ces murs qu'eut lieu ce crime remarquable...

– Le crime de Dédale ?

Milton se tourna vers sir Basil, qui considérait pensivement la peinture murale représentant les dauphins.

– Ce n'est pas précisé dans le texte, dit-il, mais je crois que c'est bien ici, dans ce palais de Cnossos, que se sont déroulés les faits.

– Oui, c'est évident, acquiesça sir Basil avec un hochement de tête. Mais nous ne trouverons plus d'indices ici... J'en ai bien peur. Il faudra nous servir de notre cervelle pour démêler cet imbroglio.

– Celui du crime de Dédale ?

– Entre autres...

Milton se figea soudain, et d'un mouvement brusque se retourna. Sourcils froncés, il scruta l'ouverture de la porte. Puis il traversa la pièce en toute hâte, sortit, et nous entendîmes ses pas précipités résonner sur les grandes dalles. Quelques instants plus tard, il était de retour, haletant et l'air renfrogné.

– Personne, dit-il. J'étais pourtant certain d'avoir vu une ombre derrière une de ces colonnes, là-bas, un peu au-delà de la porte...

– Une ombre ? Quel genre d'ombre ? s'enquit sir Basil, assez incrédule.

– L'ombre d'une personne...

– Mais nous ne sommes pas les seuls sur ce site ! J'ai aperçu d'autres personnes...

– Je parle de cette personne qui nous observe... (Milton s'était tourné vers moi :) Kate, tu n'as pas encore eu l'impression d'être épiée depuis que nous sommes ici ?

La question de Milton me prenait un peu de court. Mais il me fallut en convenir, j'avais également eu ce sentiment – et même durant notre voyage – mais sans pouvoir en dire davantage.

Quand nous regagnâmes Héraklion, en soirée, nous étions tous les trois passablement épuisés. Cette journée n'avait pas été particulièrement éprouvante, mais sans doute subissions-nous les effets du changement de climat. Il faisait déjà très chaud en Crète. Nous n'avions alors guère commenté le curieux accident survenu à cet Allemand, mais je compris que c'était ce dont s'inquiétait sir

Basil quand il parla à Yannis. Hormis l'heure de l'agression, située au milieu de la nuit dernière, il n'y avait guère eu d'éléments nouveaux. Selon la police, il ne pouvait s'agir d'un accident, l'intention de nuire étant manifeste au vu des circonstances et de la blessure. La lourde pierre meurtrière n'avait pu atterrir d'elle-même sur le crâne du malheureux. Nul ne connaissait la victime, dont on ne savait que la nationalité et sa fonction de professeur dans un lycée de Berlin, comme l'indiquaient les papiers retrouvés sur lui. Il avait pris une chambre d'hôtel en ville, et était sorti faire quelques pas avant de se coucher. C'était la dernière fois qu'il fut aperçu vivant.

Bien sûr, pour nous trois, cet assassinat était plus lourd de signification qu'il n'y paraissait. Mais d'un accord tacite, nous ne nous attardâmes pas sur le sujet. Milton fit simplement remarquer que le fait était assez étrange. Sir Basil dit que ce genre d'incident était plutôt rare en Crète.

Quant à moi, qui viens de prendre ce soir même l'initiative de consigner tous les faits marquants de notre séjour, j'écris sans hésiter à la fin de ces premières notes : un étranger accueilli à coups de pierre ? Une nouvelle victime du terrible Talos ?

25

PHAÏSTOS

12 juin

Enfin, nous étions partis à la recherche du labyrinthe ! Et avec un compagnon supplémentaire de surcroît ! Trois, devrais-je dire, car il y avait également les deux ânes chargés de nos affaires. Nous venions de quitter le petit village de Kamarès et c'était sous un soleil déjà très ardent que nous remontions l'abrupt sentier pierreux menant à la grotte de l'Ida.

Il ne s'était rien passé de remarquable les deux jours précédents. Le premier avait été consacré à la préparation de notre expédition, dont le point de départ était l'antique palais de Phaïstos, ou plus précisément la grotte de l'Ida, comme cela semblait être indiqué sur le mystérieux message. Pour ceux qui n'ont pas exactement en tête la géographie de l'île de Crète, je la décrirais comme une île oblongue, allongée horizontalement. Héraklion, tout près du palais de Cnossos, se trouve sur la côte nord, plus ou moins au milieu. Phaïstos est pour ainsi dire diamétralement opposé au sud, légèrement vers l'ouest, à environ 50 kilomètres. Inutile de préciser qu'on ne se déplace pas en Crète comme en Angleterre. Il n'y a pas de chemin de fer, les routes dignes de ce nom sont rares et le cheval reste le principal moyen de locomotion. Je garde un souvenir précis – ainsi que quelques marques ! – de notre trépidant trajet d'hier, d'Héraklion à Mires, que nous avons effectué dans un véhicule vétuste et délabré, que seul un miracle avait réussi à maintenir entier, après deux heures de violents cahots.

Hier, en début de matinée, sir Basil nous avait présenté Oricos, un petit homme trapu, presque un nain, qui devait être notre guide durant notre séjour. Je ne peux pas dire que Milton et moi fûmes submergés par une vague de sympathie. D'abord, à cause de son physique, qui n'avait rien d'attrayant. Sous une épaisse tignasse noire, un visage fripé, renfrogné, se singularisait par un nez camus et un regard fuyant, très éloigné des beaux et classiques profils grecs. La langue, bien sûr, constituait un autre obstacle, mais je pus constater que même avec nos hôtes, Oricos n'était guère loquace. Sir Basil nous affirma cependant que c'était un excellent guide et qu'il avait une confiance absolue en lui, comme il avait pu le constater à l'époque de ses pérégrinations dans le pays. Difficile aussi de lui donner un âge. Il pouvait avoir 30 ans, comme 50.

De l'incident survenu le jour de notre arrivée, nous n'eûmes pas d'écho supplémentaire. Sans doute ne cherchions-nous pas, inconsciemment, à en savoir davantage. Je précise que « Talos », le meurtrier des trois savants anglais, ne s'était plus manifesté après son dernier forfait, soit depuis près d'un mois. Certes, il n'avait été ni arrêté ni mis hors d'état de nuire, mais cette brusque cessation d'activité avait grandement diminué l'emprise de sa menace. Nous ne voulions donc voir en l'assassinat de ce professeur allemand qu'un vulgaire crime de rôdeur.

Hier après-midi, nous nous sommes rendus sur le site de Phaïstos et nous eûmes la large confirmation de nos déductions en contemplant, au nord, les sommets jumeaux du mont Ida, qui évoquaient parfaitement les cornes d'un taureau géant, tapi dans les montagnes. Sous la « corne droite », l'on pouvait apercevoir, sur le fond bleu violet du pic, une petite tache sombre, l'entrée de la grotte. Nous nous félicitâmes mutuellement de la justesse de notre raisonnement, certains, alors, d'être sur la bonne voie. Cette grotte était sans conteste possible le véritable point de départ du chemin menant au labyrinthe, point à partir duquel nous comprendrions aisément la suite du message, toujours mystérieuse pour l'heure. Tout comme cette magnifique journée, notre moral lui aussi était au beau fixe. Nous étions indubitablement sur la bonne voie, nous en étions persuadés. Nous passâmes paisiblement la fin de la journée à Kamarès, pour mettre au point les détails de notre trajet du lendemain.

Nous partîmes en milieu de matinée, le cœur gonflé d'espoir. Comment pouvait-il en être autrement ? La beauté du paysage s'affirmait à mesure que nous progressions et chaque pas nous rapprochait d'un but tant attendu. Nous fûmes soudain surpris par l'envol d'un grand rapace, dont nous venions visiblement de troubler le repos. En de lents et majestueux battements d'ailes, il gagna de la hauteur, nous accorda quelques regards pleins de morgue, avant de s'éloigner très dignement. Sir Basil nous apprit que nous avions beaucoup de chance d'avoir vu de si près un vautour barbu, l'un des plus grands oiseaux européens, et des plus rares aussi.

Après une bonne heure de marche, nous étions déjà en sueur. Du coin de l'œil, j'observais Milton. Comme sir Basil, il était vêtu d'un short et d'une chemise de toile kaki, et coiffé d'un panama. Il sifflotait de temps à autre, mais son front ruisselant de sueur trahissait les efforts que nous fournissions tous. Le visage d'Oricos, quant à lui, demeurait impénétrable, un peu comme le regard des deux ânes, mais avec la sympathie en moins. À un moment donné, le chemin se présenta comme une patte d'oie, pour se diviser en trois. Oricos baragouina quelques paroles incompréhensibles, tout en indiquant le chemin vers la gauche. Sir Basil nous précisa ensuite qu'à droite, le sentier menait vers le mont Ida.

La pente était de plus en plus abrupte, et le soleil plus oppressant. Nous dûmes faire plusieurs haltes. L'après-midi était bien entamé quand nous parvînmes enfin à l'entrée de la grotte. Milton crut bon de rappeler ce que personne n'ignorait, à savoir que c'est en cet endroit qu'aurait grandi Zeus – son cher *Jovem*, rappelons-le –, sous la protection des Curètes, afin de le préserver contre l'anthropophagie de son père Cronos.

– Ce « bon » père de famille se méfiait comme de la peste de sa progéniture, dit-il entre deux halètements et après avoir soulevé le bord de son chapeau. Il craignait que l'un d'entre eux ne le détrône, non sans raison d'ailleurs. Si bien qu'au fur et à mesure que naissaient ses fils, sans doute très nombreux, il les dévorait les uns après les autres... Mais Zeus parvint à échapper au carnage, et nous connaissons la suite de l'histoire...

– *Per Jovem !* fis-je, ironique. C'est stupéfiant !

Milton ne se formalisa pas et débita sans trêve la suite de son savoir :

– Cette grotte était également un lieu de culte et de sacrifice, pour les premiers habitants de l'île. Il faut savoir que...

Je n'écoutais la suite que d'une oreille, regardant de tous mes yeux l'extraordinaire panorama en face de la grotte. À nos pieds, la terre et la mer s'étiraient dans le lointain, et l'on comprend dès lors le caractère sacré de l'endroit, sans même les explications érudites de Milton, qui furent toutefois rectifiées une ou deux fois par sir Basil, lequel commençait déjà à préparer le matériel d'exploration.

À toutes fins utiles, je rappelle les quelques signes suivants du message : les cornes sous un cercle ayant un point en son centre, un homme marchant, un oiseau, une flèche de direction, une croix, le signe d'un lieu, un homme avec une grosse tête carrée, une sorte de flamme, un signe indéterminé, et une autre paire de cornes sous un cercle, mais ce dernier nanti de deux points.

La grotte en question avait déjà fait l'objet de fouilles archéologiques, et bien entendu chaque objet précieux avait été soigneusement recueilli. La visite de la grotte me parut assez décevante. Je m'attendais à un réseau très compliqué de galeries, mais il n'y avait rien de tel. Et rapidement, à mesure que les faisceaux de nos lampes fouillaient vainement les moindres recoins, je sentais notre moral se liquéfier progressivement.

Les hypothèses se succédaient, aussi fantaisistes les unes que les autres.

– L'oiseau entre l'homme et la flèche de direction, suggéra Milton, pourrait signifier qu'il nous faut chercher en hauteur...

– La croix pourrait faire songer à l'existence d'une grotte dans la grotte, fit sir Basil en étudiant une fois de plus la copie du message. L'un de ces rochers masquerait-il l'entrée d'un passage secret ?

Au bout d'un certain temps, de guerre lasse, je regagnai l'extérieur. Oricos, à côté des ânes, fixait l'horizon, plongé dans ses pensées. Je pus l'observer tout à loisir quelques instants car il ne m'avait pas remarquée.

Curieux personnage. Il paraissait soucieux et assez nerveux, comme tourmenté par quelque obscur problème personnel. Quand il me vit, je secouai la tête pour lui faire comprendre que nous n'avions encore rien trouvé. Il eut un haussement d'épaules que je ne sus trop comment interpréter. Puis, quelques instants après, je décidai de prendre moi aussi le temps de me reposer. Le bord de mon chapeau rabattu sur le nez, je tentai de mettre un peu d'ordre dans mes pensées. J'eus aussitôt devant mes yeux les premiers idéogrammes du message que je connaissais par cœur. Le très désagréable sentiment que nous étions en train de faire fausse route se précisait au fur et à mesure que j'y réfléchissais. Cet endroit, la grotte de l'Ida, semblait indiscutable, mais c'était tout.

Perdue dans mes réflexions, je fus surprise par Oricos qui se leva brusquement. La main en visière, il scruta le versant de la montagne, vers le bas du sentier, marmonna quelque chose d'inintelligible, me désigna le point lointain qu'il fixait en me débitant son incompréhensible charabia. Je me levai, regardai un moment dans la direction indiquée, mais ne vis rien de particulier. Je pris un air navré, auquel il répondit par un haussement d'épaules, avant de se rasseoir et de s'enfermer de nouveau dans son mutisme, le front plissé de rides de mécontentement.

Le soleil avait déjà bien entamé sa descente vers l'ouest quand mes deux compagnons apparurent à l'entrée de la grotte. Leurs mines déconfites disaient clairement qu'ils avaient fait chou blanc.

Milton se permit même de m'adresser un regard courroucé, comme si j'y étais pour quelque chose ! Sir Basil se désaltéra, puis nous dit qu'il ne fallait pas se décourager, car nous n'en étions qu'au tout début de nos recherches. Oricos lui parla ensuite, avec une certaine agitation, mais il avait coutume de s'exprimer ainsi.

– Je crois qu'il a vu quelque chose un peu plus bas, dis-je à sir Basil.

– D'après lui, me répondit l'ancien archéologue en observant bizarrement notre guide, ce serait quelqu'un. Une personne qu'il aurait même aperçue à deux reprises, une première fois avant que vous ne le rejoigniez. Cette personne était beaucoup trop éloignée pour qu'il puisse la décrire, mais il semble certain que c'était un être humain, et non un animal sauvage, car il y a quelques chèvres par ici. C'est bizarre...

– *Per Jovem*, on dirait que nous sommes suivis ! déclara Milton d'une voix triomphante. J'avais donc raison, l'autre jour ! Mais qui diable est-ce, alors ?

Une idée terrifiante me traversa l'esprit, mais je me tus. C'était préférable. Inutile d'ajouter l'inquiétude à notre désenchantement. Milton, découragé, vint s'asseoir près de moi, mais je me redressai et l'ignorai dédaigneusement. Sir Basil faisait les cent pas devant l'entrée de la grotte, furetant comme un limier derrière chaque pierre. Je le sentais extrêmement tendu. Il s'écoula un bon moment avant qu'il ne s'immobilise dans un recoin. J'étais soulagée de le voir enfin s'arrêter de tourner en rond, quand Milton se leva soudain. Sir Basil, immobile et penché au sol, nous faisait signe de le rejoindre. Sur une roche assez lisse, près du sol, était gravée une vieille inscription, comme l'indiquait l'état très imparfait du tracé. Mais nous l'identifiâmes sans peine : il s'agissait d'un des signes du message, celui aux cornes surmontées du cercle pointé.

Nous comprîmes tous l'importance de la découverte, mais sans y trouver de réelle signification. Ce signe, placé à cet endroit, où il n'y avait visiblement pas la moindre possibilité de passage secret ou de toute autre cachette mystérieuse, devait quand même avoir une signification... mais laquelle ?

Une fois de plus, le message fut consciencieusement étudié et de multiples théories passées en revue. L'une d'entre elles, émise par Milton, retint un moment notre attention.

– Et s'il n'y avait rien à cet endroit ? dit-il en martelant ses mots comme pour mieux se convaincre lui-même. Si cet endroit n'était qu'un simple lieu de passage, un repère de parcours ? Regardez la suite du message : notre bonhomme se dirige ensuite vers une autre croix...

– Tu oublies l'oiseau qui se trouve entre, mon cher, fis-je remarquer.

– Eh bien... cela veut dire qu'il s'agit d'une distance à vol d'oiseau !

– Et la croix ? Un autre lieu ? Nous avions admis que les lieux étaient symbolisés par le signe suivant...

– Et si cette croix était une grotte ? répliqua Milton, qui avait décidé de ne pas me laisser le dernier mot.

– Une autre grotte ? intervint sir Basil, le sourcil froncé. Ma foi, c'est bien possible, d'autant que la première croix sous la corne désignait bien celle-ci... Par Jupiter ! fit-il soudain avec un claquement de doigts et un emportement peu coutumier. Je viens d'avoir une idée... Regardez les signes suivants... Milton, vite, passez-moi la carte du pays, je crois avoir compris !

Quand la carte fut étalée au sol sous nos regards avides, le doigt tremblant de sir Basil indiqua un point sur la côte nord, environ vingt kilomètres à l'ouest d'Héraklion.

– Ici, dit-il c'est la grotte de Mélidoni, qui aurait, selon la légende, été le repaire de Talos. Un antre duquel il sortait pour jeter de grands rochers sur les bateaux qui s'approchaient du rivage... Et maintenant, si je relie le palais de Phaïstos qui se trouve là, au sud, à la grotte de Mélidoni, au nord et un peu à l'ouest, la ligne droite passe pour ainsi dire au-dessus de la grotte de l'Ida, où nous sommes maintenant... Prenons maintenant le message... Notre promeneur se dirige bel et bien, à vol d'oiseau comme l'a dit si justement Milton, vers la croix, c'est-à-dire une autre grotte, qui est un lieu, comme l'indique le signe suivant et...

– J'ai compris ! m'écriai-je. Ce bonhomme avec la grosse tête carrée, c'est Talos ! Car le signe qui suit représente une flamme, et le suivant... c'est une pierre ! Formidable ! Tout colle ! Nous avons trouvé...

Dans mon élan, je m'emparai avec ferveur du bras de Milton, mais assez curieusement, il ne sembla pas aussi heureux qu'il aurait normalement dû l'être.

– Un instant, fit-il avec un geste d'appel au calme. Tout cela est parfait, mais il y a quelque chose qui, à mon avis, ne me semble pas très logique. Nous partons de Cnossos, nous nous dirigeons plein sud vers Phaïstos, le palais du frère de Minos, puis le plan nous indiquerait de reprendre pour ainsi dire plein nord ? C'est presque absurde ! Car cette grotte de Mélidoni est toute proche de Cnossos, pourquoi ne pas avoir indiqué de s'y rendre directement ? Et comment, à cette époque-là, aurait-on pu concevoir ce plan alors que les cartes n'existaient pas...

– Je ne suis pas d'accord sur ce dernier point, intervint sir Basil en sortant calmement son matériel de fumeur de pipe. Regardez ce que nous voyons d'ici... Et du haut de l'Ida, on peut apercevoir les deux versants de l'île. Par conséquent ne sous-estimez pas les Minoens. En tant que maîtres des mers, ils devaient avoir de sérieuses notions de navigation, donc d'orientation... et au moins de manière suffisante pour établir ce qui semble indiqué sur ce message.

– Soit. Mais cet aller-retour, nord-sud ?

– Notre chère Kate aurait-elle une idée ? me demanda aimablement sir Basil.

– Non... Mais je pense que nous tenons le bon

bout ! Ces éléments s'imbriquent trop bien pour qu'il en aille autrement ! Milton, pourquoi viens-tu tout gâcher avec tes points de détail mineurs, alors que nous étions si sûrs ?

– *Sapiens nihil affirmat quod non probet*. Le sage n'affirme rien qu'il ne prouve...

– J'ai bien peur que ses arguments ne soient bel et bien fondés, dit gravement sir Basil Ward. D'ailleurs, chaque point doit être remis en cause au besoin. Nous ne devons en aucun cas partir sur des données fausses. La moindre erreur au départ, si minime soit-elle, peut nous écarter du but final dans des proportions considérables. Il doit y avoir une raison. Milton, vous ne dites rien ? Avant, vous réfutiez hardiment chaque point ! Continuez ainsi et dites-nous pourquoi... Mais attendez... Qui nous dit que le point de départ est Cnossos ? Rien, absolument rien ne l'indique ! Il y a le signe de la mer, suivi de celui d'un lieu, puis notre voyageur se dirige vers les deux hommes, c'est-à-dire le frère, Rhadamanthe, qui habite le palais de Phaïstos... Ce signe de la mer suivi d'un lieu pourrait très bien être un port... Or, il y a tout près d'ici, tout près du palais de Phaïstos, un ancien port minoen...

– Kommos, s'exclama Milton. C'était la ville-port du palais !

– En effet. Donc un port très actif. Ça pourrait très bien être le point de départ. Certes, l'auteur du message est bien Minos, d'ailleurs cela est attesté par le fait qu'il parle de son frère, mais il est probable qu'il ait pris comme point de départ le port le plus important. Or, Kommos, est le port le plus important au sud, quand on vient par la mer de Libye. Je vous rappelle qu'en ces temps-là, la Grèce n'avait pas le rôle prépondérant qu'elle eut ensuite. Les Egyptiens, dont les Minoens semblent s'être inspirés à bien des égards, devaient être considérés par ces derniers comme étant leurs voisins les plus influents...

Milton Ross, avec une grimace de satisfaction, se frappa plusieurs fois la main du poing.

– Oui, fit-il, oui. Votre objection est tout à fait recevable. Maintenant, les choses sont claires, parfaitement claires... *Veni, vidi, vinci !*

C'est sur ces vaniteuses paroles que nous prîmes le chemin du retour. Mais ne péchons pas par fausse modestie, nous étions réellement fiers de nous, fiers de nos recherches et nous avions bon moral. Certes, nous devions revenir sur nos pas, retourner pour ainsi dire au point de départ, « mais qu'étaient deux ou trois jours par rapport à la fabuleuse découverte qui nous attendait ? » plastronnait Milton, qui, cigare aux lèvres, en tête de groupe, marchait du même pas alerte qu'en début de journée.

– Dussé-je franchir le Styx, poursuivait-il sur le même ton, je retrouverai l'entrée de ce maudit labyrinthe... *Per Jovem*, que les foudres célestes s'abattent sur ma tête...

Mais Milton s'interrompit brusquement, en levant comme nous tous la tête vers le haut de la montagne. Le bruit caractéristique d'une chute de pierres crépitait au-dessus de nos têtes. Le maître de l'Olympe semblait en effet avoir perçu le message de Milton et jugé bon de se manifester.

La suite se passa en un éclair.

– À l'abri ! s'était aussitôt écrié sir Basil en tirant son âne vers le flanc de la montagne.

Quand je vis un peu plus haut le nuage de poussière qui fondait littéralement sur nous, j'imitai sans tarder sir Basil et Oricos, qui était déjà tapi derrière un gros rocher. Milton, lui, tenta quelques instants de persuader le second âne de le suivre, mais il comprit trop tard que ses efforts étaient vains : le nuage de poussière s'abattait sur lui et je l'entendis pousser un cri de détresse.

26

LE GROS ROCHER

– Avec un crâne aussi solide, que voudrais-tu qu'il puisse t'arriver ? déclarai-je en achevant de panser la tête de mon infortuné compagnon. À mon avis, il doit y avoir plus d'os que de matière cérébrale... Et voilà, mon cher Milton, tu es beau comme une momie toute neuve !

L'ombre d'un sourire venait enfin de chasser ses petites grimaces de douleur :

– Voudrais-tu dire par là que je suis un peu simplet ?

– Avoue qu'il faut être un peu stupide de risquer sa vie pour un âne...

– La vie d'un âne pour celle d'un autre âne, après tout, cela me semble assez équitable, répondit Milton d'un ton très sérieux.

– Tu reconnais donc qu'il y a une grande partie de vide dans cette grosse tabatière !

– Non, pas du tout. Elle est bien remplie... Et sais-tu avec quoi ?

– Dis toujours...

– Avec ça...

C'était moi qu'il désignait. Evidemment, ça, je le savais depuis longtemps ! En vérité, j'adorais moi aussi ce brave Milton, et peut-être un peu plus en ce moment car l'espace de quelques instants, j'avais bien cru qu'il allait « franchir le Styx » pour rejoindre le pays des ombres.

En fait, c'était bien moins grave que nous ne le craignions. Quelques petits cailloux et du sable avaient dévalé le flanc de la montagne, avec probablement pour origine une simple chute de pierres, provoquée par les galipettes d'une chèvre sauvage.

Mais l'incident avait été impressionnant malgré tout, d'autant que Milton était resté allongé et inerte sous le nuage de poussière. Je m'étais précipitée vers lui et la vue d'une assez grande plaie au-dessus de son oreille m'avait fait un instant craindre le pire. Sir Basil, qui lui avait pris le pouls, m'avait immédiatement rassurée. Milton n'était qu'évanoui et sa blessure superficielle. Nous regagnâmes Kamarès, d'où nous étions partis et où nous avions passé la nuit précédente, chez un couple de sympathiques paysans.

La nuit tombait quand nous parvînmes au village. En fait, nous logions dans deux maison différentes, mais contiguës. Milton, qui occupait la pièce voisine de celle d'Oricos, trouva la force, entre deux gémissements, de réclamer ma proximité pour les soins. Sir Basil ne fit aucune difficulté pour troquer sa chambre contre celle de Milton. En matière de soins, nous nous étions pourvus pour parer à toute mauvaise surprise. Milton eut donc droit à un superbe pansement, digne de la plus belle momie, comme je le lui avais dit. Sir Basil et moi n'étions guère inquiets, mais Milton semblait malgré tout ébranlé et il ne s'opposa nullement à notre injonction formelle de garder le lit pour le restant de la soirée. Il avait aussi quelques bleus aux bras et aux jambes, mais rien de bien inquiétant. Je lui apportai son repas dans sa chambre et le soignai comme un bébé.

– Il ne faudrait quand même pas abuser de la

situation, Milton, dis-je avant de le retrouver pour lui souhaiter une bonne nuit.

Il roula de grands yeux surpris sous son bandage :

– Comment ? Moi, abuser de la situation ? Mais je suis très gravement malade, Kate...

– Demain, nous repartons pour le nord, dès la première heure. Tu seras sur pied !

– Ai-je jamais dit le contraire ? C'est une autre maladie qui me ronge, Kate, bien plus grave, bien plus douloureuse... Une maladie dont tu détiens la clef de la guérison, ajouta-t-il en s'emparant de ma main.

– Hum... Je vois. Mais il est inutile d'en parler.

– Kate, je ne peux y croire... Est-ce définitif ? Ne m'avais-tu pas dit que nous partions en Crète pour la plus merveilleuse des aventures ?

Je dois avouer que j'étais assez ennuyée de le voir avec ce gros bandage, et pour ainsi dire par ma faute, car je lui avais bel et bien demandé de me suivre. D'autant plus que, ces derniers temps, je commençais à m'habituer à lui. Je ne savais pas vraiment où j'en étais de mes sentiments, alors qu'il tenait toujours délicatement ma main comme s'il s'agissait d'une insigne faveur de ma part.

– Il est inutile d'en parler, avant que nous soyons parvenus à notre but, Milton. J'aurais alors l'esprit plus clair pour y réfléchir... Comprends-tu ?

– Je comprends, Kate, c'est simplement merveilleux...

L'ennui, avec lui, c'était que la moindre note positive dans mes paroles prenait immédiatement des proportions démesurées. Un rien le gonflait d'espoir. Je me dis alors que si d'aventure nous devions retrouver ce labyrinthe, j'étais condamnée à m'appeler Mrs Ross dans un avenir proche. Ce qu'il dit ensuite ne fit que me le confirmer :

– Il nous faut retrouver coûte que coûte ce labyrinthe, Kate. Et nous le retrouverons ! Nous sommes sur la bonne voie ! Kate, ce sera formidable !...

Je souris. Il y avait dans les yeux de mon ami un ravissement qui m'émut sincèrement.

– Maintenant, Milton, dis-je doucement, je vais te laisser dormir...

– Dormir ? Impossible, Kate ! Et puis nous devons réfléchir... Tiens, tu pourrais m'apporter la copie du manuscrit de Minos. Je n'ai toujours pas réussi à percer les deux mystères de Dédale. Et puis, et surtout, il y a peut-être quelques indices qui pourraient nous aider à localiser le labyrinthe... Nous ne devons négliger aucune piste, *per Jovem* !

J'avais le sentiment très net que nous approchions du but. Cette idée me portait et retarda aussi beaucoup mon sommeil. J'avais éteint la lampe à huile, ce qui ne m'empêcha pas de revoir en pensée les détails de ma chambre. Une pièce d'un confort plus que rudimentaire, qui m'aurait fait fuir en temps ordinaire. Ne serait-ce qu'à cause de tous ces insectes. Il paraît que les serpents étaient assez nombreux dans le secteur...

Je me mis à frissonner, de peur, certes, mais également d'une sourde satisfaction, car ce sentiment d'un danger m'angoissait et m'excitait à la fois. Le danger ? Quel danger ? En fait, il était très difficile à définir. La présence d'un ennemi semblait indéniable, mais il ne se montrait pas, et l'on ignorait même totalement son apparence. *Talos* ? Nul n'avait, jusqu'ici, réellement vu sa silhouette, en supposant que cette créature existât, sous quelque forme que ce soit... Etait-ce elle qui avait tué ce voyageur allemand ? Etait-ce elle qui nous suivait ? Nous suivait-on seulement ? Et que penser de cette chute de pierres qui avait blessé Milton ?

Je m'endormis sur ces questions. Peu de temps après, on frappait à ma porte.

– Vite, murmura-t-on derrière celle-ci. Je vous attends dehors...

– J'arrive, le temps d'enfiler quelque chose...

La voix me semblait familière, mais je ne l'avais pas vraiment reconnue, j'avais répondu machinalement, encore à moitié endormie. Milton ou sir Basil ? Sans doute ce dernier. Après avoir enfilé à la hâte mes vêtements, je jetai un coup d'œil dans la chambre de Milton, dont je distinguais vaguement la tête bandée qui émergeait des couvertures. L'instant d'après, je retrouvais sir Basil, qui paraissait assez nerveux. Il me demanda brièvement de le suivre, se contentant juste de me dire que le temps lui manquait pour les explications. Alors que nous traversions le village, nous prîmes la direction du sentier que nous avions déjà emprunté durant la journée. Aux stridulations des grillons, se mêlait le bruit de nos pas, qui résonnaient dans le silence nocturne, entre les maisons endormies. La nuit était douce, et la lune à son premier quartier versait sa lumière tamisée sur les environs.

J'étais évidemment très intriguée par la démarche insolite de sir Basil, et ce visage fermé – que je ne lui connaissais pas – me surprenait tout autant. Il jetait autour de lui des regards nerveux, mais c'était surtout la montagne qui retenait son attention. Soudain, il me prit par le bras tout en indiquant un point en hauteur. C'est alors que je vis « la chose »...

Comment appeler autrement ce qui n'était en somme qu'un point lumineux mouvant ? « Quelque chose » de brillant se déplaçait dans la montagne, à une hauteur difficilement déterminable, mais quand même pas trop éloignée. Par rapport à la lune, ce versant était à contre-jour, si bien que les rayons lunaires ne révélaient guère les détails du relief.

– Qu'est-ce que c'est ? bredouillai-je, alarmée.

– Je n'en sais rien, répondit sir Basil d'une voix sourde. J'ai été réveillé tout à l'heure par un bruit... Une sorte de cliquetis... J'ai voulu en avoir le cœur net, et alors j'ai aperçu ce que vous voyez là... Et ça prenait la direction de la montagne...

– *Talos ?* demandai-je d'une voix blanche.

Sans un mot, sir Basil haussa les épaules et prit résolument le chemin menant à la grotte. Tandis que je lui emboîtais le pas, mes cellules grises tentaient d'analyser la situation, mais en vain. Tout était trop soudain, trop étrange. Nous prenions en chasse ce qui devait être une très dangereuse créature, et ni l'un ni l'autre nous ne semblions réellement mesurer le danger. Sir Basil se conduisait comme un automate, et moi je le suivais sans plus réagir.

Nous gagnions du terrain sur l'ombre luisante, qui ne paraissait nullement inquiète de notre approche. Ce que nous faisions était insensé, j'en prenais de plus en plus conscience. En outre, nous n'y voyions goutte sur ce sentier pierreux, et sir Basil trébucha à deux ou trois reprises.

Plus haut, la lueur semblait danser et je me demandais si cette créature s'était aperçue de notre présence. Ayant contourné le flanc montagneux, nous distinguions bien mieux le terrain à présent. La lueur s'agitait au-dessus de nous à une trentaine de mètres et je percevais un léger bruit métallique. La pente était assez douce et le terrain présentait quelques aspérités qui rendaient possible une ascension directe vers l'apparition. Sir Basil s'en était également rendu compte et c'est avec stupéfaction que je le vis emprunter cette voie.

– Sir Basil ! m'écriai-je. Mais vous perdez la tête...

– Il nous faut en avoir le cœur net ! répondit-il d'un ton définitif avant de s'élancer à l'assaut des rochers.

Je réitérai mon avertissement, tout en levant la tête vers l'ombre luisante. Le cliquetis métallique se précisa et en même temps un bruit sourd ébranla le silence nocturne. Comme un roulement de tonnerre, qui se rapprochait à grande vitesse.

Un éclair de lucidité me traversa et je mesurai instantanément la nature de la menace, sans même la voir.

– Sir Basil ! hurlai-je. C'est un piège ! Abritez-vous ! Il a lancé une grosse pierre vers nous et...

J'entendis un cri en même temps qu'un gros rocher surgissait des ténèbres juste au-dessus de ma tête...

27

LA LUMIÈRE BLEUE

Je fis un bond de côté et évitai de justesse la grosse pierre qui dévalait la pente avec fracas. Dans un tumulte sourd et décroissant, elle se perdit dans les profondeurs de la vallée, tandis que quelque chose de flasque roulait vers moi. Il me fallut quelque temps avant de réaliser qu'il s'agissait du corps de sir Basil. Mon cœur battait la chamade, mais par je ne sais quel miracle, je réussis à me dominer. Je m'assurai d'abord d'un coup d'œil des intentions de « Talos ». La lueur avait disparu et je ne percevais plus le cliquetis de métal. L'ectoplasme semblait s'être évanoui, mais je restais sur mes gardes, car il pouvait très bien être resté là-haut, à l'affût dans l'ombre, prêt à m'expédier un nouveau rocher à la première occasion.

J'entendis alors gémir sir Basil. Il semblait très mal en point, mais un examen sommaire m'apprit qu'il n'avait apparemment rien de cassé, qu'il n'avait pas, comme je le redoutais, passé sous le gros rocher pour être littéralement broyé. Toutefois, il saignait par de nombreuses écorchures. Je l'appelai doucement et il me répondit d'une voix gémissante « que tout allait bien ». Je le rassurai de mon mieux, tout en le priant de ne pas bouger.

Je restai quelque temps avec lui, à guetter et à réfléchir dans l'obscurité. Seule, je ne pouvais rien faire, je devais aller chercher de l'aide. Or, nous n'étions qu'à cinq ou dix minutes du village. Il me paraissait assez risqué de laisser sir Basil tout seul, ici, mais je ne voyais pas d'autre solution.

Après être revenue sur mes pas en toute hâte, je perdis de précieuses minutes à m'orienter dans le village. Ces vieilles maisons de pierres grises se ressemblaient toutes. Quand je réussis enfin à repérer la nôtre, je me précipitai vers la chambre de Milton sans plus réfléchir. Mais en y pénétrant, je restai figée sur le seuil. Milton semblait réveillé. Sa voix s'élevait dans l'obscurité :

– La lumière bleue... C'est elle qui donne le pouvoir...

– Milton ! m'écriai-je.

– Il s'est évanoui grâce à la lumière bleue... La lumière bleue de Dédale...

– Milton ! qu'est-ce que tu racontes !

– Il a tué le Minotaure... Il l'a frappé, il lui a coupé l'oreille, puis il s'est enfoncé dans le mur...

– MILTON !

Evidemment, mon ami rêvait, et de toute évidence de l'histoire qu'il avait lue avant de s'endormir. Je ne m'embarrassai pas de civilité pour le réveiller, mais je dus reprendre à deux fois le récit des événements avant qu'il ne les saisisse réellement.

– Je t'attends dehors, Milton, il n'y a pas une seconde à perdre...

Tout en frappant à la fenêtre de notre guide, je me dis que j'aurais dû quand même m'enquérir de l'état de mon ami avant de solliciter son aide aussi sèchement. Oricos, lui, paraissait en revanche profondément endormi. Et même carrément absent, ce que je signalais à Milton quand il m'eut rejointe. Il trouva le fait étrange, mais nous ne nous attardâmes guère et nous aperçûmes bientôt ledit Oricos au détour d'une ruelle. Il semblait passablement affolé. Nous écoutâmes son débit haché, incompréhensible pour nous, mais grâce à quelques mimiques nous réussîmes à comprendre qu'il avait été tiré de son sommeil par un bruit. Lui aussi comprit mon injonction de nous suivre, Milton et moi.

Nos pas pressés crissaient sur le chemin caillouteux et nous avions parcouru à peu près la moitié de la distance lorsque nous aperçûmes une silhouette chancelante se dirigeant vers nous. C'était sir Basil. En dépit de son état, il avait trouvé la force de se lever et de se mouvoir. Milton et moi nous précipitâmes vers lui et eûmes juste le temps de le rattraper alors qu'il s'affaissait au sol comme un pantin désarticulé.

Trois jours plus tard, nous étions de retour à Héraklion, chez les Yannis, en train de reprendre des forces. Durant ce temps, je m'étais transformée en infirmière et je dois avouer que je ne m'en tirais pas trop mal. Milton avait encore la tête bandée, mais il avait retrouvé sa vitalité. Sir Basil avait un moral d'acier. Comme je l'avais pensé, il n'avait pas été atteint par le rocher, mais un saut désespéré sur le côté l'avait projeté sur un lit d'aspérités rocheuses, et c'était un miracle qu'il ne fût pas plus gravement blessé. Outre plusieurs meurtrissures aux avant-bras et aux jambes, il s'était foulé le poignet et portait désormais un gros bandage à celui-ci. « Trois fois rien » affirmait-il, mais je décelais souvent sur son visage les inévitables tiraillements de douleur à la suite de quelque faux mouvement.

On pourrait penser que ces derniers événements nous auraient dissuadés de poursuivre notre entreprise, ou auraient, du moins, ébranlé sérieusement notre confiance. Or, il n'en était rien. Certes, nous n'en menions pas large cette nuit-là, alors que nous ramenions péniblement sir Basil au village. L'implacable ennemi avait marqué des points, nous étions sérieusement touchés, mais pas hors de combat. La lumière du jour avait chassé les ténèbres de cette nuit maudite et le souffle qui nous animait nous avait fait retrouver toute notre détermination, si ce n'est davantage encore.

Nous tenions donc conseil, ce soir-là, sur la terrasse, abrités par une vigne vierge, devant un plateau d'olives et une bouteille d'Ouzo offerts par l'aimable Mrs Yannis. Sir Basil se montrait le plus incisif. Depuis sa chute, son caractère semblait s'être endurci et les rides de son visage plus marquées.

– Il est clair, disait-il, qu'on cherche à nous empêcher de mener à bien notre mission. Dès que nous restons immobiles, comme ces jours-ci, il ne se passe rien, strictement rien. L'ennemi ne sort ses griffes que lorsque nous nous approchons du but, dès que nous effectuons la moindre manœuvre...

– Je l'ai remarqué moi aussi, fit Milton, impétueusement. Si seulement nous savions à quel genre d'ennemi nous avons affaire ! Il semble être partout à la fois et aussi insaisissable que l'air ! Vous êtes bien d'accord pour dire que c'est lui qui a assassiné cet Allemand le jour de notre arrivée ?

– Je pense même que ce malheureux n'a été tué qu'en guise d'avertissement, à notre endroit...

– Ensuite, nous avons tous eu, à un moment donné, ou même à plusieurs reprises, l'impression d'être suivis ?

– Je crois avoir eu cette même impression durant notre voyage, intervins-je.

– C'est bien possible, fit Milton en me regardant pensivement. Cela signifierait en tout cas que notre « Talos » vient d'Angleterre... c'est-à-dire qu'il n'est pas plus crétois que vous ou moi. Autrement dit, il ne serait pas cette créature mythique dont il prend l'aspect...

– Et la lueur que nous avons vue, qu'en fais-tu ? demandai-je.

– Un habile éclairage à l'aide d'une simple lampe torche. Rien de plus facile. *Idem* pour le bruit, avec l'utilisation d'une chaîne ou autre ustensile. Tout ça, c'est du folklore, destiné à nous effrayer ! ajouta Milton avec assurance. Quant à sa principale arme, les pierres, c'est la première chose qui vous tombe sous la main, ici, si vous cherchez à nuire à quelqu'un. Ce qui surprend, je le répète, c'est sa facilité à nous épier sans se montrer. Mais il n'y a là rien de surnaturel, ça peut être tout simplement le fait d'une personne particulièrement habile...

Sir Basil et moi approuvâmes, alors que

Mrs Yannis nous appelait pour le dîner. Durant le repas, je guettais Oricos du coin de l'œil. Le comportement de notre guide me paraissait de plus en plus singulier. Il se montrait particulièrement nerveux, voire désagréable, avec nous d'une part, mais notamment avec sir Basil. J'avais eu même l'occasion, le jour précédent, de les surprendre alors que leur conversation avait monté d'un ton. Oricos grommelait entre ses dents et ses yeux lançaient des éclairs. Je ne pouvais malheureusement pas comprendre ce qu'il disait, mais ses paroles véhémentes ressemblaient fort à de vifs reproches, pour ne pas dire à des menaces. Sir Basil tentait tant bien que mal de le calmer. Il devait m'expliquer par la suite ce que j'avais plus ou moins deviné : notre guide se rendait compte du danger de notre entreprise, aussi folle à ses yeux que nous l'étions, nous tous, de vouloir continuer. Sir Basil avait réussi à le calmer provisoirement en augmentant ses gages. Lorsque, indignée, je lui avais demandé s'il n'était pas possible de trouver un autre guide, le vieil archéologue m'avait fait remarquer qu'il avait malgré tout confiance en lui, et que le problème resterait le même avec un autre guide, les gens étant assez superstitieux dans le pays.

Quoi qu'il en soit, ce petit homme me déplaisait profondément. J'en fis part à Milton, un peu plus tard, alors que nous faisions quelques pas le long des remparts vénitiens qui protégeaient le port d'Héraklion. La soirée était particulièrement agréable et la lune nous révélait un endroit assez romantique, bercé par la douce rumeur des vagues.

– J'ai bien peur que, comme la plupart des femmes, ton jugement ne soit sérieusement influencé par l'aspect physique du personnage, répondit-il avec un aplomb qui aurait mérité une gifle.

– Ne sois pas stupide, Milton. Tu as, toi aussi, dû remarquer le comportement singulier de ce nain !

– Ah ! Tu vois bien, tu le traites de nain !

– C'est plus fort que moi, je ne l'aime pas du tout ! Mais il n'y a pas que ça ! J'ai trouvé très étrange, aussi, son attitude de l'autre nuit. Il n'était alors plus dans sa chambre et aurait été, lui aussi, réveillé par ces bruits métalliques, comme nous l'a expliqué sir Basil. Ce n'est pas impossible, bien sûr, mais il m'avait fait une drôle d'impression, comme quelqu'un qu'on aurait pris en faute...

– Tu veux dire que cet Oricos ne serait autre que notre « Talos » ?

– En tout cas, il en aurait eu la possibilité, n'étant pas dans sa chambre. Toi, par contre, dis-je en plaisantant, je peux te rayer de la liste des suspects, puisque tu dormais profondément. Mais j'y pense, de quoi rêvais-tu au juste ? Tu parlais alors de lumière bleue... T'en souviens-tu ? Il s'agissait du crime de Dédale, je suppose ?

– Oui, répondit-il en se massant la tête à la hauteur de son bandage. J'avais relu attentivement le récit avant de m'endormir et dans mon rêve, je revivais cette scène...

Milton s'interrompit et s'absorba dans la contemplation des étoiles. Son visage reflétait un calme profond.

– Il me semblait alors vivre pleinement cet instant, dit-il, rêveur. Dédale était devant moi et me tendait la main. Au creux de celle-ci, brillaient des pierres d'un bleu étrange, qui répandaient une lumière magique alentour. Il était vêtu d'un simple pagne et me regardait fixement. Puis il a frotté contre son corps ces pierres étranges et a pris leur couleur... Il est devenu, comme elles, bleu et luisant... Il semblait plus jeune aussi...

– Je connais l'histoire, Milton...

– Ensuite, je l'ai vu se dissoudre dans l'air, ou plutôt dans un mur... Puis il a tué le Minotaure et je me souviens bien de l'instant où il a coupé son oreille... Il a regardé dans ma direction, comme pour me défier... C'est alors que tu m'as réveillé, Kate ! C'est vraiment dommage ! J'étais peut-être sur le point de découvrir un indice !

La lune, presque pleine, répandait sa clarté blême sur le port, argentant les rides de la surface de l'eau et soulignant d'une lumière blafarde les couleurs chamarrées des bateaux de pêche qui dormaient le long des quais. Elle éclairait également le visage de Milton, lui conférant une sorte de magnétisme. Je le regardais alors plus attentivement.

– Un indice ? répétai-je. En es-tu bien sûr, Milton ? Mince alors ! Si j'avais su, je t'aurais laissé rêver quelques minutes de plus ! Le problème de Dédale qui se transforme en fantôme pour tuer le Minotaure m'obsède depuis le début... Un indice ? Bon sang, essaie de te souvenir, fais un effort !

– Mais je me souviens de tout ! C'est sans doute la suite qui aurait été intéressante... si tu ne m'avais pas secoué comme un prunier à ce moment-là !

– Flûte ! Je m'en veux... Mais il y a sans doute quelque chose avec cette oreille, j'en suis certaine. Ça m'a toujours paru bizarre !

– Je ne sais pas, répondit Milton en prenant la liberté de glisser son bras derrière ma taille. Je te l'ai dit, il semblait me railler à ce moment, comme pour mieux souligner notre impuissance devant cette énigme. Non, ce qui m'a fait un drôle d'effet, c'est cette lumière bleue. Une lumière à la fois pâle et lumineuse, comme celle de la lune... C'est bien d'elle que semblait venir une sorte de message...

28

UNE VIEILLE CONNAISSANCE

18 juin

Nous quittâmes Héraklion deux jours plus tard, pour nous diriger vers l'ouest, en longeant la côte nord... et en traînant comme un boulet une Kate noire de colère !

Oui, j'étais furieuse ce jour-là, et j'avais de bonnes raisons de l'être ! Qu'on en juge plutôt : sous des prétextes aussi divers que futiles, mes deux compagnons avaient décidé de faire le black-out sur toute information, de me tenir à l'écart de toute évolution de notre enquête !

« Comme un crocodile, je vous dévorerai tout crus ! » leur avais-je jeté pour toute parole ce matin-là, ce qui, comble de l'exaspération, les avait fait rire tous les deux, mais pas d'un rire très franc. Non, ils avaient d'abord échangé un coup d'œil, un regard en biais, puis s'étaient mis à rire, un de ces rires complices, de ceux que l'on échange lorsqu'on s'amuse aux dépens des autres... Moi en l'occurrence, c'était évident. Oui, à ce moment-là, j'étouffais de rage...

Comme prévu, notre prochaine étape était la grotte de Mélidoni, l'antre qui aurait abrité le colosse de bronze au service du roi Minos. Bien entendu, nous avions alors essayé d'anticiper sur la suite du parcours. C'était sur ce point, justement, qu'ils avaient décidé de garder chacun leur théorie. Sous prétexte d'influence négative sur l'un, de peur de détruire l'imagination de l'autre par ses idées subjectives, préconçues, etc. Peut-être me suis-je alors fâchée parce que moi, je ne voyais rien dans les autres signes du message ? Mais j'avais la désagréable impression qu'ils riaient sous cape, chacun gardant pour soi une information vitale, comme un prestidigitateur dissimulant une carte secrète dans sa manche.

La grotte Mélidoni n'était apparemment qu'une étape avant de parvenir au labyrinthe. Et c'était là une de nos principales découvertes. Ce parcours, en effet, semblait jalonné de cinq étapes, comme le laissait supposer le signe que nous avions trouvé gravé près de l'entrée de la première grotte. Il s'agissait, je le rappelle, d'une corne sous un cercle marqué d'un point. Ce symbole se retrouvait cinq fois dans le texte, à des distances plus ou moins égales, avec une numérotation allant de un à cinq, comme l'indiquait le nombre de points dans le cercle. Encore fallait-il prouver cette hypothèse. Mais si nous avions la chance de retrouver ce second emblème à la grotte de Mélidoni, il ne subsisterait alors plus le moindre doute. Restait alors la suite du parcours, à propos de laquelle mes compagnons semblaient si sûrs d'eux. J'aurais presque souhaité, alors, que nous ne le retrouvions pas, ce fameux signe, rien que pour voir leurs mines déconfites !

La grotte de Mélidoni, située au nord-est du village de Pérama, est assez en retrait par rapport à la mer. L'entrée, un gros trou béant au pied d'un massif rocheux, mène à tout un réseau de chambres aux nombreuses stalactites, et, lorsqu'on se retourne, offre également une vue superbe sur la chaîne du Psiloriti, dont la pointe du fameux mont Ida. Les lieux, comme en témoigne un petit autel de pierre, sont tristement célèbres pour avoir été le théâtre d'une sombre tragédie au début du siècle précédent. C'est là que plusieurs centaines de femmes, d'enfants et de vieillards crétois, victimes de l'oppression ottomane, furent assiégés par les belliqueux soldats turcs, qui finirent par allumer un grand feu afin de les asphyxier. Tout cela pour vous dire que les lieux sont assez vastes et que sans nos précieuses indications, nous aurions très probablement été bloqués à ce niveau, à rechercher l'introuvable « aiguille dans une botte de foin ». Ce fut Milton qui poussa un triomphant « *Eurêka* » quand il découvrit, toujours près de l'entrée, ce deuxième repère en forme de cornes de taureau. L'inscription était gravée, comme la précédente, sur une pierre assez lisse, à peine visible, étant rongée par la lèpre du temps. Cependant, on ne pouvait s'y méprendre. En outre, la même main avait gravé, juste à côté, une flèche de direction orientée vers l'ouest, et très légèrement au nord comme le constata Milton en consultant sa boussole. Il déploya ensuite un plan de la Crète et poussa un second « *Eurêka* », auquel sir Basil répondit, avec un mouvement approbateur de la tête et un petit air complice : « Je crois, mon cher, que nous avons eu tous les deux la même idée... »

Ce fut Milton qui me fournit alors les explications, avec l'horripilant ton professoral qui lui était propre en de semblables circonstances.

– Tu as bien compris, je crois, le principe des repères avec les cercles et les points, Kate ? Bien. Ce principe étant acquis, revenons au message. Nous savons à présent qu'il nous faut raisonner, non en logique contemporaine, mais avec des images, des repères un peu mythiques, comme nous l'ont d'ailleurs prouvé nos premières recherches. Voyons donc les signes suivants... Nous avons notre héros, la flèche de direction, un signe qui ressemble assez à une représentation égyptienne d'un crocodile, puis quelque chose qui pourrait être un épi de blé, un massif rocheux, de l'eau, encore un crocodile, une flèche, une pierre, une croix, le signe d'un lieu et le troisième repère.

» Première remarque, le massif rocheux joint à l'eau pourrait être une île ou un îlot. Ce n'est qu'une hypothèse. Nous avons ensuite le crocodile, qui va vers la pierre, et d'une manière plus imagée, qui se transforme en pierre... En fait...

– En fait, intervint sir Basil avec un humble hochement de tête, je crois que c'est plutôt notre imagination qui a fait le reste. Il y a sur ce même littoral, à l'ouest, mais presque au bout de l'île, un îlot dont la forme accidentée évoque celle de la tête d'un monstre. La légende est assez connue : ce monstre aurait été pétrifié par les dieux alors qu'il s'apprêtait à dévorer l'îlot. À partir de là, la reconstitution se fait plus aisément. C'est le monstre, en l'occurrence le crocodile, qui avale l'îlot, le blé indiquant l'idée de faim, ce qui provoque la transformation du crocodile en pierre. Il s'agit donc très vraisemblablement de cet îlot, non loin de la côte, juste après La Canée, que vous avez là sur la carte, sous le nom d'Agii Théodori. Il doit y avoir d'autres grottes sur cet îlot, et c'est sans doute dans l'une d'entre elles que nous retrouverons le troisième repère, car le signe du « lieu » est précédé d'une « croix », qui s'est révélée à chaque fois être l'entrée d'une grotte. Et maintenant, regardez la direction indiquée par la flèche gravée à côté du point de repère. Elle désigne l'ouest, légèrement au nord, ce qui est la ligne directe vers l'îlot d'Agii Théodori.

Nous avions donc vu juste et ce sera donc notre prochaine étape...

– Le crocodile... persifla Milton qui venait d'allumer un cigare. Tu comprends, Kate, pourquoi nous en avons souri, quand tu as parlé de nous dévorer comme l'aurait fait un crocodile ! Tu étais sans le savoir à deux doigts de cette solution qui visiblement t'échappait depuis...

Comme par enchantement, ma main gifla Milton en un magistral aller-retour. La marque de mes doigts imprimés sur ses joues, les yeux agrandis de stupéfaction, il se mit à rendre en toussotant la voluptueuse bouffée de fumée qu'il venait d'avaler avant que je ne lui exprime les principes élémentaires de la rhétorique féminine.

– Kate ! balbutia-t-il. Mais tu es folle !... Qu'est-ce qui te prend ?... Qu'ai-je fait qui...

– Tu n'as donc aucun respect, aucune compassion pour ces pauvres martyrs crétois qui ont péri asphyxiés par les méchants Turcs dans cette grotte ? Arrête de nous enfumer et éteins-moi immédiatement ce cigare !

20 juin

Cette gifle lui avait fait le plus grand bien, et à moi sans doute aussi, car je me sentais nettement plus détendue les jours suivants. Je passais un délicieux après-midi à me prélasser au bord de la mer, pendant que Milton et sir Basil s'étaient replongés dans le déchiffrement de la suite du message, en vue de la préparation de notre prochaine étape.

J'avais découvert une petite crique, totalement isolée, protégée par des promontoires rocheux, avec une plage de sable fin, gris, noir, qui semblait colorer la mer d'une nuance argentée, la rendant plus pure et plus cristalline. L'eau était délicieuse et je ne pouvais que louer Homère quand il décrivait la Crète comme étant l'île des dieux ! Tout en nageant avec volupté, je m'imaginais être une divinité marine, aussi agile qu'une anguille, aussi légère qu'un oiseau, plongeant et replongeant à plaisir dans l'eau délicieusement rafraîchissante. Une légère brise marine tempérait un soleil qui se faisait de jour en jour plus accablant. Mais hélas ! rien ne peut être parfait. Malgré le calme apparent de ces dernières journées, durant lesquelles tout signe de menace avait disparu, mes compagnons avaient préféré m'adjoindre un garde du corps... Vous devinez bien sûr de qui il s'agissait... Oricos, le guide nain, avait pour mission de ne pas me quitter. Aussi, dès que je me retournais, je voyais se découper dans le soleil éclatant sa silhouette immobile sur la ligne des rochers qui bordaient un chemin légèrement en surplomb par rapport au rivage. J'essayai dans la mesure du possible de faire abstraction de ce peu divertissant compagnon, cependant il m'arrivait de m'assurer machinalement de sa présence.

Je m'étais assez éloignée du rivage quand me vint soudain l'idée de faire demi-tour. Je distinguais encore, bien qu'assez lointaine, l'ombre immobile d'Oricos. Mais il me sembla aussi avoir aperçu, l'espace de quelques secondes, une autre silhouette, sur le chemin, mais un peu plus à l'est.

Vision ? Jouet de mon imagination ? Je me le demandais tout en nageant sans hâte et en guettant chaque détail de la côte. Naturellement, je songeais à ce mystérieux personnage sur nos talons. Sans doute l'eau de la mer m'avait-elle revigorée en m'apportant un surcroît de courage et peut-être aussi d'inconscience. Je décidai d'en avoir le cœur net et préparai tranquillement ma stratégie en faisant mine encore une fois de m'éloigner vers le large.

Il y avait à l'est une longue ligne rocheuse qui s'avançait assez loin dans la mer. Assez haute, par endroits, elle permettait de se soustraire aux regards indiscrets. À partir de la pointe, il était possible, par de petites plongées successives entre les plus gros rochers, de gagner discrètement le rivage, et partant de là de longer suffisamment la côte vers l'est, pour arriver dans le dos de l'ennemi et le prendre à revers.

Après avoir affecté une insouciante gaieté dans l'eau, je m'orientai vers la pointe du promontoire. Tout en effectuant une première plongée, je me dis qu'en disparaissant ainsi de la surface de la mer, j'allais attirer l'attention. Mais je n'avais pas le choix. L'effet de surprise devrait me faire gagner un peu de temps. Je renouvelai ainsi l'opération, en me faisant violence, car ces gros rochers noirs et visqueux me révulsaient. J'étais obligée de les frôler pour ne pas me montrer, mais j'avais à chaque fois une horrible sensation au contact gluant d'une algue contre mon corps. J'imaginais ces abords fangeux, couverts de mollusques avides, qui guettaient leurs proies pour les attirer ensuite dans le plus profond de leur antre. Durant toute cette opération, assez dangereuse par elle-même – j'effleurais constamment les parties immergées des rochers – je me disais que l'imagination était chose fort dangereuse, pouvant créer une panique intérieure que seule une grande maîtrise de soi parvenait à dompter.

Dix minutes plus tard, j'atteignis enfin le rivage, tremblante et épuisée après toutes ces plongées. Là, je longeai encore un bon moment la plage, sur des galets brûlants, qui me rôtissaient la plante des pieds. Quand je pris enfin la direction du sentier, je me dis que je devais fatalement prendre à rebours la créature qui m'épiait.

Mes pieds nus sur ce sentier caillouteux et brûlant, aux alentours bien dégagés, et donc sans possibilité de cachette, tout cela formait un assez sérieux handicap. Il y avait bien quelques oliviers, mais trop en retrait vers l'intérieur des terres. Du haut du tertre qui se dressait quelque cinquante mètres plus loin, je devais immanquablement dépister toute présence humaine dans le secteur.

Je ralentis alors mon allure et, arrivée là-haut, je scrutai l'horizon sans apercevoir âme qui vive, hormis ce point lointain à l'autre extrémité du sentier ; Oricos, c'était bien lui. Puis mon sang ne fit qu'un tour : sur ma gauche, dans l'ombre d'un gros rocher, était assis un homme vêtu de sombre. Les jambes repliées, la tête sur les bras, eux-mêmes reposant sur ses genoux, il semblait endormi dans le seul endroit qui offrait un peu d'ombre. Il portait un de ces habits de laine, noirs, assez typiques de la région. Mon inquiétude tomba aussitôt, sans même avoir vu son visage. Il me paraissait peu vraisemblable que cet individu, sans doute un paisible berger des environs, pût être le terrible criminel qui nous pourchassait.

Il remua légèrement la tête alors que je passais devant lui. Ce n'est qu'à ce moment que je pris conscience de la légèreté de ma tenue et je me demandais bien quel effet je devais lui avoir fait, alors que je lui souhaitais un bon après-midi dans le grec très approximatif que j'avais appris ces jours-ci. Sous l'épais bandeau noir qu'il portait au ras des yeux, je n'aperçus qu'un court instant l'éclat d'un regard sombre, puis je l'entendis ensuite grommeler quelque chose d'inaudible entre ses dents. Il avait de la barbe, n'était sans doute pas très vieux, mais je ne pouvais décemment l'observer plus attentivement dans ma presque tenue d'Eve sans passer pour une marchande de charmes. Je faillis éclater de rire, tant la véhémence de son charabia me paraissait comique. Tout en essayant de lui expliquer ma situation par des gestes, je me rendais compte que je me ridiculisais de plus en plus. Et je devais surtout embarrasser cet homme, qui semblait vouloir se cacher le visage.

Mais soudain, je fus prise d'un doute. Son attitude, son langage, rien ne paraissait naturel. Il dut lire mon intention dans mon regard, car il esquissa un mouvement de recul, mais je fus plus rapide que lui et, d'un geste leste, je me penchai en avant et lui enlevai son bandeau noir. Mouvement irraisonné, purement instinctif, car si j'avais réfléchi une seconde, le moindre soupçon, compte tenu du danger qui nous menaçait, aurait dû me donner des ailes pour fuir le plus rapidement possible.

Durant quelques secondes, je contemplai, hébétée, ce visage familier. Mon esprit dérouté refusait de me transmettre ce que je voyais. Certes, cette barbe, encore peu fournie... Mais ces yeux, ces deux yeux gris qui me troublaient tant... *C'était Richard !*

29

ETRANGE DÉSISTEMENT

– Vous avez été bien imprudente, Kate, me disait sir Basil avec une note de remontrance dans la voix, alors que j'étais en train de refaire le bandage de sa main.

La nuit tombait et nous venions de regagner nos chambres d'hôtes, à La Canée, après avoir dégusté de succulents calmars dans un petit restaurant du port. J'étais alors pourtant peu disposée à apprécier les délices de la cuisine crétoise. Richard occupait de nouveau toutes mes pensées. Je passais et repassais dans ma tête le film de notre rencontre éclair.

Nous venions à peine d'échanger quelques phrases, que déjà Oricos se dirigeait vers nous à grands pas – du moins autant que le lui permettaient ses courtes jambes. Richard avait bredouillé que c'était lui qui nous suivait depuis le début, car il n'avait pu se résoudre à me laisser partir sans véritable protection, qu'il me contacterait dès que possible, pour me donner davantage d'explications. En attendant, je devrais être extrêmement prudente, me méfier de tout le monde, y compris de mes compagnons, notamment d'Oricos, et garder le secret total sur sa présence ici.

Là-dessus, alors qu'Oricos se hâtait dans notre direction, Richard m'avait dit que *lui* m'aimait toujours, avant de s'éclipser.

J'avais l'esprit totalement en déroute quand Oricos était arrivé à ma hauteur pour me jeter à la figure des mots que je devinais exempts d'aménité. Je l'avais berné, j'avais déjoué sa surveillance et il tentait de me signifier son mécontentement. Interrogateur et furieux, il me désignait la direction prise par Richard, alors que je gardais tout mon calme.

J'étais certaine qu'il allait rapporter les faits à sir Basil, mais j'avais eu en rentrant le temps de mettre au point mon histoire, au demeurant très proche de la réalité, puisque j'étais décidée à ne passer sous silence que l'identité de Richard ; l'homme que je soupçonnais de me suivre n'était qu'un simple berger, comme je l'avais cru au début.

Pour donner le change, j'essayai de souligner le comique de la situation avec des explications désespérées, dans mon humble tenue, devant le soi-disant berger local, offusqué. Milton n'y voyait rien de risible, bien au contraire :

– C'est ridicule, grogna-t-il. Ce type a dû te prendre pour une moins que rien... Une de ces femelles dépravées en quête d'exotisme... *Per Jovem,* quelle image as-tu donnée là de la gent féminine anglaise ? !

– J'ai été très polie, *per Venus* ! protestai-je.

– Polie ? En te tortillant devant lui dans ton maillot de bain comme tu nous l'as expliqué ? Ah ! oui ! Ça tu l'as été, en effet ! Sans doute un peu trop ! Qu'en pensez-vous, Sir Basil ?

Le vieil archéologue paraissait lui aussi soucieux et contrarié, mais pour d'autres raisons que Milton.

– Enfin, soupira-t-il, cet homme n'était peut-être que ce qu'il semblait être. Ne voyons pas le mal partout. Mais vous Kate, soyez quand même prudente à l'avenir et ne tentez plus ce genre d'expérience, du moins pas toute seule ! Je me suis engagé auprès de votre père à veiller sur vous comme si vous étiez ma propre fille et à vous ramener entière...

– Et vous, Sir Basil, ripostai-je, vous feriez bien de faire attention à votre main droite. Regardez vos doigts, ils sont presque bleus. Faites-vous régulièrement les mouvements que je vous ai conseillés ?

– Eh bien...

Le vieil homme soumit lesdits doigts à un examen méticuleux, et fronça les sourcils devant la teinte violacée de ses articulations meurtries.

– Pas toujours, finit-il par lâcher. Vous avez raison, je devrais y penser plus souvent.

Je sortis après avoir bandé sa main. J'avais besoin d'être seule et de réfléchir. De nombreuses questions se pressaient dans mon esprit troublé. Que pouvait bien faire Richard en ce moment ? Où était-il ? Etait-ce vraiment par amour qu'il m'avait suivie ? Allait-il bientôt se manifester ? Les yeux aux aguets, je regardais avec suspicion chaque ombre, chaque silhouette, m'attendant à le voir surgir à chaque instant. Et qu'étaient donc ces explications qu'il comptait me fournir ? Il y avait aussi ses mises en garde. À l'égard de mes compagnons ? Que signifiait tout cela ? Il m'était totalement impossible de soupçonner Milton ou sir Basil ! Je les connaissais trop pour douter de leur bonne foi. Restait, bien sûr, le cas d'Oricos. Or, Richard m'avait expressément dit de me méfier de lui. Mais quand on parle du loup...

Je l'aperçus installé à la terrasse alors que je descendais l'escalier. Un verre d'Ouzo à la main, il jouait aux échecs, mais seul. C'est-à-dire qu'il tenait aussi le rôle de l'adversaire. Scène singulière, que ce petit homme penché sur son échiquier, seul à table, seul sur la terrasse d'ailleurs, perdu dans ses réflexions. Une sorte de combat intérieur semblait se livrer en lui, alors qu'il déplaçait tour à tour les pièces noires et les pièces blanches. Son visage était habituellement renfrogné, mais je le sentais encore plus contrarié. Un problème le minait, et qui n'était pas uniquement lié à sa partie d'échecs.

Cette scène singulière me fit alors songer à Dédale et à Minos, qui jouaient eux aussi à une sorte de jeu ressemblant aux échecs. Alors que je laissais mes pas me guider dans la nuit chaude et les ruelles désertes de La Canée, je voyais un grand échiquier, avec des êtres humains en guise de pions, sans le moindre souci d'anachronisme.

Dédale, Minos, Pasiphaé, Icare, le Minotaure, Oricos, sir Basil, Milton, Richard et même ce bon vieux papa... L'énorme main d'un géant déplaçait tout ce petit monde... Un titan qui, tel Oricos, déplaçait alternativement les pions blancs et les pions noirs. Mais je ne distinguais rien de son visage, resté dans l'ombre...

Dédale ? Etait-ce l'astucieux Dédale qui orchestrait cette partie folle ? Les cases noires et blanches formaient comme un gigantesque labyrinthe mouvant et infini... Bien sûr, l'inventeur du labyrinthe pouvait être cette mystérieuse personne qui déplaçait les pions, il en avait l'esprit et la capacité. Un jeu extraordinaire, un jeu fou, à l'échelle humaine, tout à fait dans le genre du personnage. Mais Dédale était d'une autre époque. Ce ne pouvait donc être lui. J'essayai en vain de percer les ténèbres, pour discerner les traits de cette mystérieuse personne, dont le visage prenait maintenant une forme carrée, passant du noir au blanc, sur un échiquier en folie.

Le surlendemain, nous partions pour l'îlot d'Agii Théodori. Une superbe journée du point de vue touristique. Nous avions loué un petit bateau pour la traversée et la mer étincelait au soleil comme un lit de diamants. La brume matinale s'élevait doucement à la chaleur montante et dessinait l'horizon flou des montagnes dans une inoubliable gamme de bleus. Autrement dit, j'étais dans une forme splendide, bien que Richard ne se fût toujours pas manifesté. Mais j'avais trop confiance en lui pour perdre espoir.

En approchant de l'îlot, je me dis que, malgré son relief très accidenté, il fallait quand même pas mal d'imagination pour prétendre qu'il s'agissait là des restes pétrifiés de quelque antique monstre marin. Dès que nous mîmes pied à terre, Milton se lança frénétiquement à la recherche des grottes des environs, alors que notre guide Oricos et sir Basil parlaient sans doute de la géographie des lieux, pour autant que je pus en juger par les gestes de l'étrange petit homme. Quant à moi, je l'avoue, je pensais alors trop à Richard pour me concentrer véritablement sur nos recherches. Je jetais constamment des regards en direction de la mer, à l'affût de la moindre embarcation pouvant ramener Richard.

Milton eut de la chance, il découvrit assez rapidement la grotte que nous recherchions. Il faut dire que c'était l'une des plus accessibles et qu'il savait désormais où trouver ces inscriptions, toujours gravées sur le sol, près de l'entrée. Comme nous pûmes le constater, la grotte elle-même ne recelait ni objet, ni cachette, ni inscription, hormis ce troisième repère, nanti comme le précédent d'une flèche de direction indiquant le sud-ouest.

Il était alors midi et nous prîmes un déjeuner frugal dans un climat de réflexion. La carte de la Crète était étalée entre les assiettes d'olives, de tomates, le pain, les figues et les raisins. Nous avions tous gardé nos couvre-chefs, car c'était un soleil de plomb qui tapait sur nos têtes, et nos cervelles vivement sollicitées devaient elles-mêmes dégager pas mal de calories.

Nous touchions à présent au but, car la direction indiquée ne concernait plus qu'une petite partie de l'île de Crète avant de rencontrer la mer. Il était peu probable que les deux derniers repères nous renvoient dans des directions opposées, nous obligeant à revenir sur nos pas. Certes, la suite du message nous paraissait encore nébuleuse, mais nous avions acquis une grande confiance en nous-mêmes après nos déchiffrements victorieux successifs. Milton irradiait une exaltation fiévreuse, et tout aussi contagieuse je dois l'avouer, car j'étais tout comme lui, transportée d'enthousiasme. Volubile, prodigue en théories sur la localisation très proche du labyrinthe – et quelques inévitables *Veni, vidi, vinci* et autres – il se penchait tour à tour sur la carte et le message, faisant montre d'une grande imagination. En revanche, l'attitude de sir Basil était franchement déroutante. Depuis la découverte de la troisième inscription, ses traits s'étaient rembrunis. Plongé dans ses réflexions, il s'était alors montré peu loquace, et c'était d'autant plus surprenant au vu des événements.

Milton finit par s'en apercevoir. Il demanda alors à son compagnon si c'était sa main qui le tourmentait.

– Non, répondit sir Basil en jetant un regard bizarre sur son pansement. En fait, je ne sens plus guère de douleur... Mais j'ai quelque chose d'important à vous dire, mes amis, *car à partir de maintenant, ne comptez plus sur moi pour vous aider dans vos recherches*.

30

LES CHAMPS-ÉLYSÉES

Suspendus à ses lèvres, nous attendions impatiemment ses explications. Il ne s'agissait visiblement pas d'une plaisanterie. La gravité de son regard était éloquente. Il retira son chapeau, passa un revers de bras sur son front moite et regarda pensivement la mer en direction de la Crète.

– Je vous ai déjà dit et répété, déclara-t-il d'une

voix neutre, combien il fallait se méfier des idées préconçues, d'une manière générale, mais surtout dans des recherches de ce genre, où l'intuition joue un rôle primordial, comme vous avez d'ailleurs pu vous en rendre compte. Je vous ai aussi dit que, il y a une dizaine d'années, j'avais organisé des fouilles ici, en Crète et, entre autres, recherché désespérément ce fameux labyrinthe, à contre-courant, si j'ose dire. Savez-vous quelles étaient les théories à ce propos ? D'aucuns le situaient dans une carrière près de Gortyne, d'autres, et c'est cette idée qui prévaut de nos jours, pensent qu'il ne s'agit que d'une légende fondée sur la complexité de la conception du palais de Cnossos, dont les couloirs enchevêtrés seraient les inextricables galeries du labyrinthe. Personnellement, j'avais une autre théorie. Ce labyrinthe existait bel et bien, avec l'usage qu'on lui prêtait, mais à un endroit auquel on ne songeait pas. Voyez d'ailleurs où nous sommes... Ici, à l'ouest de l'île, on n'a guère trouvé d'antiques palais, juste quelques lieux de culte, dans des grottes un peu comme celles-ci.

Sir Basil fit une pause et remit son couvre-chef.

– Quand, à la suite de mes fouilles, j'ai ramené à la lumière du jour quelques vieux moellons, je croyais l'avoir trouvé... Mais il n'en était rien. Ce n'était qu'une antique et modeste habitation, d'importance mineure par rapport à tout ce qui avait été découvert ces dernières années. Un fiasco, en somme, après deux bonnes années d'efforts, un fiasco qui voyait donc s'effondrer ma théorie sur le labyrinthe...

– Où était-ce ? demandai-je.

– Justement, fit sir Basil en hochant pensivement la tête. C'était quelque part dans la direction indiquée par la flèche... Vous comprenez, maintenant ? Je connais très bien l'endroit, je dirais même *trop bien !* Toutes mes idées, mes pensées convergeront vers ce lieu ! Ce lieu, où j'ai connu une cruelle désillusion, semble soudain réhabilité par les indications de ce message ! Comment voulez-vous que je sois, moi, partial dans ces recherches ! C'est impossible, vous comprenez ? C'est mon cœur qui va guider nos pas, et non ma logique ! Or, c'est ce qu'il faut éviter à tout prix. Si vous écoutiez mes conseils, je serai le pire des guides qui puisse être !

– En somme, fit Milton, sourcils froncés, vous savez où se trouve notre but mais vous ne nous le direz pas ?

– Si vous voulez, oui. Mais je parle de la direction générale, et je vous rappelle que je n'ai rien trouvé. Comprenez-moi bien, ce que je veux éviter à tout prix, c'est de vous envoyer sur une fausse piste.

– Et vous ne vous en étiez pas rendu compte plus tôt ?

– Si... bien sûr, quand nous avons pris la direction ouest de l'île. Ce n'était alors que quelques doutes. Mais à présent, les choses sont trop précises... Et j'ai peur... comme je vous l'ai dit, de me laisser emporter par mes sentiments... et de connaître un nouvel échec.

Milton était contrarié, cela se voyait aux muscles tendus de son visage.

– Une question, dit-il. Est-ce que, d'après vous, pour autant que vous puissiez encore en juger, les signes suivants du message indiquent l'endroit de vos anciennes fouilles ?

Sir Basil acquiesça gravement.

– Oui... Pour moi, ces signes désignent clairement cet endroit... Cela me paraît même trop évident, et c'est d'ailleurs pour cela que j'en doute...

Milton ramassa vivement la carte, se leva, et fit quelques aller-retour en l'étudiant.

– Et pourtant, grogna-t-il, malgré des mois et des mois de recherches, vous n'avez pas réussi à trouver ce labyrinthe...

– À la bonne heure ! dit sir Basil en ébauchant un pauvre sourire. Vous comprenez à présent : je dois donc me tromper ! Le vieil homme que je suis ne voit plus qu'avec les yeux du cœur...

– Cependant, reprit Milton, cela ne prouve rien. Vous pouvez très bien avoir été à deux doigts du but sans le trouver. Cela arrive d'ailleurs souvent. On cherche avidement une chose, et l'on passe à côté sans la voir...

– Ne remuez pas le couteau dans la plaie, je vous en prie... Mais ce n'est évidemment pas impossible...

– Et vous persistez à ne rien dire ?

– Oui, dans notre propre intérêt. Comprenez donc bien, Milton, que si Kate et vous parveniez à cette même localisation à la suite de vos propres déductions, alors... eh bien alors ce sera une certitude.

Milton opina plusieurs fois du chef, bien qu'un peu contrarié. Il replia la carte, la déposa, mais continua d'arpenter les lieux à petits pas nerveux. Je me dis en le voyant là, dans son large short et sa chemise kaki, la mine pensive, qu'il avait tout du solide, intrépide et intelligent explorateur blanc, sur le point de faire une importante découverte, tel qu'on se l'imagine dans les romans. Sir Basil pouvait aussi donner cette impression, mais avec ses bandages et son regard tourmenté, il avait perdu de sa superbe. Il semblait en outre déchiré en son for intérieur, luttant contre lui-même, perpétuellement en proie au doute.

– Donc vous ne nous aiderez pas, reprit Milton

d'un ton définitif. Parfait. J'espère quand même que, si nous vous soumettons une théorie, et qu'elle s'avère être la bonne, vous nous la confirmerez ?

– Vous avez dit tellement de choses tout à l'heure... répondit sir Basil en retrouvant son sourire. Mais si vous avez une idée plus précise, je suis prêt à l'écouter.

Milton s'empara du message et réfléchit quelques instants, avant de déclarer d'un ton presque cassant :

– Ces trois signes de l'eau, suivis de trois hommes me font invariablement penser aux enfers, au royaume des morts de la Grèce antique. Pour s'y rendre, il fallait franchir trois fleuves, qui sont, si ma mémoire est bonne, l'Achéron, le Cocyte et le Styx. Quant aux trois hommes, il s'agirait évidemment des trois juges qui pesaient les actes de chacun avant de diriger ces « ombres » vers la bonne ou mauvaise direction, le paradis ou l'enfer de la mythologie grecque, c'est-à-dire les Champs-Elysées ou le Tartare, dont il faut savoir que....

– Arrives-en au fait, Milton ! m'écriai-je pour couper court à ses inévitables et pédantes digressions.

– Laissez-le parler, fit calmement sir Basil, dont le regard s'avivait.

– Qu'en conclure ? Cela signifierait-il qu'il nous faudrait franchir trois fleuves avant d'arriver au royaume des morts ? reprit Milton qui ne semblait pas m'avoir entendue. Une image ? Ou réellement trois cours d'eau ? À voir... Continuons. Nous avons ensuite une flèche de direction suivie du signe de l'eau – sans doute notre Styx – puis une autre flèche prise entre deux formations rocheuses. Il pourrait très bien s'agir d'un cours d'eau qui serpente dans une sorte de défilé ou de ravin, qu'il nous faudrait donc suivre. Là, il y aurait notre prochain repère, toujours dans une grotte bien entendu. (Milton posa sur sir Basil un regard qui équivalait à une question :) J'en ai repéré une sur la carte, dans cette direction, qui se situe dans une sorte de ravin, lequel est également le lit d'une rivière, laquelle suit d'ailleurs une vallée encaissée sur un assez long parcours...

L'ancien archéologue resta de marbre, mais je le sentais tendu.

– De là, reprit Milton, notre petit bonhomme reprend sa route en longeant le « Styx » pour parvenir à un endroit où il y a en abondance du blé, des fleurs, des arbres... Cela semble assez clair au vu des signes... Une sorte de havre luxuriant ou, autrement dit : les fameux Champs-Elysées... Après, il faudrait voir sur place, bien sûr, mais qu'en pensez-vous, Sir Basil ? Existerait-il dans cette direction un endroit évoquant ces merveilleux Champs-Elysées ?

L'ardeur du soleil sculptait le visage bouleversé du vieil archéologue, qui répondit d'une voix étranglée :

– Il... il n'y a en fait aucune appellation officielle, mais il y a bel et bien, par là-bas, un endroit qui évoque ce paradis de la mythologie grecque... Des prairies merveilleuses... des forêts superbes... Et, chose étrange, les deux ou trois fois que j'y suis allé, le temps était couvert, à part quelques trouées dans le ciel, qui déversaient, entre les nuages noirs, des flots de lumière, aveuglante par contraste, comme des coulées de lave ou d'or, illuminant les prairies parsemées des plus belles fleurs qu'on puisse imaginer... Certes, un jeu de lumière dû à un simple hasard météorologique, mais à chaque fois, je n'ai pu m'empêcher de songer à ce paradis du royaume des ombres, à ces fabuleux Champs-Elysées... Ma réponse est donc oui, Milton : vous êtes sur la bonne voie.

31

NOUS FRANCHISSONS LE STYX

26 juin

Après avoir franchi l'« Achéron » et le « Cocyte », nous parvînmes au « Styx », dont nous longeâmes les eaux sombres pour gagner le royaume des ombres...

En vérité, les choses étaient loin d'être aussi évidentes. En premier lieu, la rivière dont nous remontions le cours ne s'appelait pas le Styx, et ses eaux, du moins là où nous nous trouvions alors, n'étaient ni troubles ni noirâtres. Ensuite, nous avions certes traversé deux rivières avant d'arriver à cette dernière, mais nous en avions vu une ou deux, à peine moins importantes, qui auraient pu être ajoutées au nombre. Nous étions donc conscients de l'analyse subjective du message de Minos. J'en parlais à sir Basil ce jour-là, alors que, dans une véritable fournaise, nous nous acheminions à cheval vers le quatrième repère.

Mais avant cela, il me semble opportun d'évoquer quelques points de détail pour avoir une meilleure idée de notre état mental du moment. Je ne m'y attarde guère dans mes notes, mais nos perpétuels déplacements nous confrontaient à une foule de petits problèmes quotidiens, ce qui ralentissait de beaucoup notre allure, surtout depuis que nous avions quitté les axes principaux. Car il fallait se déplacer, manger et trouver un nouveau logis chaque jour. Là, je dois le reconnaître, la présence d'Oricos nous fut d'un grand secours. Nous étions certes pourvus de tentes, mais rien ne vaut un lit et un toit, même avec des cafards comme compagnons de nuit ! Eh oui, je me suis beaucoup endurcie, depuis le début de notre voyage ! Je suis désormais, comme le dit souvent Milton pour me taquiner : « une véritable aventurière » !

À présent, il ne porte plus son bandage sur la tête, mais comme nous tous, il ne quitte pas son chapeau de la journée tant que nous sommes au soleil. Un soleil de plomb, qui devient franchement accablant dès qu'on s'écarte des côtes pour gagner le relief sec et aride des montagnes. J'ouvre aussi une petite parenthèse pour parler de la cuisine locale, qui causa quelques désagréments, notamment à Milton, ce qui le contraignit à une vie sédentaire durant quelque quarante-huit heures, car il refusa alors de prendre la route. Quarante-huit heures d'enfer pour lui. Il lui fallut supporter mes sarcasmes. « Quelle singulière façon de se comporter pour un aussi téméraire aventurier, un explorateur endurci, aguerri, habitué aux conditions et aux climats de toutes les latitudes ! » Rien ne lui fut épargné ! Mais il le méritait : « On ne se moque pas impunément d'une dame ! »

Quatre jours s'étaient écoulés depuis notre visite de l'îlot d'Agii Théodori. Je n'avais toujours pas revu Richard, mais je savais qu'il n'était pas loin. Milton se sentait de nouveau suivi, et il guettait – autant que moi – cet « insaisissable poursuivant ». Cette partie de cache-cache à laquelle se livrait Richard était évidemment singulière, mais je continuais à lui faire confiance, car il devait avoir une raison précise pour agir comme il le faisait. J'attendais avec impatience le moment des explications, et donc le moment de le revoir. L'ennui était que mes compagnons, qui veillaient sur moi comme si j'étais la chose la plus précieuse sur terre, ne me lâchaient pas d'une semelle, surtout à la tombée de la nuit. Et réciproquement, Richard devait connaître les mêmes difficultés pour m'atteindre. Je tentai bien une fois de faire une fugue nocturne, mais l'incontournable Oricos fut sur mon chemin à peine avais-je mis le nez dehors. De toute évidence, il avait reçu des instructions spéciales de sir Basil.

Ce curieux petit bonhomme m'intriguait de plus en plus. Je n'arrivais pas à arrêter véritablement mon opinion sur lui. Qu'y avait-il dans sa grosse tête renfrognée ? Parfois, il m'inspirait de la pitié, tant il semblait isolé, à l'écart du reste du monde. Si seulement j'avais pu lui parler ?... Et je mesurai alors l'infranchissable frontière que constituait l'obstacle de la langue. Comment un être pouvait-il en juger un autre sans parvenir à communiquer avec lui ? Dans le cas présent, il y avait certes sir Basil qui servait d'interprète, mais un intermédiaire brisait fatalement l'intimité de toute conversation, la limitant aux pures banalités d'usage.

J'en étais donc réduite aux spéculations. D'un côté, Oricos semblait veiller sur nous, et surtout sur ma personne, avec une sourcilleuse bienveillance, de l'inquiétude même, ce qui tranchait avec sa scrupuleuse et rigide surveillance de cerbère. D'autre part, on eût dit une sorte de misanthrope, perpétuellement en conflit avec l'humanité entière. Il se montrait aigri, préoccupé, comme déchiré par un profond trouble interne. Ses liens avec sir Basil illustraient on ne peut mieux cette ambiguïté. Il se comportait la plupart du temps en fidèle serviteur, respectueux de son maître, mais parfois, comme sous l'effet de crises plus ou moins violentes, lui tenait tête et semblait le contredire, pour ne dire que cela. À ces moments, on sentait qu'il se faisait violence pour ne pas littéralement exploser de colère, comme une marmite sous pression. Avec son visage luisant et ses yeux étincelants, on aurait pu le croire fou, et je trouvais que son état empirait de jour en jour. Quelque chose couvait alors dans l'atmosphère, je le sentais presque physiquement.

Curieuse aussi était alors l'attitude de sir Basil, qui ne réagissait pas. Je me surpris même à en être vexée pour lui, car en ces moments Oricos aurait dû être remis en place. Sir Basil le regardait sans paraître le voir, lointain, comme si le monde n'existait plus autour de lui. D'ailleurs depuis qu'il s'était « officiellement retiré » des recherches, il paraissait rêveur, voire franchement absent. Il avait perdu son esprit combatif d'enquêteur tenace, et regardait les choses et les êtres avec une sorte de détachement amusé ou de contemplation béate. Visiblement, il avait cédé son titre de chef d'expédition à Milton, qui, je dois le dire, et en dépit de toutes mes railleries et de ses troubles intestinaux passagers, se comportait en véritable chef, pugnace, volontaire et sûr de lui. Nous voyagions alors à cheval et nos pérégrinations prenaient désormais des allures de véritables expéditions.

La route que nous suivions s'était rapidement transformée en sentier caillouteux et l'austérité des lieux grandissait en même temps que s'estompaient les traces de présence humaine. Nous étions bien sûr pourvus de tentes pour bivouaquer.

J'en reviens donc à ma conversation avec sir Basil, alors que nous longions le pseudo Styx sous une chaleur suffocante.

– Rien ne nous permet d'affirmer, m'expliquait-il, que c'est ici que le roi Minos a situé l'entrée du Tartare. C'est possible, évidemment, mais il pouvait très bien considérer que ces lieux présentaient une certaine analogie, et que cela était assez connu à l'époque. D'ailleurs le véritable Styx coule sur le continent. Mais j'ai bien peur que sur cette question, nous n'en soyons réduits aux conjectures, et livrés à nos seules impressions...

J'aimerais pouvoir décrire le caractère grandiose de l'endroit que nous traversions alors. Nous avions longé la pente douce d'une colline boisée et nous suivions en hauteur un canyon au fond duquel coulait le « Styx ». Ce panorama de terres arides, de massifs rocheux, sous le soleil brûlant qui ajoutait à l'impression d'irréalité qui se dégageait des lieux, atteignit le paroxysme de sa splendeur quand, près d'un sommet, nous dominions la mer lointaine, immense étendue d'azur plongée dans une brume de chaleur, couleur de perle et d'or. Même en faisant abstraction de notre but, je me dis que le paysage à lui seul valait le voyage et son corollaire d'efforts et de souffrances.

L'après-midi touchait à sa fin quand, après avoir descendu le chemin en lacets, nous parvînmes à un tunnel, qui nous mena à l'entrée de la grotte.

La fraîcheur des lieux me parut vraiment bienfaisante. Je me désaltérai tant que je pus, en songeant aux merveilleuses sources si nombreuses dans le récit d'Homère. Après ces longues déambulations sous une chaleur infernale, cette eau fraîche et pure était un présent des dieux.

Milton, malgré son accablement, puisait des forces dans sa soif de découvertes. Il avait désormais pris l'habitude d'être le premier à découvrir le repère, et il ne fit pas non plus exception cette fois-ci. Quand, après avoir reniflé près de l'entrée de la grotte, comme un véritable limier, il se redressa en poussant un cri de triomphe, je compris que nous venions de retrouver l'inscription du quatrième et avant-dernier repère.

– Sir Basil ! hurla-t-il en levant les bras au ciel. Il est là ! Gravé sur la roche, comme les autres ! Nous tenons le bon bout ! Je ne m'étais pas trompé ! Yahou !

Sur quoi, il se mit à danser la gigue et, quand son regard eut croisé le mien, il vint me chercher pour me faire participer à la fête. Sir Basil ne se joignit pas à nos joyeuses cabrioles, mais je vis son regard embué par l'émotion, pendant que Milton, en me faisant tourner comme une toupie, s'écriait :

– À nous les enfers, à nous le Tartare ! *Per Jovem*, nous allons bientôt le retrouver, ce sacré labyrinthe !

La fièvre s'était alors emparée de nous. Nous avions poursuivi notre route pour camper un peu plus loin. En voyageurs prévoyants, mes compagnons n'avaient pas emporté que de l'eau pour se désaltérer. Des bouteilles de vin rosé du pays avaient été ouvertes pour accompagner notre repas. Nous étions alors en liesse, grisés au propre comme au figuré, car nous étions tout près de notre but. Nous venions d'en avoir la confirmation formelle et de surcroît, comme pour les repères précédents, une flèche de direction était gravée à côté du symbole. Milton n'avait pas encore totalement déchiffré les signes suivants du message, mais la direction signalée correspondait exactement à celle desdits « Champs-Elysées », avant d'arriver au fameux « Tartare » où devait se trouver le labyrinthe. Sir Basil, qui refusait toujours de collaborer, avait néanmoins confirmé que nous prenions bel et bien le chemin de ses anciennes fouilles, tout en ne cessant de féliciter Milton, dont l'exubérante gaieté prenait de plus en plus la couleur de cet excellent vin crétois. Nous avions fort heureusement monté nos tentes avant de souper. Il faisait nuit noire quand j'aidai Milton à rejoindre sa tente – nous avions chacun notre abri personnel. Il chantait, entre deux déclarations d'amour, et me prit soudain violemment dans ses bras pour tenter de m'embrasser. Une rapidité de geste dont je ne l'aurais plus cru capable, vu son état, et qui expliquait son manque de retenue, comme je le lui dis, après avoir éclaté de rire. Je me ressentais moi aussi, au cas où cela ne serait pas clair, des vapeurs du « nectar » de « l'île des dieux ».

Avec une élocution assez hésitante, mais avec des gestes plus déterminants, il m'expliqua qu'il n'avait que faire des conventions, des préjugés moraux et autres dogmes inventés par des hommes indignes de ce nom. Tout cela se termina par une formidable roulade qui emporta, outre Milton et moi, sa tente et, prise de fou rire, je me retrouvais me débattant entre les piquets de celle-ci, sa toile, et le très entreprenant Milton. Il nous fallut une bonne demi-heure pour remonter son logis, dans lequel fut introduit sans ménagement un Milton qui s'endormit comme une souche. Moi-même, je ne fus guère longue à trouver le sommeil. Mais comme toujours, c'est durant les sommeils les plus profonds que le hasard juge bon d'intervenir pour nous en tirer. Dans un premier temps, je crus faire un cauchemar, où je me trouvais au bas d'un volcan en éruption, avec coulée de lave et jets de pierre. Par une barque miraculeusement trouvée sur la plage, je m'éloignais de la rive aussi rapidement que je pouvais, sous une pluie de cendres. Le volcan, lui, grondait de plus en plus fort, faisant rouler sur ses pentes de gros rochers dans un vacarme infernal...

Je fus alors réveillée par quelqu'un qui prononçait mon nom tout en secouant de manière fort désagréable ma couverture. L'esprit encore engourdi, je reconnus la voix de sir Basil et je me souvins de la nuit pas si lointaine où il m'avait réveillée en pareille circonstance. Mais je sortis soudain de ma torpeur en comprenant le sens de ses mots :

– Talos est là... Il nous lance des pierres... Venez vite...

32

LA FIN DE TALOS

Quand j'eus enfilé en toute hâte et tant bien que mal mes vêtements, je me glissais hors de ma tente et rejoignis sir Basil, qui m'indiquait la sienne. La lune ne montrait qu'un mince croissant mais dispensait suffisamment de clarté pour que je puisse me rendre compte du triste état de ladite tente : elle avait été violemment arrachée et une partie de sa toile, une dizaine de mètres plus loin, contenait un objet volumineux, dont on devinait que la forme était celle d'un gros rocher.

– Je n'étais pas dessous, rassurez-vous, murmura sir Basil d'une voix qui marquait assez son désarroi. Il avait lancé d'autres pierres avant celle-ci... C'est ce qui m'a donné l'alerte... Le temps de m'habiller et de sortir... et j'ai entendu, puis vu une grosse pierre qui roulait droit sur ma tente... Voyez ce qu'il en reste...

Abasourdie, j'essayais de rassembler mes pensées après un réveil aussi brutal. Nos quatre tentes étaient alignées en rang d'oignons, assez espacées l'une de l'autre tout de même, au bas d'une légère colline. Un peu plus loin, sous un bouquet d'arbres, nous avions attaché nos bêtes, que l'on entendait s'agiter. Au-dessus de nous, les étoiles brillaient dans une nuit dont la douceur tranchait singulièrement avec les événements. Quand mes yeux se posèrent sur la tente de Milton, je demandai avec angoisse :

– Avez-vous réveillé les autres ?

Sir Basil secoua la tête, le visage sombre :

– Milton dort comme un bienheureux et... et... Oricos n'est pas dans la sienne...

Je regardai mon compagnon dans les yeux :

– Où est-il alors ?

– Je... je n'en sais rien... Sans doute a-t-il également entendu rouler ces pierres et... soit il s'est enfui, soit il s'est lancé à la suite de... Talos... Car je ne peux pas croire que ce rocher s'est déplacé tout seul sur la faible pente de cette colline. Mais vous, Kate, n'avez-vous pas entendu ce bruit ?

– Si... Mais j'ai cru rêver...

– C'est un cauchemar que nous vivons, fit sir Basil en scrutant l'obscurité. Ce Talos est une créature de l'enfer, mais... Regardez ! Là-bas, il est là-bas...

Il désignait d'un index tremblant une lueur mouvante au sommet de la petite colline...

Elle était beaucoup trop éloignée pour que l'on distinguât quoi que ce fût, mais je sentais de plus en plus vaciller ma raison. Qui était cette apparition ? Le sinistre Talos, Oricos ou.... Richard ?

Mais que faisait alors Richard ? Pourquoi ne s'était-il plus montré depuis notre rencontre ? Si c'était lui-même qui nous suivait, était-il aussi la créature qui nous lançait des pierres ?

L'instant d'après, au mépris de toute logique et de toute prudence, nous remontions le sentier menant vers la colline. Nous voyions la lueur s'éloigner assez rapidement et changer de direction, vers une autre colline, aux pentes plus abruptes, celle-ci, et qui dominait le ravin au fond duquel coulait la rivière. Je reconnaissais les lieux car nous étions venus par ce même chemin. Nous hâtions nos pas et j'entendais le souffle court de sir Basil, qui commençait à peiner. Nous étions lancés dans une folle poursuite, aussi aveugle que dangereuse, qui devait se terminer par une catastrophe, comme me le soufflait une petite voix intérieure depuis que nous avions quitté notre campement.

Nous étions en train de gagner du terrain sur la lueur, quand elle disparut soudain. Ceci aurait normalement dû nous inciter à la prudence, d'autant que nous entendîmes un bruit de voix provenant de cette même direction. Nous escaladions alors une pente rocheuse, mais il était déjà trop tard quand nous réalisâmes la précarité de notre situation.

Un cri retentit d'abord au-dessus de nos têtes, un cri déchirant, hystérique, auquel il était impossible de donner une réelle signification, mais je crus néanmoins reconnaître la voix d'Oricos. Sir Basil était éloigné de moi d'une bonne vingtaine de mètres et il était sans doute trop avancé pour voir ce qui se passait au-dessus de lui, si tant est qu'on pût distinguer quelque chose dans cette obscurité. Il leva cependant la tête quand un léger roulement se fit entendre, et je revis en pensée la scène dramatique dont il avait été victime quelques jours plus tôt, alors qu'à nouveau je discernai une masse sombre se précipiter sur lui avec fracas. Je l'appelai de toutes mes forces, mais en vain. Cette fois-ci, je le vis nettement essuyer un choc brutal qui le projeta violemment au sol, en même temps qu'un gros rocher dévalait la pente. Glacée d'épouvante, je poussai un long hurlement. Puis je crus percevoir d'autres cris. Celui lancé par sir Basil, et d'autres plus haut. Et ensuite, toujours en hauteur, un bruit de pas précipités dans la nuit. Terrorisée, incapable du moindre geste, je l'écoutai décroître, tout en percevant de nouveaux cris d'alarme...

Il me semblait à présent qu'il y avait plusieurs personnes dans les environs. La situation me dépassait. Je rejoignis alors sir Basil, qui gémissait en tenant son bras à la hauteur de son bandage. À première vue, il ne semblait pas gravement blessé. Je le rassurais de mon mieux, quand j'aperçus confusément deux ombres sur une espèce d'arche naturelle qui reliait la colline où nous nous trouvions, au promontoire rocheux dominant le ravin. D'instinct, je compris que l'une de ces deux personnes devait être Richard. D'ailleurs, à bien y réfléchir, dans la mesure où il était censé me protéger, c'était assez logique – mais j'étais alors incapable de mettre une idée derrière l'autre, du moins consciemment.

Je me levai et me lançai aveuglément à leur poursuite. Aveuglément, on ne saurait mieux dire, car outre la folie de mon réflexe, je faillis me rompre le cou plus d'une fois sur le chemin escarpé à flanc de colline, que l'on distinguait à peine dans l'obscurité. Je percevais bien de lointains bruits devant moi, mais mes pas précipités ne me permettaient guère de les interpréter.

Soudain, un hurlement s'éleva. Un long cri d'agonie, déchirant, un cri lugubre qui me glaça jusqu'aux os. À ce bruit en succéda un autre, plus lointain, mais très bref, sourd et mat. Le bruit d'une chute...

Terrorisée, je craignis le pire, sachant que je ne pouvais pas me tromper. Quelqu'un venait de tomber au fond du ravin.

Richard...

La rage me submergea, la colère m'aveugla et je m'élançai avec hargne vers les lieux du drame... L'affolement, la panique, l'incompréhension, l'angoisse, m'avaient ébranlée au point que je n'arrivais plus à me maîtriser. Haletante, je sentais couler la sueur le long de mon échine. J'étais à bout de forces, mais je maintenais mon rythme. Arrivée en haut de la pente, et sur le point de défaillir, je distinguai dans la pénombre une silhouette qui venait à ma rencontre...

Talos...

Talos qui longeait, qui remontait le sommet et se préparait sans doute à commettre un crime supplémentaire...

Le croissant de lune caché derrière une cime ne me permit pas de détailler la terrible silhouette, mais je voyais bien son ombre à une vingtaine de mètres devant moi, qui s'approchait lentement.

J'étais perdue, mes derniers instants sur cette terre étaient désormais comptés, mais je ne partirais pas sans avoir livré un combat acharné, comme la vaillante petite chèvre de Monsieur Seguin.

Je me préparai donc pour cet ultime combat quand le pas singulièrement lent et peu assuré de l'ombre me fit revenir sur mon impression. Immobile, je la regardai s'approcher, à mesure que renaissait en moi un espoir insensé...

Richard... Je n'osais y croire...

Je doutais encore de mon impression, alors que

je reconnaissais pourtant à la fois sa silhouette et sa voix qui me disait :

– C'est moi, Kate, ne crains rien... Il n'y a plus de danger, j'ai mis hors d'état de nuire ce nain fou !

L'instant d'après, j'étais dans ses bras, sanglotante, folle de soulagement et de joie.

Je l'écoutais me parler mais je l'entendais à peine. J'avais l'impression de vivre à la fois un cauchemar et un rêve merveilleux. Le visage mouillé de larmes, je restai serrée contre lui, me demandant vraiment dans quel monde je me trouvais. Il me fallut plusieurs fois me marteler la réalité dans la tête pour l'admettre enfin. J'étais en haut d'une colline déserte, sous un ciel clouté d'étoiles, en pleine nuit, dans un pays étranger et dans les bras de mon « lion » au cœur tendre...

Mais l'aspect tragique du présent chassa rapidement ce court instant de félicité.

– C'était lui, ma chérie, qui a fait rouler sur vous ces pierres... me confiait-il en me caressant les cheveux. J'ai eu raison de me méfier de lui... Je l'ai surpris... Je l'ai poursuivi et nous nous sommes battus...

– Il est mort, n'est-ce pas ? bredouillai-je.

Richard acquiesça d'un grave mouvement de tête :

– C'était lui ou moi... Nous luttions au bord du ravin... Mais je ne regrette rien, car il a bel et bien tenté de te tuer en faisant basculer cette grosse pierre... Je n'ai fait que mon devoir et ce n'est pas la première fois que...

Il se tut, alors que je levai vivement la tête vers lui, aussi intriguée par son silence que par le ton de sa voix. Je vis alors le visage d'un autre homme, dont les traits marquaient une détermination et un caractère peu communs.

– Ce n'est pas la première fois *que quoi*, Richard ? répétai-je.

– ... Eh bien... que je me trouve dans ce genre de situation, bafouilla-t-il en baissant la tête. Je crois qu'il est temps de te le dire, maintenant, Kate... Je suis autant joueur de tennis professionnel que toi tu étais journaliste... comprends-tu ? En fait, je crois que tu me connais, car tu as dû lire mon nom dans la presse à propos des récents meurtres des archéologues à Londres...

À ce moment, je crois, je m'attendais à peu près à tout, sauf à ce qu'il ajouta après une profonde inspiration :

– Je suis l'inspecteur Richard Kersall, de Scotland Yard, précisément chargé de l'enquête sur ces meurtres.

33

LE ROI RICHARD VEILLE SUR SES SUJETS

Abasourdie, je fixai Richard l'espace de quelques secondes en tentant de donner un sens à ses paroles. Lui, l'inspecteur Richard Kersall, de Scotland Yard ? Je ne pouvais y croire... Ma raison chavirait, les étoiles dansaient au-dessus de ma tête...

Mais passé cet instant de stupeur, alors que j'écoutais ses explications, je réalisais combien les faits s'enchaînaient à présent avec logique, balayant au passage les nombreuses zones d'ombre le concernant.

C'est parce qu'il était assez féru d'histoire ancienne qu'il fut choisi au Yard pour mener l'enquête. D'emblée, dès le meurtre du professeur

Duncan Lamont, il avait saisi l'importance du drame, par son caractère insolite. Flairant le danger et donc les intentions de l'assassin, il avait pris l'initiative de surveiller discrètement dès le début les professeurs Buchanan et Newcomb. C'est d'ailleurs en assurant la surveillance de ce dernier qu'il m'avait rencontrée de manière si « brutale ». Posté au coin de la ruelle, il n'avait malheureusement pu maintenir de façon constante sa surveillance, sans quoi il aurait pu prendre l'assassin sur le fait. Il venait juste de reprendre son poste quand je m'enfuyais de l'appartement du professeur Newcomb. Et c'était intentionnellement qu'il m'avait barré la route, car il avait trouvé mon empressement plutôt suspect. Soupçons qui s'évanouirent quand il avait eu le loisir de me détailler...

– Tu comprends, Kate, me dit-il avec ferveur, j'étais là, à surveiller cet appartement, ressassant dans ma tête les détails de cette affaire, dont je savais déjà, bien sûr, qu'il y était question de la Crète antique, songeant à ces fabuleux personnages minoens, qui défilaient dans mon imagination, dont cette belle « Parisienne », quand, après t'avoir bousculée, je t'ai vue allongée... Avec tes beaux cheveux noirs bouclés, ta jambe... Tu te souviens, ton pantalon était déchiré ?... J'avais alors eu l'impression qu'une bonne fée venait d'exaucer mon vœu et de faire apparaître devant moi la belle et lointaine Crétoise... Et quelle ne fut pas ma stupeur, quand, après t'avoir baptisée la « Parisienne », tu m'as dit que tu t'appelais Pasiphaé ! Je croyais rêver ! J'ignorais à ce moment que tu étais toi-même mêlée à cette affaire...

Avec émotion, je me remémorai les circonstances très particulières de notre rencontre. Que Richard, ensuite, ne décline pas à la première inconnue venue sa fonction d'enquêteur, je ne pouvais vraiment pas le lui reprocher. Il avait une raison bien supérieure à la mienne de m'avoir alors menti. Puis ce fut pour lui l'engrenage, un mensonge en appelant un autre, et comme moi, il reculait toujours l'instant de vérité. Le joueur de tennis Richard Tronson était un de ses amis, qui lui ressemblait physiquement. C'est pour cette raison, et à cause de son prénom, qu'il avait emprunté son identité – ainsi que sa flamboyante décapotable à l'occasion de notre première sortie. Cette ressemblance physique permit de prolonger ma méprise, quand je mis la main sur une photo dudit Richard Tronson dans un journal. Je m'expliquais à présent son manque d'enthousiasme quand je la lui avais fièrement exhibée.

Il avait toujours eu quelques longueurs d'avance dans notre partie de cache-cache. Il savait notamment qui j'étais avant que je ne lui avoue ma véritable identité. Car c'est à cause de mon caractère emporté qu'il avait été provisoirement démis de l'enquête. Le manque de civilité manifeste d'un de ses subordonnés – le dénommé Sullivan – m'avait amenée à me plaindre auprès du chef du CID, qui était une connaissance de papa. Richard avait été blessé dans son amour-propre quand la direction de l'enquête fut confiée à l'inspecteur Winding – ce fameux « match perdu », comme il me le confiait quelques heures plus tard, dans son rôle de Richard Tronson, alors que nous nous promenions dans la campagne. Mais il succéda de nouveau à Winding après l'échec cuisant de ce dernier à l'occasion du meurtre du professeur Buchanan. Cette instabilité professionnelle s'était naturellement traduite dans nos rapports, et c'est bien sûr avec stupeur qu'il avait appris mon intention de me rendre en Crète afin d'y poursuivre l'enquête. Qui mieux que lui connaissait le danger que constituait ce voyage ? Tenu par son enquête, il était alors exclu pour lui de quitter le pays, et donc de m'accompagner. Un cruel dilemme pour lui... Car il me connaissait alors suffisamment pour savoir qu'il ne parviendrait pas à me faire sortir mon projet de la tête... Il lui fallait choisir entre moi et sa carrière... Or, il ne voulait perdre ni l'une ni l'autre. À cela, s'ajoutait sa jalousie à l'égard de Milton. (Mais n'avais-je pas tout fait pour cultiver chez lui ce sentiment ?) Il réussit finalement à convaincre ses chefs de la nécessité de surveiller de près notre petite expédition. C'était donc à titre officiel qu'il nous suivait discrètement depuis notre départ d'Angleterre...

– D'une part, m'expliqua-t-il gravement, il y a l'aspect scientifique de vos recherches, qui est directement lié à ces meurtres. On s'intéresse énormément à cette affaire en haut lieu, Kate, tu dois le savoir. Même sans trop y croire, les autorités ne peuvent ignorer l'évolution de vos recherches. D'autre part, il y a l'enquête criminelle elle-même... Or là, Kate, j'ai toutes les raisons de penser que le coupable se trouve à présent sur l'île. D'ailleurs les faits parlent d'eux-mêmes...

– Mais... bredouillai-je en désignant du menton l'endroit du ravin où Oricos avait fait sa chute fatale. N'était-ce pas lui... Talos ?

Richard secoua la tête, désorienté et incrédule :

– J'ai peur que les choses ne soient pas si simples... Je l'ai bel et bien surpris tout à l'heure en train de lancer vers vous des rochers, mais comment imaginer qu'Oricos soit l'instigateur de cette série de meurtres ? Je suis vos faits et gestes depuis le début, mais dans la mesure du possible... Crois-moi, ce n'est pas du gâteau, de filer les gens dans ce pays... D'ailleurs, c'est même moi qui ai accidentellement provoqué la première chute de pierre... J'étais sur vos talons tandis que vous montiez vers la grotte de l'Ida – Oricos m'a même entr'aperçu à un moment donné, alors que vous étiez devant l'entrée, t'en souviens-tu ? Et je vous suivais toujours lorsque vous en redescendiez. Là, surpris par l'envol d'un rapace, j'ai fait un faux pas qui a expédié un caillou dans votre direction, en en entraînant d'autres... Je crois que ton ami Milton s'en est tiré avec un petit bobo à la tête ?... Quoi qu'il en soit, ce n'était pas là une action de notre ennemi. La nuit où il y eut cet incident plus grave, j'ai vaguement aperçu la personne qui se promenait dans la montagne avec une lampe de poche. Je n'ai pas distingué ses traits, mais sa petite taille caractéristique m'a aussitôt fait penser à Oricos. C'est d'ailleurs pourquoi, l'autre jour, je t'ai dit de te méfier particulièrement de lui. Tu connais la suite... J'ai essayé de te joindre, mais ce me fut impossible, avec ce chien de garde qui ne fermait pas l'œil, tu as dû t'en rendre compte...

– Je ne comprends pas, Richard, je ne comprends plus... Qui tire les ficelles ? Quel est le rôle d'Oricos ? Et qu'as-tu vu au juste cette nuit ?

– Votre fête, ce soir... Vous ne vous êtes pas ennuyés, n'est-ce pas ?

– Ne sois pas stupide, Richard...

– Le moral au plus bas, je dois le dire, je suis retourné à ma tente, que j'ai plantée à un bon kilomètre d'ici, pour ne pas me faire repérer avec mon cheval. J'ai un peu dormi, puis je suis revenu avec la ferme intention de te parler. J'ai entendu un bruit de pierre qui roule avant même d'arriver là. Puis j'ai surpris l'ombre d'Oricos qui gagnait le sommet de la colline. Je lui ai alors donné la chasse, je l'ai vu lancer vers vous ces pierres, puis je l'ai acculé jusqu'au bord du ravin... Evidemment, vu sous cet angle, sa culpabilité ne fait pas le moindre doute...

– Richard, qu'essaies-tu donc de me dire ? Qu'il est le complice de quelqu'un ? Dans ce cas, ce ne peut-être que sir Basil, puisque lui seul le connaissait suffisamment pour cela. Mais alors, explique-moi pourquoi il chargerait son homme de main d'essayer de l'écraser sous les rochers ? Car il le visait manifestement, ce soir-là, et l'autre fois aussi.

Une ombre de contrariété passa sur le visage de Richard. M'observant du coin de l'œil, il me fit remarquer :

– Si ce n'est lui, c'est donc ton ami aux manières raffinées, qui ne rate d'ailleurs pas une occasion pour se soûler...

Je secouai la tête avec énergie :

– C'est impossible, Richard, ce ne peut être ni l'un ni l'autre... C'est absurde... Mais... Mon Dieu... j'oublie complètement sir Basil ! Il est là-bas, blessé, en train de m'attendre...

– Oui, tu as raison, vas-y...

– Tu ne viens pas avec moi ?

– Je préfère encore rester dans l'ombre, Kate, tant que les choses ne sont pas plus claires. Si vraiment tu as besoin de moi, reviens ici me le dire... Sinon, essaie de voir avec Milton Ross, il a peut-être dessaoulé entre-temps... Essaie de t'en tirer au mieux, Kate, et nous aviserons ensuite. Disons demain soir, j'aurais eu le temps de réfléchir. Je viendrais te retrouver, disons vers minuit. C'est d'accord ?

Je levai les yeux vers Richard et trouvai dans son regard ce calme et ce sang-froid qui me faisaient tant défaut. Je me blottis une dernière fois contre lui, sentant les palpitations de mon cœur battre au rythme de la folle aventure que je vivais. Les événements se succédaient à une cadence effrénée, mais j'avais à présent quelqu'un sur qui je pouvais réellement m'appuyer. Richard resterait dans les environs, à veiller sur moi, j'avais confiance en lui.

Quand je soulevai le problème du cadavre d'Oricos, il me répondit que probablement personne ne viendrait le déranger en cet endroit et qu'il réglerait la question avec les autorités du pays dès qu'il en aurait le temps. Pour mes deux compagnons, je devais leur expliquer qu'il s'était lui-même rompu le cou en glissant au bord du ravin dans sa fuite précipitée.

Après une ultime étreinte, je lui confiai :

– Nous sommes à deux doigts de trouver le labyrinthe, Richard, le sais-tu ?

Cette remarque lui arracha un sourire :

– Le labyrinthe ? Tu crois toujours à ces contes ?

– Tu as lu l'antique texte de Minos, n'est-ce pas ?

– Oui, mais je reste sceptique... Comme saint Thomas, j'y croirai quand je l'aurai vu.

– À propos, n'aurais-tu pas résolu les deux énigmes du texte ?

– Si, l'une d'entre elles, l'envol de Dédale et d'Icare. Mais je crois que tu ferais mieux d'aller retrouver sir Basil, à présent... Je t'expliquerai ça demain soir.

34

L'ENTRÉE DU TARTARE

Le lendemain matin, sous l'azur si pur du ciel, où brillait un soleil d'airain, je me demandais si les événements de la nuit avaient été réels. Mais la vue du cadavre d'Oricos, au bas du ravin, sur la grève rocheuse du « Styx » ne laissait guère de place au doute. Il était midi quand nous nous y rendîmes tous trois, Milton, sir Basil et moi.

À propos de mes deux compagnons, je ne cessais de songer aux soupçons de Richard, qui aurait à coup sûr révisé son jugement s'il les connaissait comme moi. Milton était l'honnêteté même. Quant à sir Basil, j'étais grandement impressionnée par son courage. Ce qui me fait revenir à la nuit passée, quand j'étais retournée sur mes pas pour le secourir. Comme la première fois, il s'était remis lui-même sur les jambes. Il se plaignait alors de son bras, que le sort avait de nouveau choisi pour cible. Le rocher poussé par Oricos avait heurté le sexagénaire à l'endroit même de sa première blessure, avec violence, puisqu'il avait été projeté sur plusieurs mètres. Par je ne sais quel miracle, il n'avait pas d'os cassé, mais les chairs étaient ouvertes sur presque toute la longueur de l'avant-bras. Je le soignai de mon mieux mais c'était surtout l'état de sa main qui ne laissait pas de m'inquiéter. Ses doigts engourdis avaient une teinte jaune et violacée de mauvais augure, sérieusement écorchés par sa nouvelle blessure. J'attirai une fois encore son attention sur cette couleur très curieuse, soulignant la nécessité de montrer sa main au plus tôt à un médecin, mais il me répondit que cela pouvait attendre, et qu'il n'était de toute manière pas question de faire demi-tour pour si peu, à présent que nous touchions au but. Ce disant, il me souriait, alors que nous nous souhaitions bonne nuit vers 4 heures du matin, mais je savais pertinemment qu'il devait souffrir. Il accepta sans broncher le somnifère que je lui administrai et s'endormit à la belle étoile, car nous n'avions plus la force de remonter sa tente dévastée. J'étais alors dans un tel état d'excitation que j'en pris un également et nous avons donc dormi tous les trois, comme des marmottes, jusque tard dans la matinée.

Naturellement, Milton tomba des nues quand je lui appris les événements de la soirée et me gourmanda pour ne pas l'avoir réveillé. Ce fut sir Basil qui lui rétorqua que vu son état, cela n'aurait sans doute pas servi à grand-chose. Ils acceptèrent sans le moindre soupçon ma version des faits selon laquelle Oricos s'était lui-même brisé le cou dans sa fuite. Mais sa culpabilité, bien que manifeste, restait mystérieuse. Aucun mobile raisonnable ne justifiait ses actes insensés. Sir Basil semblait le plus étonné. Il le connaissait bien et avait eu l'occasion de vérifier, à l'époque, sa fidélité et son honnêteté. Pourquoi un si brave garçon se mettait-il soudain à jouer les Talos vengeur ? Cela le dépassait, et d'autant plus qu'il semblait l'avoir visé personnellement, comme j'avais également pu le constater.

Je ne m'attarderais pas sur l'horrible spectacle du cadavre d'Oricos, disloqué, gisant dans une mare de sang déjà séchée. La nuée d'insectes bourdonnant au-dessus de lui achevèrent de détourner mon regard. Milton bredouilla qu'il n'y avait plus grand-chose à faire pour lui et que s'il valait mieux déclarer sa mort à la police, rien ne pressait pour autant. Sir Basil ne le contredit pas et nous rebroussâmes chemin dans le ravin, qui me paraissait à présent particulièrement sinistre. Le « Styx », qui roulait ses eaux tumultueuses dans son lit hérissé de rochers, avait fini par trouver une victime et sa rumeur, écumante, qui se répandait avec un léger écho dans le défilé, me parut singulièrement lugubre, comme une litanie macabre, invitant les âmes perdues à le suivre au royaume des morts.

Un peu plus tard dans l'après-midi, nous atteignîmes les fameux « Champs-Elysées », comme cela semblait décrit sur le message. Bien que l'endroit ne fût guère éloigné de notre campement – nous avions à peine parcouru plus de dix kilomètres – j'étais impressionnée et surprise par le changement de décor. La campagne alentour était magnifique, les champs verdoyants, et une belle forêt de châtaigniers apportait un peu de fraîcheur dans la fournaise. Je ne sais si j'étais alors le jouet de mon imagination, mais les fleurs sauvages, les papillons, ressortaient bien plus qu'ailleurs par leurs couleurs vives. Il y avait une ambiance de sérénité féerique qui tranchait tellement avec les événements de la veille que je croyais rêver. Il me semblait que nous venions de basculer dans un univers onirique, un monde ivre, grisé de beauté et de douceur de vivre. Tout me paraissait irréel. Milton soliloquait sur son cheval, message en main, comme un fou perdu dans la campagne. Sir Basil regardait la nature avec le ravissement d'une personne ayant perdu la raison. La moindre tache de couleur était pour lui une source intarissable de ravissement. Moi-même, je sentais mon esprit partir à la dérive. Et, quand la réalité reprenait le dessus, quand je me disais que nous étions à la recherche du labyrinthe, une vague de folie plus grande encore que la précédente me submergeait.

Nous y fîmes une halte. Sir Basil souligna la beauté des lieux, qui justifiait amplement son appellation de « Champs-Elysées ». Et il n'y avait aucune raison de penser qu'il en ait été autrement quatre mille ans plus tôt, d'autant qu'à cette époque, le fait était avéré, la Crète avait une végétation bien plus luxuriante que de nos jours. Milton sifflotait comme un pinson, sûr de lui, satisfait de voir ses théories confirmées par les faits. Mais il ne tenait plus en place. Message en main, il nous harcelait pour reprendre la route, car selon lui, le cinquième repère n'était plus loin ; une grotte toute proche, en direction de la mer, d'après ses interprétations du plan. Sir Basil confirma qu'en effet, il y en avait une, assez connue, à deux kilomètre d'ici.

Et, c'était presque un rituel désormais, quand nous arrivâmes sur les lieux, il trouva le cinquième repère près de l'entrée de la grotte en un tournemain, mais cette fois-ci, sans grands cris de joie : la chose était devenue naturelle pour lui. Il avait acquis une assurance que rien ni personne ne semblait pouvoir ébranler. Il y avait également cette fois-ci, la gravure d'une flèche, orientée droit vers l'ouest en direction de la mer.

Or, la mer n'était pas loin, l'air était déjà embaumé par son haleine iodée. Milton était désormais entièrement absorbé par le déchiffrement des derniers signes du message. Ses jugements étaient bien plus tranchés que par le passé. Il supposa que les signes suivants étaient des repères basés sur des rochers aux conformations particulières. Le labyrinthe, selon lui, devait être tout près de la plage, ce qui semblait confirmé par la présence du signe de l'eau. D'ailleurs la présence du signe de la croix, mais aussi la logique, suggérait qu'une caverne en bordure de mer devait en constituer l'entrée.

C'est alors que sir Basil fut soudain tiré de sa rêverie.

– Une grotte, au bord de la mer ! fit-il en lâchant la remarquable renoncule d'un jaune très vif qu'il admirait béatement l'instant d'avant. Bon sang, en êtes-vous sûr, Milton ? J'ai toujours formellement rejeté cette possibilité car il me paraissait invraisemblable qu'une galerie de ce type pût être creusée au bord de mer... Mais si cela était, alors... alors...

Il frottait son poing contre la paume de sa main, tremblant et le regard halluciné.

– L'endroit de mes anciennes fouilles n'est pas loin d'ici, vers l'ouest, sur une colline qui domine la mer. Mais jamais, ô grand jamais, je n'ai envisagé que... Bon sang, Milton, je crois savoir où il y a possibilité de le trouver... Venez, nous partons sur-le-champ, il n'y a que deux ou trois heures de route si nous nous pressons...

À partir de ce moment, sir Basil fut métamorphosé. Il ne fut plus question, sous prétexte d'influence ou autre, de laisser Milton spéculer tranquillement sur les diverses possibilités des signes du message. Animé d'une énergie nouvelle, sir Basil, en dépit de son bras bandé et de ses autres blessures, menait notre petit groupe en parfait cavalier.

Il nous restait à faire encore pas mal de chemin quand nous aperçûmes la mer à l'horizon. La descente fut difficile, dans cette région de la Crète qui semblait totalement déserte. Le soleil commençait sa plongée vers les flots quand nous parvînmes sur la côte. Hormis quelques plages de sable gris et de galets, le littoral était plutôt accidenté. Sir Basil, le visage tendu et ruisselant de sueur, ne faiblissait pas dans ses convictions. Puis, sur la grève, nous fîmes une pause pour consulter une nouvelle fois le message. Dans ce décor de fin du monde, où le soleil embrasait à la fois le ciel et la mer en offrant un spectacle apocalyptique, je regardais mes deux compagnons devenus comme fous à l'approche du but. J'entendais à peine ce qu'ils disaient. Milton avait d'ailleurs une voix méconnaissable, un débit court et haché, aux antipodes de ses voluptueuses jongleries syllabiques habituelles. Les yeux de sir Basil lançaient des éclairs d'excitation. Sa main valide indiquait à tour de rôle tous les rochers des environs aux formes plus ou moins particulières. La fièvre les possédait, et je compris qu'ils n'auraient de cesse avant de débusquer l'entrée de la fabuleuse construction imaginée par Dédale.

Les dernières lueurs du couchant s'éteignaient quand Milton localisa deux grands rochers qui pouvaient correspondre à ceux indiqués sur le plan. Son visage était inondé de sueur et ses yeux exorbités par l'effort, comme ceux d'un fou. Il nous fit signe de venir dans une légère cuvette rocheuse, assez éloignée quand même de la plage, mais peu élevée par rapport au niveau de la mer. Non loin de cet endroit, assez difficile d'accès, s'élevait l'austère contrefort d'une abrupte falaise. Nous étions alors dans un tel état de frénésie, que nous continuâmes même nos recherches à la lueur de nos lampes torches. Entre-temps, sir Basil avait fait remarquer qu'un flanc de la falaise s'était probablement effondré, car il avait observé un singulier changement d'aspect dans la structure de la roche.

Comment pouvions-nous alors espérer trouver à la lueur de nos lampes un indice qui nous avait échappé à la lumière du jour ? Pourtant, le miracle se produisit. J'entendis soudain s'élever non loin de moi un tonitruant « *Per Jovem* » !

– Venez, venez ! Il y a quelque chose de bizarre par ici... On dirait une ancienne marche...

Sir Basil fut si prompt à lui obéir qu'il tomba sur les rochers en se faisant probablement très mal. Je vis à la clarté de ma lampe qu'il saignait au front. Il se releva avec une grimace, mais sans mot dire.

Quelques instants plus tard, les faisceaux de nos trois lampes convergeaient vers ce qui était vraisemblablement davantage qu'une simple marche. Sous un gros rocher, on distinguait le début d'un escalier de pierre s'enfonçant dans la roche... *Nous venions de découvrir l'entrée du labyrinthe !*

35

LE SERMENT DE LA « PARISIENNE »

Vers minuit, je quittai ma tente sur la pointe des pieds. Sans doute cette précaution était-elle superflue, car j'avais fait avaler deux bonnes doses de somnifère à Milton et à sir Basil pour écarter tout risque de me faire surprendre. De toute manière, ils étaient dans un tel état de surexcitation que cela s'avérait presque indispensable.

En vérité, je l'étais tout autant. Je n'osais encore croire à notre découverte. À regret, nous avions rebroussé chemin et remis au lendemain la suite de notre exploration. Car les rochers qui bloquaient l'entrée de cet escalier souterrain ne pouvaient être déplacés si aisément. Cela, nous l'avions tout de suite compris, nécessiterait de la réflexion et des efforts que nous n'étions alors plus capables de fournir.

Milton avait ensuite monté les tentes, alors que je m'occupais de soigner, une fois de plus, sir Basil. Il s'était fait une vilaine plaie sur la tempe en tombant et je lui dis, en plaisantant, que s'il persistait ainsi, à se comporter comme un enfant qui apprend à marcher, il allait bientôt ressembler à une momie, tant il me fallait multiplier les pansements et les bandages. Il rit de bon cœur, malgré les compresses généreusement imbibées d'alcool que je lui appliquais pour laver sa plaie. L'exaltation de l'aventure l'avait apparemment insensibilisé à la douleur.

Je croyais avoir ma dose d'émotions fortes pour ces dernières quarante-huit heures, mais j'étais encore loin du compte. Quand Milton, sur le point de se coucher, me demanda si je me souvenais de ma promesse liée à la découverte du labyrinthe, j'eus un brusque afflux de sang au visage. J'aurais pu me gifler pour m'être engagée aussi légèrement... J'étais dans de beaux draps.

Je songeais à cet épineux problème tandis que je regardais autour moi, scrutant l'obscurité, en quête de mon ange gardien-inspecteur de police, *alias* joueur de tennis. Avait-il seulement réussi à ne pas perdre notre trace ? Je n'avais pas aperçu le moindre signe de sa présence durant la journée. Mais la nuit chaude chassa bientôt mes doutes, en révélant une ombre qui descendait lentement le sentier pierreux de la colline.

C'était la première fois depuis longtemps que je me retrouvais avec Richard sans la moindre contrainte de temps. Chaque fois, les événements avaient hâté notre séparation. Je pus donc lui faire un récit précis des derniers événements, qui, comme je m'y attendais, le plongèrent dans une profonde stupéfaction. Lui non plus n'osait croire à notre fabuleuse découverte, mais cette fois-ci, je sentais bien qu'une brèche s'était créée dans ses convictions relatives à cette question. Il demeura néanmoins dans l'expectative, réservant prudemment son jugement, avant que nous n'explorions plus avant ce mystérieux escalier.

Il avait réfléchi entre-temps au cas d'Oricos et à l'affaire entière d'une manière plus large, et avait trouvé un embryon d'explication. Si l'on admettait que les événements survenus à Londres et ceux qui s'étaient produits en Crète n'étaient pas véritablement liés, alors les agissements d'Oricos pouvaient assez bien se comprendre. L'homme aurait été violemment hostile à toute fouille archéologique sur son île natale, voulant préserver sa terre pure et vierge de toute profanation. Et peut-être était-ce même à cause de lui qu'à l'époque, sir Basil avait pour ainsi dire fait chou blanc durant ses longues recherches. Il aurait multiplié les ruses et les fausses pistes pour embrouiller l'archéologue, qui semblait avoir en lui une confiance aveugle. Mais, comprenant cette fois-ci que sir Basil était sur la bonne voie et qu'il ne pourrait plus être manipulé aussi facilement à cause de la présence de ses compagnons, Oricos aurait tenté de l'effrayer en interprétant le rôle de ce Talos vindicatif. En ne reculant devant rien, comme en témoignait le meurtre de ce professeur allemand.

Richard me demanda alors de faire un récit complet des principaux faits depuis notre arrivée sur le sol crétois. Lorsque j'eus terminé, je me rendis compte que sa théorie s'en trouvait confortée.

– Tu le vois bien, tout s'explique, comme ses fréquentes prises de bec avec sir Basil. Il comprenait que son patron était sur la bonne voie et tentait par tous les moyens de l'en détourner, de lui prouver ses « erreurs » d'appréciation, ce qui suscitait ces vives polémiques. Puis, constatant ses échecs, il avait été contraint de le menacer de plus en plus précisément, voire d'envisager de l'éliminer purement et simplement, comme il a tenté de le faire la nuit précédente. Bien entendu, cela n'allait pas sans lui poser un cas de conscience, car il semblait malgré tout attaché à sir Basil. Je pense à cette partie d'échecs dont tu m'as parlé, qu'il jouait seul, comme s'il se livrait un combat intérieur. Il devait sans doute réfléchir au terrible dilemme que constituaient son amitié sincère pour son patron et son élimination qui lui paraissait impérative. L'échiquier devait refléter le labyrinthe de son âme...

– Le labyrinthe de l'âme, répétai-je, en m'adressant à la nuit, les yeux levés vers les étoiles. C'est une belle image, qui illustre parfaitement toute la complexité de l'esprit humain... comme celui de ce pauvre nain fou. Mais je pense à une chose, Richard, que tu avais promis de m'expliquer la dernière fois... À propos de Dédale, tu te souviens ? Tu m'avais dit que tu connaissais l'explication de son incompréhensible envol avec son fils Icare...

– Simple comme bonjour, répondit Richard avec un sourire malicieux. D'ailleurs, Minos lui-même donne un précieux indice dans son texte : le fil, le fil d'Ariane...

– Le fil d'Ariane ? Mais je ne vois pas le rapport ! Tu ne te trompes pas d'histoire ?

– Pas du tout, Kate. Je parle bien de cette ruse de Dédale, qui, aidé de son complice Minos, a réussi à s'élever dans les airs en compagnie de son fils Icare, au nez et à la barbe de la reine Pasiphaé et de ses prêtres lugubres. Minos a été son complice, d'ailleurs il ne le cache pas. Et il insiste lourdement, dans son texte, sur la vive prédilection de son ami pour le fil qu'il utilise dans la plupart de ses tours. Tu es d'accord avec cela, n'est-ce pas ?

– Oui, mais je ne vois toujours pas...

– En outre, Minos nous décrit aussi son palais, et notamment ses fameux « puits de lumière » qui assuraient l'éclairage des pièces. Ces puits de lumière, qui dans certains cas, avaient la hauteur de quatre, voire cinq étages... À propos de puits, ne t'est-il jamais arrivé de lâcher la manivelle en ramenant à la surface un seau rempli d'eau ? Tu sais alors ce qui se passe... Le seau tombe en entraînant avec lui la corde qui se déroule à toute vitesse. Imagine maintenant un poids plus important, un rocher ou deux gros sacs remplis de sable, d'environ cinquante kilos chacun. Ce poids est attaché à une corde et mis en équilibre au bord d'un de ces hauts puits de lumière... Une simple poussée, et hop... la ficelle plonge dans le puits, entraînée par le poids du sac... Tu commences à comprendre ?

» Imagine que ce système soit installé en double, de chaque côté de la grande cour du palais, au centre de laquelle ont été ramenées les autres extrémités de ces cordes, prêtes à se tendre soudainement sous l'action d'une simple poussée. La cour est au niveau du sol et l'ouverture des puits de lumière quatre ou cinq étages plus haut. Tu t'attaches à ces deux morceaux de corde, qui, sous l'action de deux complices, se tendent de part et d'autre avec une pression sensiblement égale. Et tu montes dans les airs, de manière constante, à une vitesse bien dosée, en fonction des deux poids, puis lorsque les deux cordes sont tendues ta course s'arrête. Un simple phénomène de physique, tout à fait rudimentaire, que Dédale a appliqué avec son art de la mise en scène qui n'est plus à prouver.

» Rappelle-toi la disposition des lieux. La reine et les prêtres étaient à l'autre bout de la cour centrale, à l'est, regardant vers l'ouest, aveuglés par le soleil couchant. Minos souligne bien cet aspect. Dédale et son fils, après s'être collé des plumes aux bras et avoir joué aux oiseaux soucieux du bon fonctionnement de leurs ailes, gagnent le fond de la cour, au centre et à ras du mur ouest. Ne me demande pas ensuite comment nos deux hommes-oiseaux parviennent à s'attacher sans attirer l'attention des spectateurs, mais faisons confiance au « roi du fil » pour avoir réussi à faire diversion par une astuce de son cru. L'éloignement et les rayons du couchant jouent évidemment un grand rôle dans ce subterfuge, à l'occasion duquel on ne voit que trop bien ce comédien de Dédale et son fils, couverts de plumes, en train de battre des ailes pour faire semblant de gagner ainsi de l'altitude. Ils sont donc attachés chacun à leurs deux cordes, quand intervient Minos, leur complice, qui a également dû veiller à interdire à ses sujets l'accès de cette partie de son palais. D'un signe, il ordonne à deux de ses gardes complices, placés aux bords des puits de lumière, de pousser les poids... Les quatre cordes se tendent – deux de chaque côté, car il y a bien deux créatures ailées – et les voilà qui s'envolent en agitant l'air autour d'eux dans une pantomime d'oiseau qu'ils auraient sans doute trouvée très comique à ce moment si leurs têtes n'avaient pas été en jeu... Le tour est joué.

– Non ! fis-je avec véhémence après un silence. Je veux bien admettre qu'ils parviennent ainsi jusqu'à un endroit élevé du palais, mais il était bien écrit qu'ils se sont ensuite élevés plus haut dans le ciel, et qu'ils ont volé vers le soleil !

Tout en me tenant par les épaules, Richard ne se départit pas de son petit air narquois :

– Ils ont volé vers le soleil... Cela prouve bien à quel point ce tour était fignolé dans ses moindres détails. Imagine l'effet que cela a produit sur ces spectateurs, à une époque où l'on était quand même assez crédule, surtout devant ce genre de prodiges. Essaie de te mettre à leur place... Ils sont déjà ébahis par ces deux hommes qui s'élèvent dans les airs, qui battent des ailes, quand ils les voient s'élever carrément au-dessus du palais vers ce fameux soleil couchant, qui est en face d'eux, je le répète... Ils ne voient donc la scène qu'à contre-jour. Suppose maintenant qu'arrivés au terme de leur ascension, Dédale et Icare cessent soudain de bouger, qu'ils soient juste devant un balcon ou une terrasse, et qu'à ce moment deux vautours soient libérés à ce même niveau... Que font-ils ? Ils s'envolent, c'est évident, dans de frénétiques battements d'ailes... Les spectateurs médusés lèvent les yeux pour suivre leur montée « vers le soleil », alors que Dédale et Icare profitent de l'occasion pour disparaître par le balcon. Je te rappelle que même dans le récit il est indiqué que, parvenus à une certaine hauteur, ils hésitent quelques instants, comme pour chercher la bonne direction des vents. En tout cas, on imagine mal, à cet instant crucial, que l'un des spectateurs détache ses yeux des deux « oiseaux » montant vers le soleil...

Il se fit un silence, que seule troublait la lointaine et régulière respiration de la mer. Je cherchais en vain une faille dans cette véritable démythification à laquelle venait de se livrer Richard.

– Oui, reprit-il, des vautours, deux vautours, emprisonnés dans des sacs et soudain libérés... Il y en a par ici... C'est même à cause d'un énergumène de ce genre que j'ai failli me rompre le cou l'autre fois. Surpris, comme l'était sans doute ce grand oiseau, j'ai fait un brusque écart, qui a amené ce caillou à rouler jusque sur le crâne de ton ami. Je suppose qu'ils devaient être moins rares à l'époque du roi Minos et... qu'as-tu Kate ? Tu ne sembles pas convaincue ?

– Oh si ! Techniquement, ça se tient assez bien. Nous avions nous-mêmes été surpris, en grimpant vers la grotte de Kamarès, par l'envol d'un vautour, sans doute un compagnon de celui-là, ou le même... mais peu importe. Sans le vouloir peut-être, tu viens de confirmer l'authenticité du texte, et donc l'existence du labyrinthe. Je suis un peu vexée de n'y avoir pas songé moi-même... Et pour l'autre mystère, tu as aussi une idée ?

– Le meurtre du Minotaure ? Non, là, j'avoue que d'après la présentation des faits, ce n'est pas possible, comme le dit bien Minos lui-même...

– Milton a rêvé de cela... et il prétend avoir été à deux doigts de la solution.

Richard m'écouta attentivement et fut très intrigué par cette clarté bleutée qui, selon le songe de mon ami, aurait constitué un indice déterminant dans la solution de l'énigme.

– Par la barbe du prophète, s'exclama-t-il avec hargne, il doit avoir raison. Car je me suis, moi aussi, arrêté à ces curieuses pierres aux reflets bleutés. Ce détail ne doit pas être gratuit...

– Peut-être trouverons-nous un indice, demain, dans le labyrinthe ? Au fait, Richard, que comptes-tu faire, à présent ? Tout danger semble écarté, n'est-ce pas ? Le coupable n'est plus de ce monde. À moins que tu soupçonnes toujours l'un de mes compagnons ?

Ma question avait plongé Richard dans un profond embarras. Notre découverte de l'entrée du labyrinthe l'avait désorienté et il lui fallait y réfléchir. Il me demanda encore une ou deux journées de répit, mais en m'assurant qu'il ne nous quitterait pas des yeux.

Je me demandais alors s'il avait peur de Milton, peur d'affronter celui qu'il devait considérer comme un rival ?

Mais n'avait-il pas de bonnes raisons de le supposer ? Car si nous découvrions le labyrinthe le lendemain, j'étais liée par serment à Milton...

36

VOYAGE AU CENTRE DE LA TERRE

Le lendemain matin, nous étions à pied-d'œuvre, mesurant avec une anxiété croissante l'ampleur de la difficulté. À la lumière du jour, il apparaissait clairement que nous n'allions pas si facilement déplacer ces rocs. D'autres outils que ceux que nous avions s'avéraient nécessaires. D'ailleurs, les trouverions-nous seulement dans les petits hameaux que nous avions traversés en chemin ?

Nous nous posions la question, comprenant bien que d'une manière ou d'une autre, l'exploration du labyrinthe ne serait pas possible avant la fin de la journée.

Quand – après une légère déception, je dois le dire – nous eûmes vraiment pris conscience de cet état de fait, sir Basil, *alias* « la momie » considéra les environs d'un œil critique, posant le problème de l'accès au labyrinthe. Se faisait-il par le flanc montagneux ? Par la mer ? Il y avait, tout près de là, une petite crique qui aurait pu en offrir la possibilité. Mais dans les deux cas, l'hypothèse d'un éboulement, sans doute consécutif à un tremblement de terre, semblait devoir être retenue. Elle était du reste confirmée par le seul fait de l'obturation de l'entrée. Soit l'accès se faisait par un chemin taillé dans le roc, et celui-ci s'était effondré, soit par la plage, auquel cas les rochers auraient roulé sur la portion de passage entre la grève et l'escalier souterrain.

– De toute manière, conclut Milton, ce n'était pas forcément un de ces lieux publics à l'image des arènes romaines ! Seuls, sans doute, Minos et ses proches devaient s'y rendre, et bien sûr, notre vieil ami le Minotaure...

Sur quoi, il enchaîna avec l'aspect psychologique du plan laissé par Minos, dont il se flattait de saisir toutes les nuances. Ce labyrinthe était pour lui un lieu de cauchemar, qu'il devait sans doute identifier au Tartare. Non seulement à cause des galeries complexes du labyrinthe, qui évoquaient le royaume souterrain d'Hadès, mais aussi à cause de son fils difforme, digne d'une créature de ce sinistre royaume, à l'instar du non moins sinistre Cerbère, le chien à trois têtes, qui hantait les lieux. C'était ainsi qu'il fallait interpréter les trois têtes d'animaux du message. Enfin, l'austérité du décor, avec cette côte échancrée et sauvage, pouvait bien signifier la fin du monde des vivants. Quant aux Champs-Elysées qui précédaient, l'endroit parlait de lui-même. Restaient quelques signes mystérieux, dont la signification devait se révéler, passé l'entrée du labyrinthe.

Je pris à mon tour la parole pour leur annoncer que je connaissais désormais l'explication de l'envol de Dédale et d'Icare.

Notez bien que je ne mentais pas : *je la connaissais*. Je me gardai cependant de préciser *qui* avait résolu le problème. Je n'avais pas le droit de trahir Richard, voyons !

Ni Milton ni sir Basil ne tarirent d'éloges sur mon sens de la logique. J'étais très fière et je finis presque par m'attribuer le mérite de ces déductions.

Avant midi, nous passions devant la grotte où nous avions découvert le dernier repère. Milton s'arrêta quelques instants pour y jeter un coup d'œil. La veille, ils n'avaient pas pris le temps d'inspecter véritablement les lieux, qui pouvaient éventuellement receler d'autres indices. Nos investigations furent aussi brèves que vaines. En sortant, il s'arrêta à la hauteur de l'antique gravure, se baissa pour l'examiner et en souligna l'importante érosion du temps, mais assez constante, précisa-t-il, si l'on se référait aux repères des autres grottes, qui présentaient le même degré d'usure. Sir Basil nous rappela sèchement que pas moins d'une quarantaine de siècles s'étaient écoulés depuis, ce à quoi j'ajoutai tout aussi abruptement que nous avions d'autres chats à fouetter.

La chance était désormais de notre côté. Nous avions assez rapidement trouvé pioches et pics chez un ancien ouvrier d'un village voisin, ainsi qu'un solide levier. Sur le chemin du retour, je fis remarquer que, vu l'état de notre « momie » – cette appellation amusait beaucoup sir Basil – seul Milton allait pouvoir se servir de ces outils, à moins que mes deux compagnons ne condescendent à faire appel au sexe dit faible pour ces rudes travaux d'hommes...

Et Milton y condescendit. Mais je ne pouvais le lui reprocher. Le jour tombait alors que, torse nu et ruisselant de sueur, il s'acharnait vainement sur le roc depuis deux bonnes heures.

Tout avait été tenté. Déplacer progressivement le rocher avec de petites cales, le casser par fragments, la besogne s'annonçait beaucoup plus difficile que prévu. Ma contribution fut bien modeste par rapport aux efforts cyclopéens déployés par mon ami, qui ne se décourageait pas pour autant. Il y avait en fait plusieurs rochers qui engorgeaient le passage. Les broyer tous à coups de pic et de pioche pouvait prendre plusieurs jours de travail acharné. Sir Basil envisagea l'utilisation d'explosifs, mais le temps de s'en procurer, si toutefois la chose était possible, reculerait sérieusement l'échéance. Je suggérai alors de tenter de briser la roche sur ses flancs. Un endroit plus friable nous ouvrirait peut-être une brèche. Mais je n'y croyais guère. Milton tenta l'expérience avec une rage destructrice inouïe, sans doute pour m'en démontrer la totale inutilité. À un moment donné, alors qu'il se frottait les poignets en envisageant de s'en tenir là pour cette journée, il se pencha en avant, intrigué par une légère faille qui lézardait le flanc gauche de l'entrée. Ses coups redoublèrent d'intensité, alors que je l'avais cru au bout de ses forces. Sur sa figure écarlate, ses vaisseaux sanguins saillaient sous l'effort et, au bout de quelque temps, un bloc entier céda, provoquant un petit éboulement parmi les grosses pierres qui obstruaient l'entrée. Un premier examen nous fit craindre le pire, car l'entrée semblait encore plus engorgée qu'avant ! Cependant, une partie du haut avait pu être libérée, si bien qu'il fut possible d'y faire passer le gros levier. Une petite pierre céda sous la formidable pression appliquée par un Milton dont je pus admirer la puissance musculaire. Puis une autre. Le pic entra de nouveau en action, avec une rage et une violence sans précédent, et un roc un peu plus gros roula dans l'escalier, avec un fracas sourd, profond et décroissant. Tous nos sens aux aguets, nous nous penchâmes tous trois au-dessus d'une trouée, assez étroite, mais suffisante pour livrer passage à un humain.

Le labyrinthe était là, devant nous, désormais accessible, derrière cet orifice qui s'enfonçait dans le royaume des ténèbres.

37

L'AURORE AUX DOIGTS DE ROSE

La sagesse la plus élémentaire eût été de remettre au lendemain notre exploration, mais d'un commun accord, nous décidâmes d'y jeter un coup d'œil. Du moins Milton et moi-même, car sir Basil aurait eu des difficultés à passer par l'étroite ouverture avec son bras blessé. Rien ne saurait exprimer la profonde déception gravée sur son visage. Nous ne pouvions alors nous résoudre à tenter l'élargissement de ce trou, au risque de le boucher complètement par un nouvel éboulement.

Nous étions évidemment conscients du danger que nous courions en franchissant cette brèche, qui pouvait se refermer derrière nous comme un piège. Milton et moi étant coincés derrière ces pierres, sir Basil n'aurait guère pu nous apporter d'aide. L'idée que Richard fût posté dans le secteur me réconforta. Mais pour rien au monde, je n'aurais voulu manquer cet instant unique. Avant que nous nous engageâmes dans l'ouverture, Milton y jeta une pierre, dont le long roulement sourd prouva qu'il y avait une galerie profonde.

Le rayon de notre lampe révéla une volée de marches s'enfonçant dans le sol en une pente assez raide, mais l'orifice ne permettait qu'un examen limité de l'endroit où nous nous trouvions. Milton passa le premier, torse en avant. Je l'aidais tandis que sir Basil nous éclairait tout en nous exhortant à la prudence. Quand il eut disparu, il dit que tout allait bien et me réclama sa lampe torche. Je m'exécutai et sans plus attendre me glissai à mon tour dans le passage.

J'eus le sentiment très net de changer de monde quand j'atterris sur les marches humides et froides de ce profond escalier, véritable boyau naturel dans lequel on avait ajusté de larges dalles en guise de marches.

– *Per Jovem*, c'est prodigieux !... s'exclama Milton en promenant le pinceau lumineux vers les profondeurs du couloir souterrain.

J'aurais certes choisi un autre mot pour décrire cet endroit, singulièrement sinistre. Noire et luisante, sous une voûte dont les aspérités formaient d'étranges arabesques suintantes, cette cavité rocheuse s'enfonçant dans les entrailles de la terre, évoquait singulièrement une descente aux enfers. L'air était lourd, imprégné d'une forte odeur marine. Un silence sépulcral régnait dans ce boyau ténébreux, mais en dressant l'oreille, nous perçûmes un léger clapotis.

Je n'étais guère rassurée en emboîtant le pas à Milton, qui venait de me faire signe de le suivre. Nous longeâmes sur une vingtaine de mètres ces larges marches glissantes, pour aboutir à un passage, en blocs taillés semblables à ceux des anciens palais minoens, à Cnossos et Phaïstos. Le linteau était constitué d'une pierre rectangulaire, sur laquelle était gravée, stylisée, une assez éloquente tête de taureau.

La lampe de Milton s'attarda quelques instants sur l'antique dessin, ultime preuve, s'il en était encore besoin, de la bonne direction de nos pas : l'antre du monstre était là, devant nos yeux éblouis.

Le Minotaure... Le fabuleux Minotaure... Il avait donc bel et bien existé...

Je prenais de plus en plus conscience de notre extraordinaire découverte, songeant à tous ces personnages légendaires, Minos, Icare, Dédale,

Pasiphaé, Thésée, Ariane qui, quarante siècles plus tôt, avaient franchi ce porche sous la voûte duquel nous étions en train de passer... Je tremblais, autant de bonheur que d'appréhension...

Nous débouchâmes sur une grande salle, circulaire, en forme de dôme, pourvue d'une sorte de quai – où nous nous trouvions –, qui se terminait sur un porche semblable à celui que nous venions de franchir, mais bloqué par une paroi assez lisse, faite de deux blocs de pierre taillée. Sur le linteau, trônait une autre tête de taureau.

Sur notre gauche, stagnait l'eau fangeuse d'un petit lac souterrain, qui occupait la quasi-totalité de cette haute pièce souterraine, grande grotte naturelle en forme de coupole. Au centre de l'eau, à moins de dix mètres de nous, émergeait un curieux cratère pierreux, d'un demi-mètre de diamètre. Sur les parois du dôme, luisantes d'humidité, perlaient quelques gouttes d'eau qui tombaient en faisant entendre ce clapotis régulier qui résonnait étrangement dans ces lieux oubliés par l'homme. Devant cette étendue d'eau noirâtre, dangereusement calme, d'où montait une odeur putride, je ne pus m'empêcher d'évoquer le sinistre « Styx », ultime étape avant le royaume des ombres.

– Pour rien au monde, déclarai-je à Milton, je ne me baignerais là-dedans ! Quelle puanteur !

Mon compagnon ne semblait pas m'avoir entendue. Il regardait d'un air sombre et pensif le porche obturé par les deux blocs de pierre.

– J'ai l'impression, fit-il en se grattant l'occiput, que notre promenade s'arrête ici...

Après plusieurs essais infructueux, martèlements, coups de poing, de pied, et prises diverses, il put constater la solidité à toute épreuve du panneau de pierre.

– Il doit y avoir un système secret, suggérai-je en jetant un regard scrutateur alentour.

– Sans doute. Le tout, est de savoir lequel. À supposer que ce système fonctionne encore ! Ce serait presque trop beau...

Une demi-heure plus tard, nous étions à la surface, et commentions notre courte exploration devant un sir Basil plus attentif que jamais. Il nous demanda maints détails, mais son visage ne montrait que trop clairement son insatisfaction, les reproches qu'il devait intérieurement nous adresser pour notre patent manque d'observation. De toute manière, finit-il par conclure, il devait se rendre personnellement sur les lieux, dût-il s'arracher la moitié de la peau en franchissant l'ouverture !

Je me gardais bien de lui faire remarquer qu'il s'en était déjà suffisamment arraché ces derniers temps.

Nous eûmes toutes les peines du monde à reporter au lendemain cette nouvelle exploration, devant sa frénétique et croissante soif de découvertes.

Nous allâmes nous coucher sur ces entrefaites. Fort heureusement, nous nous écroulâmes littéralement sous le poids du manque de sommeil de ces dernières quarante-huit heures. Car cette incroyable aventure nous avait plongés dans un état de profonde exaltation et, en m'allongeant sous ma tente, je sentais plus que jamais les battements effrénés de mon cœur, qui palpitait au rythme de ces derniers événements. L'énigme posée par l'obstacle que constituait cette porte de pierre n'arrangeait rien, mais la fatigue finit par avoir le dessus.

Richard vint discrètement me réveiller aux premières lueurs de l'aube. Je quittai ma tente sur la pointe des pieds et, à l'endroit de notre précédente rencontre, en haut de la colline, je lui fis le récit de notre dernière découverte, alors qu'à l'ouest, derrière la ligne bleutée des montagnes, le ciel se teintait de merveilleuses nuances de rose...

– *L'aurore aux doigts de rose, qui quitte son berceau de brumes,* murmurai-je, en guise de conclusion absurde à mon récit.

– Hein ? fit Richard, songeur. Que dis-tu là ?

– Rien... je songeais aux aventures d'Ulysse. Ce sont toujours les doigts roses de l'aurore qui viennent le réveiller. Mais côté aventure, nous n'avons rien à lui envier... Te rends-tu seulement compte, Richard, de la découverte que nous venons de faire ?

– Justement, que trop bien. Je n'ose y croire ! Je me sens complètement dépassé par les événements. Mais mon instinct me dit, Kate, que cela ne présage rien de bon...

Je quittai Richard un peu plus tard en me faisant la réflexion qu'il était bien trop pessimiste, et je lui en voulais un peu pour cela, car il avait réussi, par des mises en garde répétées, à me transmettre ses craintes. Sir Basil, au contraire, rayonnait d'espoir et de bonne humeur dès qu'il sortit de sa tente. La nuit avait porté conseil, me dit-il aussitôt, et il n'avait qu'une hâte : celle d'aller sur les lieux de notre découverte.

J'essayai de le rendre un peu plus attentif à son état physique assez fragile, à son bras blessé – il s'opposa formellement à ce que j'y jette un coup d'œil ! – mais sans succès. Ce ne fut pas une mince opération de le faire passer à travers l'étroit orifice dans les rochers effondrés, mais nous y parvînmes, grâce notamment aux muscles de Milton, qui avait récupéré toute sa vigueur. Sir Basil s'en tira avec quelques nouvelles estafilades aux jambes, ce qui était un moindre mal au vu de la difficulté. « Je n'en suis plus à une égratignure près », plaisanta-t-il, non sans une petite grimace.

Nous étions sous terre depuis plus de deux heures. Chaque recoin de la pièce souterraine, du moins sa partie accessible, c'est-à-dire l'espèce de quai qui menait de l'escalier à l'entrée obstruée, avait été passé au crible, et la solidité inébranlable des deux pierres qui bloquaient le passage, une nouvelle fois vérifiée.

L'énigme de ce supposé mécanisme restait entière. Mais il nous semblait à chacun qu'elle était liée au petit lac, et plus précisément au cratère qui émergeait en son milieu. Mais comment l'atteindre ? En traversant le lac à gué ? Ce n'était pas possible, vu sa profondeur. À la nage ? Dans cette nauséabonde et fangeuse eau noire ? Je n'osais y penser. Milton lui-même ne pouvait s'y résoudre. Avec une embarcation de fortune, du genre radeau ? Il ne restait plus que cette solution, qui allait encore nous retarder. Mais nous avions alors complètement oublié notre message secret. Ce fut le pondéré sir Basil qui y songea, alors qu'il essayait de déterminer le niveau du petit lac par rapport à celui de la mer, se souvenant d'un signe de l'eau inscrit en fin de message.

Forts de nos connaissances, nous pûmes assez facilement décrypter les deniers éléments. Se succédaient dans l'ordre, Talos, une flèche de direction, une pierre, une autre flèche de direction et un cercle entre deux signes d'eau. Ensuite, venait l'entrée du labyrinthe proprement dite, que nous avions déjà déterminée.

– Talos... lance... une pierre... vers... un rond...

entre deux eaux... c'est-à-dire au milieu du lac ! traduisit Milton en levant un poing victorieux. C'est aussi simple que cela ! Il suffit de lancer une grosse pierre dans cette espèce de puits, là-bas !

L'heure suivante, nous pûmes mesurer le fossé qui sépare la théorie de la pratique. Certains de nos lancers furent victorieux avec de petites pierres, mais il en allait autrement avec les plus grosses, qui tombaient dans l'eau noire avec d'écœurants éclaboussements. L'idée que seul un poids important puisse mettre en branle le mécanisme était attestée par le fait que le lanceur, dans le message, était bien Talos, et non un homme ordinaire.

Nous nous creusâmes les méninges à imaginer de quelle manière nous pourrions amener un tel poids jusqu'au petit puits de pierre, quand sir Basil fit remarquer qu'il lui semblait étrange de devoir systématiquement faire appel à Talos pour entrer dans le labyrinthe. En outre, il eût fallu, en toute logique, à chaque fois sortir ce lourd poids du cratère pour réarmer ce mécanisme. Et, de fil en aiguille, nous en vînmes à parler de l'architecte des lieux, l'incontournable Dédale, et de sa prédilection pour l'usage du fil dans ses inventions...

Nos lampes torches, que nous avions déjà rechargées, faiblissaient à nouveau, quand sir Basil eut l'excellente idée d'inspecter avec la sienne la partie haute de la coupole, que constituait le sommet de la grotte. Son point culminant semblait d'ailleurs tout juste situé au-dessus du cratère.

– Regardez ! s'exclama-t-il soudain, alors que le rayon lumineux de sa lampe se fixait à cet endroit. On dirait qu'il y a là une sorte d'anneau, probablement en bronze...

Sir Basil ne se trompait pas. Bien que rongé par le temps, un épais anneau était ancré au faîte de la coupole. Son aspect noirâtre, qui se confondait avec les roches, lui avait permis jusqu'ici d'échapper à nos regards.

– Le fil... murmura ensuite sir Basil, qui regardait l'objet d'un air extasié. Le fil... le principe du fil à plomb, dont Dédale se targuait d'être l'auteur... Comprenez-vous ? (Sa voix se fit soudain impérative :) Milton, allez vite me chercher deux ou trois longues branches, une solide corde et une grosse pierre ! Et vous allez voir ce que vous allez voir !

38

BRUITS DANS LE LABYRINTHE

Deux heures plus tard, Milton et moi étions de retour avec les objets demandés. Je l'avais accompagné et il ne pouvait que s'en féliciter car nous n'avions pas été de trop à deux pour trouver, non la pierre et la corde – car nous en avions une dans notre attirail – mais les longues branches, dont nous avions compris l'usage : assemblées, en les liant solidement à leurs extrémités, elles n'en formeraient plus qu'une, suffisamment longue pour atteindre l'anneau. L'endroit était pauvre en végétation et nous avions dû parcourir des kilomètres avant d'en trouver de convenables, décroissantes dans leur poids et leur taille, prêtes à être assemblées comme une gigantesque canne à pêche.

C'est ce que fit Milton, une fois sur les lieux, après les avoir grossièrement équarries. Il dut de nouveau solliciter tous ses muscles pour brandir ce pesant et long bâton, au bout duquel reposait, sur une petite branche en forme de fourche, une pierre – assez légère celle-ci – attachée à la corde dont nous tenions l'autre extrémité. Non sans difficulté, la petite pierre passa dans l'anneau, entraînant la corde, que nous immobilisâmes ensuite. Puis, avec l'aide de l'extrémité de sa branche, Milton ramena la petite pierre vers nous, afin que nous puissions récupérer la corde.

La première partie de l'opération venait de se terminer : nous avions en mains les deux bouts de la corde, qui passait par l'anneau. Milton s'assura ensuite de la solidité de celui-ci, puis commença à attacher, à la place de la petite pierre, le rocher d'environ trente kilos que nous avions emporté.

Notre plus grande crainte était la phase suivante, qui reposait sur l'hypothétique solidité de l'anneau, après tant d'années, tant de siècles. Impossible, de l'endroit où nous étions, de mesurer son véritable degré d'usure...

Le rocher fut projeté dans l'eau – alors que j'avais pris mes distances afin de ne pas être souillée par les éclaboussures de cette mare infecte – puis, lentement, délicatement, Milton ramena la corde lâche vers lui, pour élever progressivement la lourde pierre à la hauteur de l'antique anneau. Sir Basil, qui devait prier comme nous pour que ce dernier ne cède pas, commentait l'expérience, qui, selon lui, devait être faite à chaque fois que l'on ouvrait le labyrinthe, mais avec une corde demeurant engagée dans le guide en métal.

Les bras de Milton tremblaient alors qu'il tenait fermement la corde qui retenait, à présent, à hauteur de l'anneau, le rocher au-dessus du cratère. Il consulta sir Basil du regard, qui lui répondit par un grave signe d'assentiment.

Milton lâcha la corde et le bloc tomba droit dans

le trou du cratère. L'espace de quelques secondes, le bruit sourd du choc résonna dans la grotte. Puis, après un court silence, le sol sembla trembler légèrement sous nos pieds, avant qu'une sorte de grondement diffus n'émane de la porte de pierre. Nos regards étaient rivés à celle-ci, alors qu'elle semblait prise d'un léger tremblement. Le bruit s'intensifia, étrange grognement qui se répandait dans l'immense salle. Je ne regardais pas mes compagnons à ce moment, mais je devinais qu'ils redoutaient comme moi, que le mécanisme, grippé par le temps, ne parvienne pas à assurer sa fonction...

Puis, sous nos regards extasiés, les deux panneaux de pierre s'élevèrent avec une lente régularité et dans un grincement assourdissant. De ma vie, je n'oublierai cet instant, véritablement magique. Et nous restâmes quelques secondes parfaitement immobiles quand le silence fut revenu, à fixer béatement l'entrée béante et obscure du labyrinthe, qui nous envoyait un léger courant d'air.

Un premier coup d'œil, à l'aide de nos lampes de poche, nous révéla un couloir de grotte, qui se terminait un peu plus loin sur une intersection, où l'on distinguait trois porches en pierre, semblables à ceux que nous venions de franchir. Une forte odeur marine imprégnait ce boyau ténébreux. Nous étions comme pétrifiés par l'importance de cette fabuleuse découverte, par la menace qui semblait sourdre des lieux et par la puissance magnétique qui nous invitait à nous engager plus avant dans les profondeurs de cette galerie. Mais une fois encore, nos lampes électriques commençaient à donner des signes de faiblesse. Il était tout à fait exclu de s'engager dans le labyrinthe dans ces conditions.

Or, nos réserves de piles électriques touchaient à leur fin. Nous le savions, mais nous avions fort heureusement prévu des lampes à pétrole, certes moins souples d'emploi, mais d'une durée de fonctionnement bien supérieure. Nous en possédions une demi-douzaine. Je repartis avec Milton pour l'aider à les rapporter, laissant sur place sir Basil, qui ne lâchait plus des yeux la gueule béante du souterrain. Nous n'en n'avions pas pour longtemps et nous lui recommandâmes de nous attendre avant de commencer l'exploration. Peine perdue. Quand nous fûmes de retour à peine un quart d'heure plus tard, sir Basil n'était plus à son poste.

Sans mâcher ses mots, Milton l'appela de toutes ses forces alors qu'il s'enfonçait dans le labyrinthe jusqu'à la première intersection, qui, comme une patte d'oie, se divisait en trois chemins.

Ce fut avec un vif soulagement que nous entendîmes la réponse de sir Basil, assez proche, et nous vîmes bientôt apparaître sur notre gauche, précédé par la pâle lueur de sa lampe de poche, sa silhouette familière, à une autre intersection, ressemblant fort à celle où nous nous trouvions. Milton s'apprêtait à exprimer son mécontentement, mais le visage livide de sir Basil l'en dissuada. Il était presque aussi pâle que ses pansements. Son regard était vitreux comme celui d'un homme sous le coup d'une vive frayeur :

– Mais que se passe-t-il donc, sir Basil ? tonna Milton, en état d'alerte devant notre piteux ami, dont l'expression d'intense terreur était encore accentuée par les jeux d'ombres et la clarté blême de nos lampes.

Il nous répondit d'une voix blanche :

– *Je... je crois que je l'ai entendu...*

– Entendu ? Mais de qui diable parlez-vous ?

– J'ai juste voulu jeter un premier coup d'œil... Je me suis un peu éloigné et... j'ai soudain entendu des bruits... *comme de puissants reniflements... des halètements sourds... des bruits de sabots...*

39

LES CORNES DU MINOTAURE

– QUOI ? s'écria Milton, les yeux révulsés. Vous voudriez nous faire croire que... que ce monstre habiterait toujours les lieux ! Mais vous êtes devenu fou, sir Basil ! Vous perdez la tête ! Le Minotaure ne peut plus exister ! C'est votre imagination qui vous joue des tours !

L'ancien archéologue, qui ployait sous les éclats de voix de Milton, admit que ses sens l'avaient sans doute abusé, mais il restait profondément bouleversé. Sa main valide, tremblante, laissa choir sa lampe torche qui s'éteignit en tombant.

Or, comme à ce moment nous ne nous éclairions qu'avec les nôtres, très faibles – nous n'avions pas encore allumé les lampes à pétrole – la clarté tomba d'un coup, ce qui nous surprit assez, et troubla encore davantage le malheureux sir Basil. Mais devant ce simple geste accidentel, je ne pus tolérer les vives remontrances de Milton, qui perdait d'ailleurs son sang-froid plus que tout autre. Je le rappelai au calme et il osa me répondre d'un ton cinglant que je pris encore plus mal. Il se vit gratifié d'une solide paire de gifles, qui fut malheureusement loin de l'apaiser. Lâchant à son tour sa lampe torche, il me la rendit, avec une violence non maîtrisée, et regretta aussitôt son geste, alors que, chancelante, j'accusais encore le coup. Il tenta alors de s'excuser, arguant de ses nerfs à vif, de sa fatigue, de la situation, mais une femme pouvait-elle accepter une telle insulte ? Je lui signifiai que je me sentais désormais libre de tout engagement, alors qu'il me suppliait presque à genoux de lui pardonner ce geste qu'il regretterait toute sa vie si les choses ne devaient pas s'arranger.

Poings serrés, j'écoutais durant un temps ses tristes jérémiades, quand je me rendis compte de l'absence de sir Basil. Milton et moi, nous nous regardâmes comme deux zombies l'espace de quelques secondes.

Sa lampe gisait toujours au sol, mais non celle de Milton, que sir Basil avait dû prendre dans son désarroi. Un lointain bruit de pas résonnait dans la galerie par laquelle il s'était enfui. Mais déjà, à l'intersection suivante, Milton hésitait. L'inextricable réseau souterrain renvoyait dans un écho trompeur les répercussions assourdies des pas lointains.

– Ne nous affolons pas, dit Milton, livide et le front moite, en considérant la faible clarté de ma lampe. Il ne pourra aller bien loin avec la lumière moribonde de sa lampe torche. Commençons par allumer les lanternes et je vais aussitôt me lancer à sa recherche. Retourne à la salle du lac, je ne serai pas long. Je sais comment faire pour me repérer dans un labyrinthe...

Et Milton partit, de ce pas vaillant et assuré qu'il aimait à prendre devant moi. Il cherchait sans nul doute à se racheter par quelque brillante action, mais il était déjà loin quand je songeai à l'en dissuader. Certes, sir Basil avait un peu perdu la tête, mais Milton ne se comportait guère mieux. J'entendais ses lointains cris d'appel qui se répercutaient de tous côtés. Je redoutai alors que sir Basil cherche plus à le fuir qu'à venir à sa rencontre.

Quant à moi, il était exclu que je reste là à

attendre, les bras croisés. J'avais cinq lanternes. Je m'en emparai, revins sur mes pas et en allumai une première à la deuxième intersection, en guise de repère. Je déposai la suivante un peu plus loin, et ainsi de suite, mais je ne me séparai pas de la dernière, et partis à mon tour à la recherche de sir Basil. Les appels de Milton résonnaient toujours, mais de plus en plus lointains, de plus en plus faibles et déformés.

Au début, chaque intersection était marquée par des porches en pierres taillées, et le sol était dallé, mais à mesure que je m'enfonçais, ces repères s'estompaient, et j'apercevais plusieurs galeries sans le moindre aménagement. Certaines, même, se transformaient en vastes failles, très difficiles d'accès.

Tout en notant au fur et à mesure de ma progression divers repères, je songeais au célèbre Thésée, et plus encore aux malheureuses victimes qui avaient été jetées en pâture au monstre, ici, dans ces mêmes couloirs... Je les imaginais errantes, tremblantes et livides de peur, s'attendant à voir surgir à chaque instant l'ombre du terrifiant Minotaure... Je me dis aussi, alors, et cela m'arrêta net, que la réputation de ce labyrinthe n'était de toute évidence pas surfaite... C'était pure folie de ma part que de continuer ainsi, d'autant que je ne percevais plus qu'à grand-peine les cris de Milton...

Je sentis la panique me gagner alors que je revenais sur mes pas.

Un premier point de repère me parut curieux...

Je n'identifiai guère le second... et moins encore le suivant !

Je m'étais fondée sur l'aspect des piliers de pierre, mais à présent je n'en reconnaissais plus aucun ! Certes, ils présentaient toujours des différences, mais je les avais retenues dans un ordre précis. Or, celui-ci m'apparaissait désormais totalement bouleversé. La gorge nouée, je dus me faire violence pour ne pas céder à l'affolement.

Il ne me fallut que peu de temps pour comprendre que je ne devais désormais plus me fier à mes anciens repères. Mieux valait tenter d'obliquer vers Milton, qui ne semblait toujours pas avoir retrouvé sir Basil. D'ailleurs, ce dernier ne devait sans doute plus bénéficier de beaucoup de clarté pour guider ses pas. Un bon quart d'heure s'était écoulé depuis sa disparition. Quand la voix de Milton me parut plus proche, je l'appelai à mon tour. Il ne m'entendit qu'après plusieurs essais, mais avec cet infernal écho il était impossible de se comprendre. Il devait cependant deviner que je cherchais à me rapprocher de lui. Soudain, j'entendis un autre bruit...

Un bruit sourd, comme un grognement menaçant.

Un frisson glacial me remonta l'échine.

Le Minotaure ? C'était impossible. Je me refusais à le croire.

L'oreille aux aguets, je m'immobilisai.

Le bruit semblait se rapprocher, quand soudain je perçus la voix de sir Basil. Le pauvre homme appelait, non loin d'ici, sur un ton de détresse qui se fit soudain très strident. Il criait, appelait au secours...

Puis il y eut des pas précipités.

Mon cœur battait la chamade et je tentai de comprendre ce qui se passait. Ensuite, il y eut un véritable hurlement de terreur... Les pas se rapprochaient, mais ils avaient ralenti...

Quelques instants plus tard, j'aperçus au bout de la galerie, sur ma droite, la silhouette pitoyable de sir Basil...

Les bras singulièrement pressés contre son

ventre, il titubait. Ses bandages étaient tachés de sang et je me dis qu'il avait sans doute trébuché une fois de plus...

Je me hâtai vers le malheureux, qui s'effondrait.

– Le... le Minotaure... bredouilla-t-il avec des yeux exorbités qui me terrifièrent.

Couvert de sang, il gisait au sol, les bras relâchés, sa poitrine se soulevant légèrement au rythme de sa respiration. J'eus alors un brusque mouvement de recul en apercevant sa blessure à l'abdomen. Je me détournai et rendis mon dernier repas. Sur mes rétines restait imprimée cette vision terrifiante : le ventre ouvert du malheureux sir Basil, qui n'expliquait que trop bien son étrange démarche et ses bras pressés contre lui.

Seul un monstre pouvait avoir fait cela !

40

LE FLUX DE LA MORT

J'étais atterrée, paralysée. Malgré la certitude d'un danger proche, je refusai de me jeter à corps perdu dans les ténèbres. Je vins m'agenouiller à côté de sir Basil, qui vivait de toute évidence ses derniers instants. Le regard de ses yeux rivés à moi, toujours agrandis par la terreur, se faisait de plus en plus lointain et les muscles tendus de son visage trahissaient sa terrible souffrance. Surmontant l'horreur que m'inspirait son état, je m'emparai de sa main ensanglantée pour la garder dans la mienne. Je crus discerner dans ses yeux vitreux une lueur de reconnaissance, alors que tout son corps se raidissait. Les larmes me vinrent aux yeux quand il me transmit une ultime secousse.

Un bruit domina mes sanglots convulsifs. Un bruit de pas sourds. Véritables martèlements qui se rapprochaient à toute vitesse.

La mort venait à moi, masse furieuse se ruant vers une nouvelle victime, mais je n'étais plus en mesure de lutter. Une lueur dansa au fond d'une galerie... Je m'abandonnai à mon sort, fermant les yeux...

La voix essoufflée de Milton me fit tressaillir :

– Kate ! Kate ! Mon Dieu ! Tu es blessée !... Et sir Basil... Que s'est-il passé ?

Comme galvanisée, je me redressai vivement et c'est avec un indescriptible soulagement que je vis surgir mon ami. Jamais, je crois, sa vue ne me parut aussi réconfortante. Sur le coup, je lui pardonnai tout !

– Milton... m'écriai-je en me jetant dans ses bras. Mon Dieu...

Après avoir pleuré à chaudes larmes, je lui expliquai la situation et avec quelle terreur je l'avais entendu s'approcher. Nous auscultâmes le silence un long moment, mais il n'y avait nul bruit de pas, nul martèlement furieux.

– Tout cela me dépasse, bredouilla Milton, mais restons sur nos gardes. Le monstre doit être tapi quelque part dans la pénombre, à l'affût, prêt à bondir...

Il se pencha alors vers sir Basil, et je le vis blêmir devant l'horrible blessure.

Il se redressa en hochant gravement la tête :

– Nous ne pouvons plus rien pour lui. Seul un monstre à cornes a pu l'arranger comme...

Milton se tut soudain. Un lointain craquement venait de retentir dans les profondeurs des galeries. Le bruit sinistre se prolongea dans un roulement sourd, sorte d'éboulement confus, qui fut suivi par un étrange bruissement, régulier mais croissant.

Milton et moi nous nous regardâmes, sentant instinctivement un danger, mais encore incompréhensible à ce moment.

– Partons, dit-il soudain. Sortons d'ici au plus vite...

Il pivota prestement sur les talons et je lui emboîtai le pas sans poser de questions.

Le chuchotis sourd continuait et s'amplifiait, quand, au moment même où s'immobilisait Milton, j'eus la soudaine sensation d'avoir les pieds mouillés !

La clarté de nos lampes révéla alors un léger cours d'eau remontant la galerie.

– Nous nous approchons de la mer... fit Milton. Nous faisons fausse route.

Là, je crois avoir compris avant mon ami le nouvel et implacable ennemi qui nous menaçait, mais j'étais alors trop terrifiée pour en parler, et je suivis docilement Milton qui rebroussa chemin.

Il faisait mine de se repérer dans ce dédale de grottes, mais je le sentais aussi perdu que moi.

En s'engageant dans une galerie où le cours d'eau grossissait de manière insolite, Milton comprit avec stupeur ce qui venait de se passer et ce que signifiait le ronflement qui résonnait de plus en plus fort à nos oreilles : *l'eau* !

Le labyrinthe était en train de se remplir d'eau ! D'eau de mer, de toute évidence. À la suite de quelque effondrement de terrain, la mer s'engouffrait dans ces couloirs souterrains, situés plus bas que son niveau. L'ample craquement que nous avions entendu plus tôt prenait à présent toute sa signification.

Quand Milton réalisa pleinement ce danger, il

pâlit si violemment que j'eus de la peine à le reconnaître. L'angoisse peinte sur son visage déformait ses traits.

– La mer... bredouilla-t-il. La mer... qui est en train de remplir ces galeries... Mon Dieu... *Nous sommes pris au piège...*

Mais, en dépit de la panique qui nous submergeait autant et plus encore que la mer, il lui resta un brin de lucidité, qui pouvait nous être salutaire.

Comme ce réseau de galeries était en dessous du niveau de la mer, sa sortie – ou son entrée – devait se rapprocher du niveau du sol. Autrement dit, le chemin nous menant vers l'endroit par où nous étions venus remontait en pente, sans doute douce, mais éventuellement discernable.

Sans plus tarder, nous tentâmes de rebrousser chemin, à l'affût des moindres signes d'élévation du sol.

L'eau montait, dangereusement, mais elle se faisait aussi notre complice. Grâce à elle, nous voyions mieux les galeries que nous devions éviter. Comment décrire cette fuite éperdue dans un univers de cauchemar, cet enchevêtrement inouï de galeries qui se ressemblaient toutes ?

J'eus la sensation d'être réduite à l'état de bête, comme ces rats traqués qui cherchent désespérément une issue. L'eau montait toujours, nous pataugions dans un courant qui nous arrivait aux mollets. Au moment où nous commencions à désespérer, Milton me demanda soudain d'éteindre ma lampe, alors qu'il en faisait autant. Et nous discernâmes au bout de la galerie enténébrée, une lueur, qui clignota quelques secondes avant de mourir.

– C'était sans doute une de ces lampes repères que tu as laissées sur ton chemin ! s'écria-t-il frénétiquement. L'eau montante a dû l'éteindre à l'instant. Nous sommes sur la bonne voie ! Vite, Kate, dépêchons-nous d'arriver à la suivante ! Nous avons une chance de nous en tirer !

Nous distinguâmes effectivement notre second repère, mais la mer l'éteignit aussitôt. Nous parvînmes cependant à parvenir avant elle à la dernière lampe, car le sol montait plus nettement à ce niveau. Milton poussa un hurlement de joie et fit même un bond sous la voûte de ce qui devait être un des derniers croisements avant la sortie. Le choc fut rude. Il gémit et se massa vivement le crâne.

– Quel coup sur le caillou ! fit-il en me regardant avec une grimace. Ça gronde encore là-dedans, je n'entends plus rien... Hein, Kate, que dis-tu ?

Tout en lui criant de s'éloigner, je lui montrai désespérément le linteau qui vacillait au-dessus de lui.

Mais trop tard. La grosse pierre, après une très courte hésitation, s'écroula alors qu'il esquissait juste le geste de lever la tête.

L'eau me léchait à nouveau les pieds, alors que pétrifiée, je regardais le malheureux Milton écrasé sous le linteau. Il ne bougeait plus.

Un second éboulement résonna dans la galerie et me fit sortir de ma torpeur. Je me précipitai vers mon ami, que le flot montant commençait à submerger. Je ne pus guère prolonger mon examen. Comme sir Basil, il venait de quitter ce monde, son crâne broyé par la grosse pierre ne laissant aucun doute à ce sujet. J'enjambai son cadavre en toute hâte, mais je trébuchai et tombai dans l'eau salée, qui continuait sa progression. J'eus le réflexe miraculeux de retirer aussitôt ma lampe du cours d'eau.

Ma tête était vide, je ne réfléchissais plus, seul

mon instinct de survie guidait mes pas. Je découvris sans me tromper le chemin de la sortie, mais une autre surprise de taille m'attendait. Les deux grosses pierres de la porte séparant le labyrinthe de la salle au lac, avaient repris leur place initiale, mais de guingois cette fois-ci. Le bruit que je venais d'entendre s'expliquait : l'effondrement de la voûte provoqué par Milton avait également fait choir les portes en pierre de la sortie.

Le rat se retrouvait bel et bien coincé !

Ma lampe, mouillée, s'éteignit à ce moment.

Je me retrouvai dans les ténèbres, alors que l'eau léchait de nouveau mes chevilles.

Tremblante, je poussai un long hurlement de terreur et de désespoir...

41

LES MARCHANDS DE RÊVES

Il devrait y avoir une loi punissant sévèrement les iconoclastes de l'imaginaire, les destructeurs de mythes, tous, sans exception, y compris les parents qui révèlent trop tôt à leurs enfants que le père Noël n'existe pas, ni le lapin de Pâques, ni les fées, les lutins, sans oublier, bien sûr, les méchants, c'est-à-dire le père Fouettard et ce bon vieux méchant loup, dont les longues dents, les oreilles noires et pointues, et les yeux rouges nous on procuré tant de délicieux frissons. Oui, il faudrait punir ces gens-là, tout comme on devrait, à l'inverse, récompenser les marchands de rêves, témoigner une éternelle gratitude à ceux qui s'escriment à forger des légendes, à raconter de merveilleuses histoires.

Moi, Kate Kersall, je plaide coupable, car je relève de la première catégorie. Moi, mais aussi et surtout mon mari Richard, avons joué un grand rôle dans l'anéantissement de ce mystère.

L'autre personne, le marchand de rêves, le faiseur de belles histoires, c'est le coupable de cette incroyable histoire. Malgré la peur, la terreur, l'angoisse dans lesquelles il m'avait plongée, malgré même les meurtres qu'il avait commis – on pourrait presque les lui pardonner, car il n'a jamais réellement visé ceux qu'il a éliminés – malgré tout cela, je lui dois les instants les plus exaltants de mon existence. Si bien que je garde de lui – puis-je l'avouer ? – un excellent souvenir. Le conte qu'il m'a fait vivre est digne des plus grands récits. Durant plusieurs semaines, et de manière toujours plus intense, j'ai cru au Minotaure, j'ai partagé les tourments de Minos, j'ai admiré le talent de Dédale et j'ai été fascinée par ses tours de passe-passe.

Il me reste à vous raconter comment la lumière – « aux doigts de rose » – a fini par dissiper les brumes opaques entourant ce mystère.

Je ne m'attarderai pas sur l'épisode de mon sauvetage *in extremis*. Richard, l'oreille collée à l'entrée du labyrinthe, avait entendu mon cri désespéré et rapidement abattu l'un des blocs de pierre, en équilibre précaire après sa chute, à grands coups de pic frénétiques. Sans demander notre reste, nous avons quitté ce piège à rats, mais l'eau de la mer, nous l'avons constaté ensuite, n'avait pas dépassé le niveau du petit lac souterrain.

Après quelques formalités sans guère d'intérêt ici, nous sommes retournés en Angleterre, retrouver notre chère époque contemporaine, d'une laideur toujours plus repoussante, en comparaison avec l'esthétique minoenne dont je m'étais laissé imprégner. Richard m'avait alors fait part de ses soupçons – car il avait bel et bien percé à jour l'identité du coupable, mais comme son mobile lui échappait, je me refusais à le croire dans un premier temps. Quelques semaines s'écoulèrent avant que la lumière complète ne se fît sur l'affaire.

Le mobile de ces meurtres... Toute l'affaire était là, précisément. Richard m'avoua par la suite que, dans ce domaine-là, il n'avait, durant sa carrière, jamais rien connu de tel, d'aussi déroutant. Je ne pouvais qu'en convenir, car a-t-on jamais vu quelqu'un tuer ses semblables pour bâtir un conte de fées ?

Certains diront sans hésiter et sans réfléchir plus avant que ce cas relevait de la folie pure. Mais moi qui ai bien connu le coupable, je ne puis m'y résoudre. Je crois même avoir ressenti, presque comme si je les avais vécus, les profonds bouleversements qui ont amené cette personne à forger de toute pièce cette histoire à la fois sinistre et merveilleuse. Car bien sûr – hélas ! – tout était faux. Des parchemins en vieux grec jusqu'aux inscriptions prétendument antiques à l'entrée des grottes, en passant par la tablette en terre cuite aux signes hiéroglyphiques. Le roi Minos – du moins à notre connaissance – n'a jamais laissé la moindre trace écrite.

L'usure du temps sur la roche avait été obtenue par un procédé qui avait déjà abusé le célèbre sir Arthur Evans lui-même, quand d'habiles faussaires livraient à l'archéologue de fausses antiquités, dont le vieillissement était obtenu par une solution acide, qui rongeait la pierre de manière extrêmement trompeuse. À ce propos, je rappelle que Milton avait remarqué, non la supercherie, mais la similitude du degré d'usure sur ces signes à l'entrée des grottes. La suprême astuce du coupable, pour le manuscrit en vieux grec, était d'avoir utilisé un papier qui, lui, était authentique. Il avait réussi à se procurer de vieux parchemins vierges et s'était contenté d'y inscrire son texte. Richard pense qu'il a dû, dans un premier temps, ramollir ce parchemin, écrire le « témoignage de Minos », puis recuire le tout pour donner cet aspect séché et cassant qu'aurait produit le temps. La première analyse du professeur Lamont ne reposait d'ailleurs que sur le parchemin lui-même. Un examen plus poussé sur l'encre utilisée, par exemple, aurait peut-être permis de déceler la supercherie. Mais le coupable, dans son costume de Talos, s'était empressé de récupérer ces documents compromettants, y compris la tablette d'argile. Il s'était arrangé pour que ne subsistent que les copies de ces textes... Tout cela nous montre bien qu'il s'agissait là de l'œuvre d'un spécialiste, ce qui réduisait sérieusement le champ des suspects. Mais hormis toutes ces considérations d'ordre technique à propos de ces falsifications, le « récit de Minos » comportait quelques preuves psychologiques, qui ne trahissaient que trop bien son auteur, et qui auraient dû bien plus tôt me mettre la puce à l'oreille. J'y reviendrai.

J'en arrive à ce jour triste et grisâtre, comme il n'en n'existe qu'à Londres, où je flânais avec Richard du côté de Regent's Park. Nous n'étions pas loin de la maison de feu sir Basil, et je tenais à y jeter un coup d'œil. Ce fut avec un léger pincement au cœur que j'aperçus, sur la grille d'entrée, un de ces froids et formels panneaux indiquant que la maison était à vendre. Nous le savions, sir Basil n'avait pas d'héritiers directs susceptibles de reprendre sa maison. Son histoire, sa vie, pensais-je, allaient définitivement être emportées avec la vente de cette maison. Ce qui ne fit qu'accroître mon envie d'y jeter un dernier coup d'œil. Richard tenta de me dissuader, mais finit par me suivre. Après un bref regard alentour, je m'introduisis discrètement dans la place par un étroit passage entre les haies, près du mur qui séparait la propriété du vaste terrain de sport récemment construit.

Je voulais revoir cet endroit, retrouver la curieuse atmosphère que j'avais ressentie le jour où sir Basil m'avait expliqué les circonstances précises qui avaient amené la disparition de son cher et beau jardin. Je l'avais alors imaginé ombragé et mystérieux, avec un saisissant réalisme. L'abandon des lieux ne faisait que souligner l'impression de désuétude, de nostalgie, qui émanait notamment de la petite cabane en bois légèrement en retrait, dernier vestige du jardin de sir Basil, où il aimait à se retrouver pour respirer le parfum du passé.

Je fus comme attirée par ce petit édifice qui, plus que tout autre endroit, reflétait la personnalité de feu sir Basil. Je m'y rendis, dégageant au passage les rosiers sauvages qui avaient entrepris d'en défendre l'accès. Je voulais faire comprendre à Richard l'exacte personnalité de son ancien propriétaire, peut-être pour prouver à quel point ses soupçons étaient absurdes. La porte n'était pas fermée. En y entrant, je fus assez surprise par son agencement, son aspect organisé, en dépit des nombreuses toiles d'araignées qui y avaient élu domicile. Une sorte de petite retraite campagnarde, avec bureau et poêle à gaz. Je jetai un coup d'œil sommaire dans les tiroirs, où dominaient les traités botaniques et autres calendriers de jardinage. Il y avait également de nombreux commentaires personnels, tous datés d'avant la destruction de son jardin.

Richard, que cette intrusion – violation de domicile, selon ses termes – rendait mal à l'aise, me pressait de partir, quand, dans un ultime geste de curiosité, je jetai un coup d'œil dans une boîte de métal, remplie de feuillets, soigneusement agrafés en plusieurs paquets. Sir Basil avait toujours été un homme très ordonné, comme le trahissait chaque détail dans ce réduit. Sans doute d'autres notes de jardinage, me dis-je, mais les dates plus récentes retinrent mon attention. Je constatai alors qu'il ne s'agissait nullement de jardinage...

Bien sûr, ce ne fut qu'après plusieurs relectures de ces feuillets manuscrits que nous parvînmes à suivre le cheminement très complexe, le « labyrinthe de l'âme » du malheureux sir Basil. Mais les quelques bribes que je saisis à ce moment étaient suffisantes pour ne plus avoir le moindre doute sur l'identité du criminel... sir Basil Ward.

42

LE LABYRINTHE DE L'ÂME

Pour éviter une fastidieuse lecture, je me bornerai à ne reproduire ici que certains extraits des notes de sir Basil, ceux qui semblaient les plus significatifs à l'appui de mes conclusions. Seule ma position privilégiée me permit de suivre ce que j'ai appelé le « labyrinthe de l'âme » de sir Basil. Je laisse le lecteur juge de l'exactitude de mon analyse, je parle des ressorts profonds qui ont fait de ce paisible sexagénaire un redoutable assassin à un moment donné, et non des faits bien établis de sa culpabilité, qui elle, ne souffre aucune discussion.

Passionné d'archéologie, grand amateur de récits épiques, dont surtout *l'Iliade*, il vénérait Homère, mais aussi l'homme qui ramena le poète grec au premier plan : l'Allemand Heinrich Schliemann. Son courage, sa ténacité, sa réussite le faisaient apparaître à ses yeux comme un modèle, comme il me l'avait d'ailleurs expliqué. Il fut aussi fortement impressionné par les plus récents travaux de sir Arthur Evans, dont les découvertes firent littéralement renaître des cendres, la fabuleuse civilisation minoenne. Sir Basil, qui était nanti d'une confortable fortune personnelle, décida donc un beau jour de se lancer lui aussi dans l'aventure, avec l'espoir et l'ambition de parvenir, voire de dépasser ses illustres prédécesseurs. La découverte du véritable labyrinthe de Minos serait indiscutablement une trouvaille à la hauteur de ses ambitions. C'est dans cet esprit qu'il partit pour la Crète, où il resta près de deux ans. Malheureusement, ce fut un échec cuisant. Il ne découvrit que quelques misérables restes d'une antique bourgade, comme cela a déjà été dit. Et ce, en dépit de moyens financiers importants. Le pauvre homme ne s'en remit pas. Il subit une première secousse, qui provoqua un grave séisme sous son crâne. Les notes suivantes, que nous avons retrouvées dans un autre endroit de son bureau secret, et qui datent de cette époque, nous en donnent une idée.

Le labyrinthe existe, existe, existe ! Combien de fois devrai-je le répéter ! Il faut qu'il existe ! Je ne peux me tromper à ce point-là !... [...] *D'ailleurs, cette caverne souterraine que j'ai découverte l'autre jour ferait très bien l'affaire... En aménageant les intersections de ce dédale naturel, en y édifiant quelques voûtes, en le dotant d'une entrée digne de ce nom, avec un long escalier... Ce ne serait même pas si difficile. J'ai la matière première sur place, avec les ruines de cette bourgade minoenne à proximité...* [...] *Le labyrinthe va exister ! Je pense qu'une dizaine de mois de travaux suffiront ! Et quel labyrinthe ! Le labyrinthe ! Avec bien sûr, une entrée secrète à la hauteur de son inventeur... Un mécanisme secret, avec des matériaux d'époque, que ne renierait pas Dédale lui-même ! J'ai mis au point tous les détails et je ne vais pas tarder à faire exécuter les travaux. Hier, j'ai rencontré une personne qui m'a expliqué comment « vieillir » secrètement les objets. J'avoue avoir été impressionné par ses résultats, et je n'ai pas hésité à reprendre son procédé pour toutes les inscriptions que j'ai fait graver dans le labyrinthe, comme ces symboles du Minotaure sur les voûtes. Ce sera le vrai labyrinthe de Minos, personne ne devra en douter... quand on le découvrira. Alors, le monde entier devra s'incliner devant la justesse de mes déductions !...*

Il n'est pas expliqué quand et de quelle manière il comptait alors « apprendre au monde entier » sa formidable « découverte ». Le savait-il seulement lui-même à ce moment-là ? Ce qui est certain, c'est qu'il fit alors aménager cette singulière galerie souterraine près de la mer avec des pierres du village antique qu'il venait de mettre au jour, et qu'il la dota de ce système secret d'ouverture de portes auquel nous nous étions heurtés durant un certain temps. Ses notes retracent les ébauches de plusieurs mécanismes, dont l'un, notamment, repose sur un principe de contrepoids, avec une réserve d'eau qui se libère soudainement sous l'action d'un poids important jeté dans le cratère, et qui se réarme lentement avec le rétablissement du niveau d'eau. Richard pense – personnellement, je ne m'y entends guère en technique – que c'était sans doute celui-là qu'il avait retenu. En tout cas, tous ces travaux furent exécutés dans le plus grand secret, et il fit même appel à une main-d'œuvre non autochtone, qui resta non seulement dans l'ignorance de la raison de tous ces aménagements, mais aussi de celle des lieux. Sa fortune lui avait permis cette folle entreprise, mais il dut visiblement en sacrifier une grande partie. Il avait alors songé à élaborer un système d'autodestruction de la galerie souterraine, sans doute dans le souci de faire disparaître les éventuels indices qui trahiraient le récent aménagement du « labyrinthe ».

À l'instar de l'Atlantide, submergée par les flots, la mer s'engouffrera dans le dédale au moment opportun... Ces grottes sont situées légèrement en dessous du niveau de la mer, avec laquelle elles communiquent sans doute par une sorte de siphon naturel, mais inversé. J'ai repéré une galerie qui monte singulièrement dans la roche puis forme un coude pour redescendre, mais elle est alors trop étroite pour être explorée. Les clapotis qu'on y entend ne laissent guère de place au doute. Elle est reliée à la mer par quelque sinueux parcours rocheux. Si l'on parvenait à dégager le coude, nul doute qu'en très peu de temps, tout le labyrinthe se retrouverait sous les eaux...

Sans doute retrouve-t-il progressivement la raison après son retour en Angleterre. Il abandonne son grandiloquent projet et probablement l'oublie-t-il. Nous sommes en tout cas assez enclins à le penser, car ni Richard ni moi n'avons retrouvé de notes concernant les sept ou huit années suivantes. Nous savons que durant cette période, il avait consacré tout son temps et son énergie à l'étude et la recherche criminelles, non sans succès, comme en témoignaient certains rapports d'enquêtes, à l'occasion desquelles la police avait pu apprécier ses conseils. Il avait donc trouvé un exutoire à ses fouilles peu glorieuses, pouvant y épancher son besoin irrépressible de recherches méticuleuses, d'analyses subtiles, d'investigations mystérieuses. La psychologie criminelle faisait suivre, comme pour des recherches archéologiques, force raisonnements tortueux avant de parvenir à la lumière. Il semblait donc avoir retrouvé tout son équilibre mental. Mais le destin allait se charger de mettre un terme cruel à ce répit, en provoquant dans sa tête encore fragile un second séisme, plus violent que le premier, quand il apprendra que sa propriété sera amputée de son jardin, véritable jardin secret, son ultime refuge à cette époque aseptisée qu'il fuit de plus en plus. Il l'avait aménagé avec soin, entretenu amoureusement, y avait fait pousser quelques fleurs subtiles et délicates, évoquant une mystérieuse atmosphère où il pouvait s'adonner à la rêverie. Le choc fut si brutal qu'il n'y résista pas. Son esprit encore malade sombra dans la folie, bien que celle-ci ne se manifestât pas de manière ordinaire.

C'est un homme désespéré, il fuit le pays l'espace de quelques mois pour ne pas avoir à supporter l'intolérable spectacle de ces engins de mort détruisant son coin de paradis. Dans un premier temps, il sera terriblement désabusé, las de la vie, et connaîtra ces spleens profonds qui inspirent tant les artistes, ces mornes désespoirs qui confinent souvent au génie et exacerbent leur sensibilité et leur imagination. Sir Basil va alors s'accrocher à la vie en inventant une histoire fabuleuse, en créant une extraordinaire enquête policière, digne des plus grands détectives. Son ancien plan remonte à la surface et va donner naissance à l'incroyable aventure dont je viens de faire le récit. Mais ce n'est pas le sir Basil habituel qui va créer cela, mais un double, un double maléfique, à l'égal de celui du bon vieux Dr Jekyll, Mr Hyde. Il s'agira en fait d'une véritable bouée de sauvetage pour ce naufragé de la vie, comme on peut en juger :

En voyant ce ciel si gris autour de moi, je me demande souvent quand viendront enfin les ténèbres, les ténèbres éternelles... L'obscurité totale semble une vision rafraîchissante comparée au gris perpétuel... Le chaos apocalyptique apparaît comme un divertissement raffiné par rapport au vide, à l'insipide, incolore et inodore néant... Il m'arrive de me consoler en voyant des êtres plus pitoyables.... La nuit dernière, j'ai rencontré une personne qui m'a semblé plus triste encore. En fait, je ne lui ai pas parlé, je l'ai simplement observée... Un homme d'un certain âge, qui ne demande visiblement qu'à quitter ce monde... Il m'a vraiment fait pitié... [...] Je le vois la nuit, quand viennent les doigts noirs des ténèbres et je me sens alors devenir vraiment moi-même... Je l'ai revu souvent et je crois savoir à présent de quel mal souffre cet homme... Son cas n'est pas désespéré, je vais peut-être pouvoir l'aider... tout en m'amusant moi aussi par la même occasion... Les affaires criminelles ordinaires le laissent à présent de marbre... Il va falloir me surpasser pour trouver quelque chose à la hauteur de ce difficile et exigeant amateur d'excitations cérébrales... Il a besoin de grandiose.. et je crois être à même de lui en fournir !

Ce qui me paraît difficile à admettre, c'est que sir Basil, dans son état normal, parvînt à oublier complètement son double, celui qui, dès la tombée de la nuit, allait rejoindre son antre, sa petite cabane isolée du reste du monde, pour y préparer soigneusement les moindres détails d'un diabolique scénario. J'en suis pourtant persuadée, pour avoir côtoyé sir Basil assez souvent. Lui-même m'avait avoué ressentir une curieuse impression, une sorte d'ivresse, quand il sortait de sa cabane. Sans doute subissait-il à ce moment sa transformation, mais en sens inverse, quand il redevenait lui-même. Avec le recul du temps, je crois pouvoir discerner les rares fois où je l'ai vu dans son état second. Cette nuit-là, quand il s'est fait agresser pour la première fois par Oricos, sur ses propres consignes d'ailleurs. Son visage était fermé et il se montrait peu loquace. Mais j'y reviendrai.

En un mot, son plan, celui de son double, était de créer une extraordinaire énigme criminelle, seule chose capable de lui redonner goût à la vie. Une intrigue sur fond de mystère et de malédiction antique, que seul un esprit érudit comme le sien parviendrait à démêler. Une énigme qui, par la même occasion, révélerait l'existence du labyrinthe et soulignerait donc la justesse de ses anciennes théories. Un Talos vengeur hanterait Londres et éliminerait un à un les membres d'une expédition archéologique, revenue tout récemment de Crète, après y avoir fait une découverte sensationnelle, qui ne serait rien de moins qu'un témoignage du roi Minos en personne, avec en prime deux insolubles énigmes historiques ! La police – et les savants – se casserait les dents sur cet imbroglio, les documents secrets seraient volés – pour pallier les risques d'authentification, évoqués plus haut – puis redécouverts sous forme de copies, après quoi l'éminent détective sir Basil prendrait les choses en main et mettrait un point final à cette affaire en se rendant personnellement en Crète pour découvrir enfin le fabuleux labyrinthe.

Il est possible, même probable, que la mort du chercheur, éventré sur la corne de pierre ne soit que purement accidentelle et ait ainsi favorisé les plans de l'assassin. En revanche, le jeune berger qui avait indiqué au professeur Newcomb, dans une grotte près de la mer, la présence des jarres contenant les faux manuscrits, avait agi sur les ordres de sir Basil, qui avait eu l'occasion de se faire pas mal d'amis sur place. Peu de temps avant les événements, sans doute lorsqu'il apprend qu'une équipe de chercheurs allait effectuer de nouvelles fouilles minoennes, il se rendra une seconde fois en Crète, pour mettre au point les détails de son plan, graver à l'entrée des grottes les différents repères menant au labyrinthe, disposer dans un endroit difficile d'accès le « témoignage de Minos », qui sera découvert par les prochains archéologues, lesquels deviendront les victimes de la malédiction.

Certains passages n'autorisent pas le moindre doute sur ses méfaits et révèlent même sa manière d'opérer.

Le transport de métal chauffé à blanc présente certaines difficultés. Le sable constitue l'isolant le plus approprié, le tout dans un pot de terre cuite, de motif ancien de préférence. Du sable noir, quelques fragments mystérieux sur les lieux du crime, voilà qui déroutera les enquêteurs tout en me permettant de transporter un bon morceau de métal incandescent pour brûler mes victimes à la manière de Talos... Mais même ainsi, je ne pourrais pas le transporter bien loin, avant que la température ne chute. En explorant les lieux où j'ai décidé d'attirer le professeur Lamont, j'ai remarqué l'atelier d'un serrurier où je pourrais allumer un bon feu afin de chauffer le métal à blanc... [...] Pour Lewis Newcomb, j'ai pu profiter de sa cheminée, après avoir attisé le feu, pour amener mon instrument à la bonne température...

Deux boîtes de conserve vides et deux chaînes avaient suffi pour émettre ces sons métalliques si surprenants. Une lampe de poche habilement disposée, une rutilante cuirasse en bronze et une autre pièce d'armure avaient réussi à donner à sa haute taille l'allure d'un géant de bronze du genre Talos. Richard m'avait précisé qu'il n'avait pas fallu une force herculéenne pour lever une pierre de cinquante kilos et la jeter sur le crâne d'un homme à terre. Or, sir Basil, même s'il se plaignait parfois de son âge – mais en parlant surtout de sa tête, ce en quoi il n'avait du reste pas tort – bénéficiait d'une santé encore très satisfaisante, comme j'avais pu m'en rendre compte lors de notre voyage. Il n'était d'ailleurs nullement un vieillard, n'ayant que 63 ans lorsqu'il mourut.

Il était donc indéniable que ces meurtres avaient été soigneusement agencés, qu'aucun détail n'avait été laissé au hasard. Même une boîte de conserve destinée à faire du bruit faisait double usage, car il y mettait, sur le chemin du retour, le morceau de métal qu'il avait utilisé pour provoquer les brûlures sur ses victimes. Il utilisait aussi une boîte de conserve, trouée à son extrémité, les rares fois où il s'était adressé à quelqu'un, afin de donner un timbre métallique à sa voix. Ses notes précisent qu'il avait utilisé cet artifice en téléphonant au professeur Duncan Lamont pour l'attirer dans son piège. Cet aspect méticuleux du criminel me faisait toujours froid dans le dos. Ayant hérité de tout son esprit tortueux, le « double » de sir Basil s'était montré véritablement machiavélique.

J'en arrive à mon intervention, qui n'était, elle non plus, pas due au hasard. Sir Basil, ce fameux jour où je m'étais emportée devant papa, avait eu le loisir de mesurer toute la propension à « l'aventure » que recelait mon humble personne. Son « double », prenant sans doute connaissance du fait un peu plus tard, s'était dit que j'étais la personne désignée pour « retrouver » les traductions du professeur Newcomb. C'était sans doute papa qui avait dû lui signaler l'heure et l'endroit de mes cours de piano. La suite est simple. « Talos » s'arrange pour que je le remarque, il s'enfuit et je « tombe » sur les copies des précieux documents. Le fait qu'il revienne sur les lieux du drame, sans doute à cause d'un oubli ou pour s'assurer de la qualité de sa mise scène, le professeur Newcomb étant déjà tué et dépouillé des documents originaux, souligne l'aspect singulier de cet aller-retour, qui n'avait donc d'autre but que de me faire découvrir le « récit » de Minos. Cela aurait dû m'inciter à beaucoup plus de méfiance sur le caractère inopiné de cette découverte. Je m'en voulais de n'avoir pas eu plus de jugeote à ce moment-là. En revanche, j'éprouvais la satisfaction d'avoir ensuite réussi à filer « Talos » sans qu'il s'en aperçoive. Il n'entrait certainement pas dans ses intentions de m'amener à ce moment sur les lieux du drame.

Ce qui a suivi reste assez nébuleux pour Richard et moi, mais sans doute sommes-nous trop troublés en repensant à cet épisode, car c'est finalement ainsi que nous nous sommes rencontrés, sous l'effet de ce véritable « coup de foudre » qui, rappelons-le, m'avait projetée au sol avec violence... Quand j'évoque cet incident devant des amis, je ne puis m'empêcher de décrire mon

Richard Cœur-de-Lion en bête fauve, qui s'était littéralement ruée sur moi, à la vue de la chair fraîche que constituait ma jambe dénudée. Il riposte obstinément que ce pantalon déchiré avait été une idée à moi, soigneusement calculée, afin de le séduire. Après quoi je lui demande, comme je le fis d'ailleurs le jour de notre mariage, si c'était Kate Jones qu'il aimait ou la « Parisienne » ? La seconde, me répond-il invariablement... mais ceci est une autre histoire.

J'en reviens au coupable, qui connaissait suffisamment ses victimes pour pouvoir suivre l'évolution de leurs recherches, ce qui était un atout considérable dans son jeu. Un autre de ses atouts, c'était « moi », une marionnette docile, qui a réagi exactement comme il l'avait prévu. Que je remette les documents aux autorités compétentes, tout de suite ou après un certain laps de temps, était assez logique. Que je me décide à mener une enquête personnelle et que j'aille le trouver lui, sir Basil, ne coulait pas de source à première vue. Pourtant, en y réfléchissant bien, comme je venais juste de faire connaissance avec cet émérite enquêteur, spécialiste des cas sortant de l'ordinaire et ancien spécialiste de la Crète minoenne, je me dis que ma réaction était parfaitement prévisible, surtout pour le fin psychologue qu'il était. C'était exactement cela qu'il – enfin que son double – avait prévu. Que j'aille le retrouver avec mes incroyables « documents » et c'était là le début, pour moi et pour lui, d'une merveilleuse et étourdissante enquête, avec tous les ingrédients propres à exciter sa curiosité. Je persiste à penser – et je ne cherche pas à me convaincre en disant cela – qu'il avait oublié la signification du message mystérieux – pourtant issu de sa cervelle – alors que nous nous escrimions tous deux durant des heures à le déchiffrer. Je ne me souviens que trop bien de son comportement devant l'énigme de ces signes mystérieux, sa joie et son excitation juvénile à chercher, classer et trier ces dessins. Ou encore son attitude lors de la découverte de l'entrée du labyrinthe. Là non plus, il ne ménageait pas sa matière grise pour proposer des explications à l'obturation du passage ou au fait que l'endroit, censé être fort important à l'époque, semblait si sauvage et si peu accessible.

À cause d'une impitoyable surveillance, Talos avait dû légèrement varier ses habitudes à l'occasion de son dernier meurtre sur le sol anglais. Voici quelques phrases édifiantes :

Une simple conversation téléphonique avec Buchanan m'avait suffi pour élaborer son assassinat. Il était excédé par l'oppressante surveillance de l'inspecteur, et ne demandait pas mieux que de quitter sa maison transformée en prison, de prendre l'air incognito. Je lui expliquai ensuite que cela lui serait possible, en jouant par la même occasion un bon tour aux policiers. Il suffirait de les affoler par quelques habiles et mystérieux bruits métalliques, semblables à ceux de l'assassin, de casser éventuellement une vitre, puis de faire sauter les plombs de sa maison. Profitant alors de l'obscurité et de la panique, il pourrait aisément rejoindre la rue, où je l'attendrais car « j'avais quelque chose de la plus haute importance à lui dire et qui ne pouvait être dit au téléphone ». Il lui suffirait de me prévenir un peu plus tôt, en début de soirée, en me disant qu'il « venait d'entendre des bruits ». Ce serait le signal convenu...

Simple comme bonjour. Et l'on peut dire que le professeur Buchanan a interprété son rôle à la perfection, et il aura donc été le principal artisan de sa propre perte. C'était en se penchant par la fenêtre de son bureau, où il était seul, qu'il avait lancé une pierre dans la fenêtre de la chambre située juste au-dessus de lui. Le reste n'était que jeu d'enfant, pour lui, comme pour l'assassin, qui l'attendait au-dehors pour l'asperger d'un liquide inflammable et le brûler, après lui avoir fracassé le crâne d'un violent coup de pierre. J'avais d'ailleurs été témoin du signal convenu, lorsque le professeur avait prévenu sir Basil par téléphone, pour lui dire « qu'il venait d'entendre des bruits étranges ». Sir Basil était-il encore lui-même ? Ou était-il déjà son double ? Il me semblait alors fatigué, mais je ne peux en dire plus. Moi, j'étais immédiatement rentrée à la maison, car papa s'inquiétait de mon absence.

Puis ce fut le départ pour l'« Île des dieux », le véritable début de notre aventure. Ce qui m'amène aussi à parler du pseudo-récit de Minos, tout à fait dans le ton de notre faiseur de contes. L'espèce de joute permanente entre Dédale et Minos, qui reflète assez sa dualité, et ce caractère d'énigmes sur fond d'histoire ancienne, tout à fait typique de sa personnalité. Mais le texte en lui-même recelait d'autres indices, qui trahissaient le grand admirateur d'Homère qu'il était. « *Ex ungue leonem* – on reconnaît le lion à la griffe », me souffle le fantôme de Milton dans mon dos. En rédigeant son histoire, sans doute emporté par son lyrisme, sir Basil a commis quelques grossières erreurs, malgré tout le soin qu'il a pris pour tromper son monde, en parsemant d'incertitudes son texte en vieux grec – censé être une traduction de l'original, rappelons-le – comme en témoignent la traduction et les commentaires du professeur Lewis Newcomb. J'avoue être un peu fâchée contre moi-même, car ces erreurs auraient dû me sauter aux yeux, d'autant que je lisais *l'Odyssée* à ce moment. On peut admettre que Minos, dont le règne est bien antérieur aux événements évoqués par Homère, utilise l'appellation homérique d' « île des dieux » pour désigner la Crète, son royaume, n'ignorant pas le caractère sacré des lieux, naissance de Zeus, etc. Mais qu'il reprenne très précisément la constante métaphore du poète grec pour parler du lever du jour, « L'aurore aux doigts de rose qui quitte son berceau de brumes », ce serait une coïncidence par trop extraordinaire ! Sans parler de la « mer vineuse » et autres détails. Il s'agit là d'un anachronisme littéraire évident – Minos ne pouvant avoir été inspiré par Homère – ce qui montre bien qu'à un moment donné, même les plus habiles mystificateurs finissent par commettre une bévue.

Revenons à notre arrivée sur l' « île des dieux », où, en guise d'accueil, « Talos » a fait une victime, en la personne de cet innocent professeur allemand. Les notes du « double » de sir Basil s'arrêtent juste avant ce départ, et n'évoquent donc pas ce crime. Mais Richard et moi pensons que c'était bien lui qui a assassiné l'Allemand, et non Oricos, comme on aurait pu le croire. J'en arrive à ce malheureux petit homme, dont nous comprenons les affreux tourments qu'il a dû subir. Les tourments et les incompréhensibles ordres de son maître. C'était l'un des plus fidèles compagnons de ce dernier, comme il nous l'avait d'ailleurs expliqué. L'homme, connaissant depuis longtemps les bizarreries de sir Basil, avait sans doute pris l'habitude de faire tout ce qu'il ordonnait sans discuter et sans se poser trop de questions. Mais ce qu'il lui demanda par la suite dépassait l'entendement, provoquant en lui un insoluble cas de conscience, qui l'a amené, comme nous l'avons vu, à perdre tout respect pour son maître et même à se quereller violemment avec lui. Car sir Basil n'exigeait pas moins de lui que de jouer à Talos et de tenter de l'assassiner, lui sir Basil, en lui jetant des pierres !

Durant notre expédition, je pense avoir suffisamment décrit sir Basil, parlé de sa grandissante exaltation, à mesure que nous touchions au but. Il n'était certes pas le seul, mais son cas était très différent et sa folie transparaissait tous les jours davantage. Parallèlement, son double subissait cette ivresse et se montrait de plus en plus exigeant en matière d'aventures et de dangers. Sans doute a-t-il tout simplement – si l'on peut dire ! – demandé à notre guide de faire rouler vers nous quelques pierres, ce soir-là, alors que sir Basil venait de me réveiller pour me demander de le suivre, car il venait d'apercevoir « Talos » du côté de la montagne. Il m'avait semblé bien étrange, à ce moment, tout comme Oricos m'avait paru coupable, quand je l'avais surpris au-dehors, mais comment pouvait-il en être autrement, pour ce brave garçon, qui ne devait vraiment pas comprendre ce que son maître exigeait alors de lui ! Malgré ses protestations, il exécuta ses ordres une seconde fois, en faisant rouler un gros rocher sur sa tente... Mais Oricos fut victime du zèle de Richard, qui, le prenant sur le fait, ne pouvait alors comprendre que le malheureux n'agissait qu'à son corps défendant, comme le prouve également ce cri qu'il n'avait pu s'empêcher de pousser pour alerter son maître, alors qu'il venait de projeter vers lui cette dernière grosse pierre qui allait le blesser une seconde fois.

Entre-temps, il y avait un véritable bras de fer entre sir Basil et son double. Ou, si l'on préfère, une parfaite complicité. L'aventure devait se terminer en apothéose, avec des dangers toujours plus précis, un ennemi toujours plus menaçant. Sans vraiment la comprendre, Richard avait deviné la folie grandissante de sir Basil, laquelle, avec du recul, me semblait évidente. Et son comportement, alors que nous traversions les « Champs-Elysées » ! Il était comme retombé en enfance devant ce bel endroit qui lui rappelait peut-être « feu son jardin ». Un rien l'émerveillait, comme s'il n'avait de sa vie, vu ni abeille ni papillon. Il y avait aussi son état physique, ses blessures, dont il ne se souciait nullement. Un tel mépris pour son enveloppe charnelle aurait dû attirer davantage mon attention. Puis, cette fin, au cœur du labyrinthe... Son double venait de prendre le dessus... Comment savoir alors exactement ce qui s'était passé ? Avait-il une autre lampe de poche sur lui pour s'orienter ? Connaissait-il les lieux par cœur ? Nul ne le saura jamais. Car ni moi ni Richard ne retournerons jamais à cet endroit, devenu le royaume des poissons. Après avoir déclenché le système secret qui provoqua l'éboulis dans la crevasse reliée à la mer, submergeant progressivement le labyrinthe par ses flots, sir Basil a dû rencontrer son double, le monstrueux Minotaure, quelque part au plus profond du labyrinthe et de son âme. Il a dû rugir comme lui, courir comme un taureau furieux, foncer contre l'arête vive d'un rocher pour se déchirer le ventre, voire s'éventrer de sa propre main. Pour autant que je puisse m'en souvenir, sa blessure ne présentait pas une incision aussi nette que celle faite par une lame. Je penche donc pour la première hypothèse, mais qu'importe. La rencontre du Minotaure dans le labyrinthe était la surprise finale, la fin logique de cette aventure infernale. Le « double » venait de rencontrer sir Basil de face. Un combat mortel et définitif qui n'avait pas laissé de survivant.

Richard avait retenu, telle que je la lui avais décrite, la saisissante image d'Oricos jouant seul contre lui-même aux échecs, alors qu'il se livrait en même temps à un terrible combat intérieur. Mais de fait, il évoquait sans doute davantage la lutte bien plus intense que se livraient son maître et son double.

Le joueur au visage resté dans l'ombre, celui qui déplaçait les pions, c'était sir Basil. Comment mieux illustrer son action que par celle d'un joueur d'échecs changeant alternativement de rôle ? Dans la journée, il jouait avec les pièces blanches, rassemblant les indices, cherchant ardemment la vérité. La nuit, il déplaçait les pièces noires, multipliant les ruses, se montrant toujours plus dangereux et plus incisif, à mesure que l'adversaire approchait du but... Sur fond de cases noires et blanches, d'ombres et de vérités, tel le labyrinthe de l'âme de sir Basil, le coup de corne furieux du Minotaure avait mis fin au combat mortel.

Je ne puis achever ce récit sans évoquer le sort tragique de ce brave Milton. Sa disparition m'est doublement cruelle. D'une part, sans moi, sans ma soif d'aventures, il serait peut-être encore de ce monde. Et d'autre part, elle m'a fait comprendre à quel point je lui étais attachée. Sa sympathique lourdeur et ses sempiternels « *Per Jovem* » me manquent. Il m'arrive encore de chercher autour de moi la présence rassurante de ce gros toutou fidèle, dont je pleure secrètement la disparition. Bien entendu, je ne peux m'empêcher de songer à lui chaque fois que j'évoque ces événements. Je pense aussi à son étrange rêve, baigné de cette clarté bleutée, supposée être un indice pour l'éclaircissement du crime de Dédale. Bien sûr, nous savons qu'il ne s'agit que d'une fiction créée de toutes pièces par l'esprit alambiqué de sir Basil...

Mais Richard et moi sommes certains que notre spécialiste en imbroglio avait prévu une solution à cette énigme insoluble. Or, il n'en a malheureusement pas fait mention dans ses notes. Nous avons retrouvé quelques mots à propos de la solution de l'envol de Dédale et d'Icare, qui confirment l'explication proposée par Richard, mais absolument rien sur le meurtre du Minotaure.

Cette mystérieuse clarté bleutée ? Un indice déterminant ? Je ne saurais dire combien d'heures Richard et moi avons passées à nous martyriser les méninges pour tenter de percer ce mystère. Au point, parfois, de voir rôder dans nos couloirs les ombres de Minos, de Pasiphaé, d'Ariane, d'Icare et de Dédale, et de nous demander si ce drame ne se serait pas réellement déroulé à l'aube de notre civilisation. Richard croit en tout cas fermement à l'existence de la « Parisienne », et m'assure qu'elle traverse très bien l'épreuve du temps, ce qui prouve bien que les lions ont le cœur tendre.

ÉPILOGUE

La terre a tremblé.

Des grondements sourds ont résonné durant toute la nuit, comme jamais par le passé. Les étoiles se sont embrasées aux lueurs rougeâtres des gerbes d'étincelles que nous avons distinguées au nord. Une vague gigantesque a ravagé notre littoral et l'Île des dieux est enveloppée dans un épais nuage sombre, qui recouvre nos terres d'un fin linceul gris. Nul doute que ces cendres vont anéantir toutes nos récoltes. Des pans entiers du palais se sont écroulés et un gigantesque incendie s'est déclaré. Une grande partie de notre réserve d'huile s'est envolée en fumée. Mon peuple, mon cher peuple, est comme pris de fièvre et nombreux sont ceux qui songent à quitter l'île. Mais moi, je ne me sens nullement gagné par cette panique. Je me dis que le grand Zeus a ses raisons – bien qu'elles me paraissent obscures – pour manifester ainsi sa colère. Je suis désormais un vieil homme, triste et seul. Mon dernier ami vient de me quitter. Il gît à mes côtés, immobile, presque serein. La pierre qui l'a envoyé au royaume des ombres, alors qu'il s'enfuyait d'une pièce dont le plafond s'écroulait, l'a touché à l'arrière du crâne, si bien que son jeune visage n'est pas réellement marqué par les affres de la mort. Il est si beau, si calme. Je l'envie.

J'aurais tant aimé être à sa place. Mais rien ne me sera épargné. Il me faut encore assister à la débâcle de mon peuple... Pourquoi ? Il y a tant de choses mystérieuses ici-bas...

Il en est une, cependant, qui me hante constamment, le crime de mon vieux complice Dédale, et c'est assez étrangement, qu'en ce moment entre tous, la vérité vint à moi. En regardant le visage paisible de ce pauvre garçon. J'avais déjà signalé sa ressemblance troublante avec Dédale, que je soupçonnais fortement d'être son père, mais l'éclairage bleuté de la lune ajouta une touche supplémentaire qui me fit comprendre l'astucieux stratagème dont j'avais été victime. Ce soir là, Dédale aussi, avait un visage bleuté, et paraissait plus jeune. Or, son fils Icare était alors presque un homme et lui ressemblait beaucoup, je crois l'avoir déjà signalé. Si l'on rapproche à présent les faits, à savoir qu'après s'être frotté la peau avec ces pierres bleues, Dédale avait rajeuni, qu'il n'avait pas, ou presque, dit un mot durant le reste de l'expérience, jusqu'à la découverte du cadavre du Minotaure, et sachant que son fils lui ressemblait physiquement, que lui-même, Dédale, ne paraissait pas vraiment son âge, qu'il excellait dans l'art du maquillage, au point de donner aux objets des apparences humaines, on imagine ce qui a pu se passer. Il y a eu, à un moment donné, substitution de personnes entre lui et son fils. Icare m'a suivi et s'est laissé enfermer dans le réduit, pendant que lui, Dédale, resté dans la salle hypostyle, a pu tuer le Minotaure en toute tranquillité. J'avais naïvement écarté la possibilité d'une complicité, à cause du détail de l'oreille, mais cela prouve que l'on n'est jamais assez précautionneux en matière de tromperie.

À la clarté de ces événements, il devient assez facile de reconstituer cette mise en scène, dont le moment crucial est bien entendu cette fabuleuse scène, baignée de lune, où Dédale, torse nu, se frotte avec ces fameuses pierres, simplement enduites d'un corps gras vaguement bleuté. C'est à cet instant, évidemment, qu'a lieu la première substitution.

Je rappelle que l'ensemble de notre petit groupe, nous deux et les trois gardes, venait de se rendre sur les lieux. À ce moment, il a été assez aisé à Icare de nous suivre dans l'escalier à l'insu des gardes, l'expérience n'ayant pas encore véritablement commencé. Il stationne dans la cage d'escalier, tout près de la porte restée ouverte et, naturellement, n'a aucune peine à entendre la « preuve de l'oreille » que je précise à mon ami à la suite de sa demande. Je reconnais là la grande subtilité de Dédale, mais son sens de la manœuvre n'est plus à prouver. C'est alors que Dédale commence à faire semblant d'entrer en transe, et me demande en ultime requête de jeter un coup d'œil aux colonnes de la salle. Je m'exécute très sommairement, car la précaution était vraiment superflue, mais il faut à peine une seconde aux deux complices pour changer de place. Dédale se cache derrière la porte, et dans le même mouvement, Icare fait deux pas en avant et prend la place de son père, tout en l'imitant, en murmurant d'étranges et inaudibles paroles et se massant le torse sous la clarté lunaire. Cette scène magique attire tellement l'attention par sa gravité que le témoin, moi en l'occurrence, se comporte en véritable aveugle. J'ai néanmoins remarqué que « Dédale » semblait avoir rajeuni. Mais là encore, le contexte ne rendait pas la chose véritablement suspecte. Du grand art. La suite est tout aussi remarquable. Je referme donc à clef la salle hypostyle, laissant derrière nous Dédale, qui n'aura aucune peine à échapper à la surveillance des gardes en longeant les murs, d'autant qu'ils avaient même reçu l'ordre de ne pas se pencher par-dessus l'ouverture du plafond durant l'expérience.

Notre pseudo-Dédale, « en transe », bien sûr, ne dit mot. Je passe brièvement sur la suite pour en arriver au moment où nous revenons dans la salle. C'est là la partie la plus délicate de leur plan, mais les circonstances font qu'une fois de plus, mon attention est habilement détournée. Après avoir déverrouillé la porte, j'entre, et naturellement, mon premier souci est de m'assurer de l'état du Minotaure, tout en restant vigilant. J'entre, je fais deux ou trois pas, j'entends claquer la porte dans mon dos et mon ami Dédale – qui, notez-le, vient de retrouver l'usage de sa voix – me recommande de la refermer immédiatement à clef « au cas où quelqu'un chercherait à s'enfuir ». Encore une ruse à mettre à son actif. L'astuce est simple comme bonjour. Icare est resté immobile sur le pas de la porte alors que j'entrais, tandis que Dédale, qui attendait derrière le battant, l'a aussitôt refermé, en faisant à peine un pas de côté pour se trouver devant la porte, dans mon dos, et me demander de fermer... Le tour est joué, il peut continuer son boniment. Icare n'aura plus qu'à s'esquiver discrètement par l'escalier, sans doute au moment où les trois gardes pencheront leur tête par l'ouverture, à cet autre moment crucial, où tous – sauf les coupables – retenaient leur souffle, impatients de connaître le résultat de l'expérience.

Le moins qu'on puisse dire, c'est que ce cher Dédale m'a remarquablement berné avec ces mystérieuses pierres magiques et leur couleur bleutée.

IMPRIMÉ EN FRANCE PAR BRODARD ET TAUPIN
Usine de La Flèche (Sarthe).
ISBN : 2 - 7024 - 2737 - 8
ISSN : 0768 - 1089

H 52/0908/7